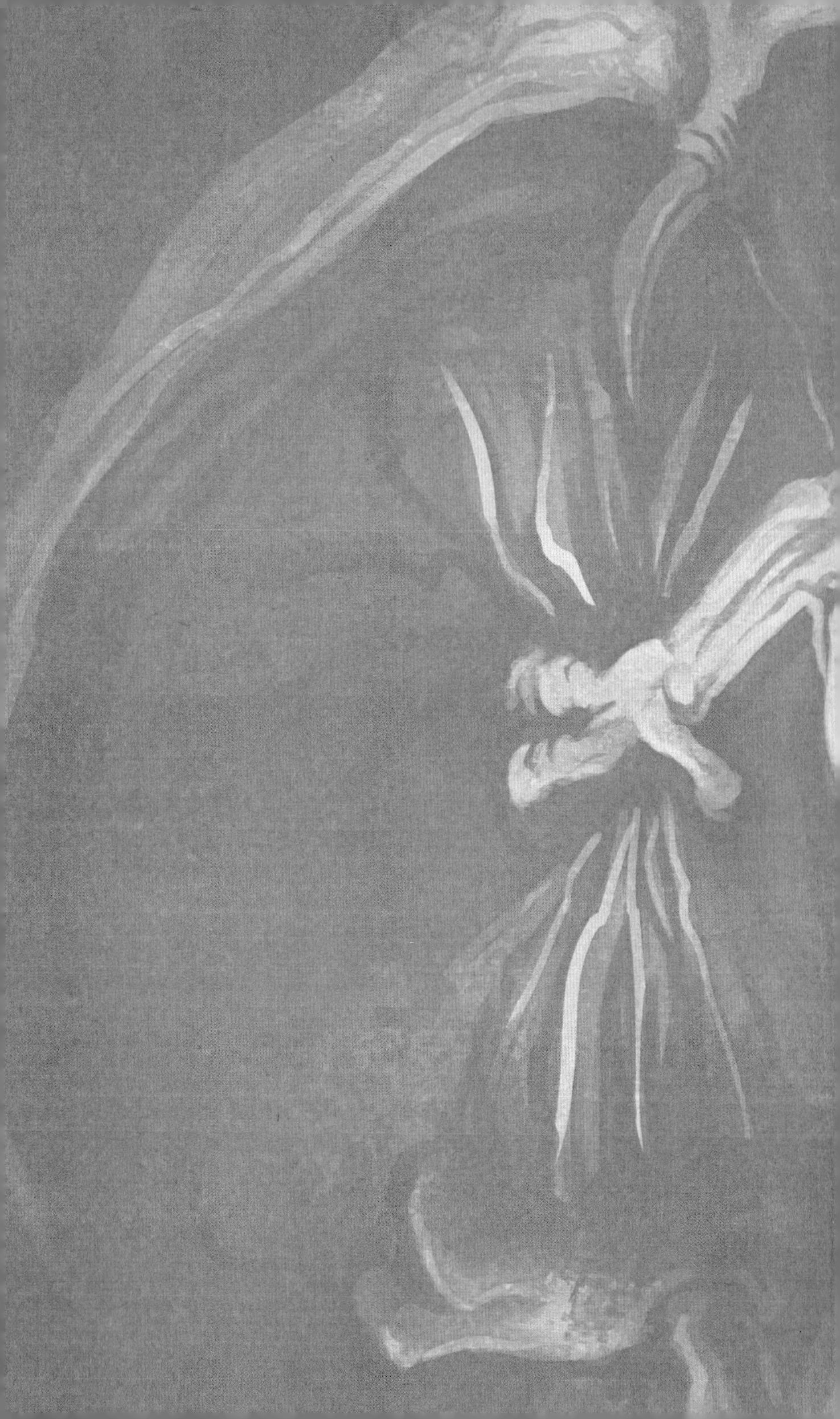

MISTÉRIOS DO MAL

contos de horror

Carlos Orsi

1ª edição

editora draco

Sao Paulo
2016

Carlos Orsi

Natural de Jundiaí (SP), é jornalista especializado em cobertura de temas científicos e escritor. Já publicou os volumes de contos *Campo Total* (2013), *Tempos de Fúria* (2015) e os romances *Nômade* (2010) e *Guerra Justa* (2010). Seus trabalhos de ficção aparecem em antologias como *Imaginários v. 1* (2009), *Vaporpunk* (2010), *Dieselpunk* (2011), *Solarpunk* (2013) e revistas e fanzines no Brasil e no exterior.

Publisher: Erick Santos Cardoso
Produção editorial: Janaina Chervezan
Edição: Cirilo S. Lemos
Capa e arte: Ericksama

Dados Internacionais de Catalogação na Publicação (CIP)
Ana Lúcia Merege 4667/CRB7

Orsi, Carlos
Mistérios do mal: contos de horror / Carlos Orsi. – São Paulo : Draco, 2016.

ISBN 978-85-8243-192-4

1. Contos brasileiros I. Orsi, Carlos

CDD 869.93

Índice para catálogo sistemático:

1. Contos : Literatura brasileira 869.93

1ª edição, 2016

Editora Draco
R. César Beccaria, 27 – casa 1
Jd. da Glória – São Paulo – SP
CEP 01547-060
editoradraco@gmail.com
www.editoradraco.com
www.facebook.com/editoradraco
Twitter, Instagram e Snap: @editoradraco

Uma palavra do autor

Este volume reúne os contos que apareceram originalmente em duas coletâneas de histórias de terror publicados no século passado – *Medo, Mistério e Morte* (Didática Paulista, 1996) e *O Mal de Um Homem* (Ano-Luz, 2001). Nenhuma dessas editoras existe mais: a Didática Paulista converteu-se numa publicadora de livros evangélicos, e a Ano-Luz, da qual fui sócio, encerrou suas atividades há vários anos. Há ainda um conto, *Criaturas da Noite*, que aparece aqui em livro pela primeira vez. Outro, *Rex Ex Machina*, é a versão em português de um conto escrito originalmente em inglês, *The Machine in Yellow*, calcado no trabalho de Robert W. Chambers.

As histórias presentes aqui foram escritas num período muito específico de minha vida: entre meus anos de faculdade, em São Paulo, e o início de minha carreira jornalística, na cidade de Jundiaí, interior do Estado de São Paulo. Seria inútil negar que a cidade fictícia de Açaraí, onde se passa boa parte desta coletânea, e os municípios vizinhos de Rio Acima e Parreiral tenham algum tipo de inspiração em Jundiaí e nos municípios vizinhos de Várzea Paulista e Vinhedo, mas também seria errado ler muito nisso: se uma história de terror se beneficia de uma âncora firme na realidade, é para forçar o contraste com os horrores que nascem da imaginação do autor.

Por fim, lembro que estes contos datam dos anos finais do século passado. Em alguns deles aparecem tecnologias comuns hoje em dia – como o telefone celular e a Internet – mas num estágio de desenvolvimento bem primitivo, se comparado à situação atual. Alguns leitores talvez estranhem isso: trata-se de um testemunho de quanto o mundo mudou nas últimas duas décadas.

MISTÉRIOS DO MAL

Carlos Orsi

Rex ex machina

NÃO, EU NÃO VOU LHE dar, não vou sequer lhe *vender* os direitos. Não vou nem deixar você dar uma olhada no texto. Um clássico, é o que dizem? Como podem saber? Ninguém leu a merda nos últimos vinte e tantos anos... Cuidei pessoalmente disso. E, de qualquer forma, é o *meu* clássico. Se quiser, eu limpo a bunda com ele! Nunca deveria ter traduzido aquilo... Por quê? Você quer saber por quê?

Porra, moleque! Você não sabe como era. Caralho, você nem tinha *nascido* na época. Eram os anos cinzentos, os anos de chumbo; o general Médici governava o país, o Congresso e a Justiça não passavam de fantasmas, poderes impotentes da República, umas bostas de marionetes! Os milicos tinham baixado o AI-5, que, pra encurtar a história, jogava a Constituição no lixo e dava à polícia o poder de prender qualquer um e de suprimir qualquer obra de arte, qualquer palavra escrita.

Na época, eu estava na faculdade. Vi todas as figuras que eu admirava – escritores, compositores, cineastas, jornalistas – serem presas, ou forçadas a deixar o país, ou simplesmente "desaparecerem" de uma hora pra outra, só para ressurgirem, meses ou anos depois, mortas ou enlouquecidas. Eu era um estudante de Arte Dramática, e a polícia estava invadindo e destruindo salas de espetáculos, proibindo peças "subversivas" de autores como Brecht; às vezes, até clássicos gregos eram proibidos, a pretexto da "leitura esquerdista" que o adaptador fazia da obra. Aqueles foram de fato, os anos cinzentos, os anos de chumbo. Cinza era a cor da mortalha que caía sobre o país.

Então, como o matiz amarelo entrou em cena? Bem, o amarelo está na bandeira, lembra-se; e amarelo é a cor da camisa da seleção. Quando Camila me falou de uma peça subversiva, quase esquecida, chamada "O Rei de Amarelo", foi como se as peças do quebra-cabeça finalmente se encaixassem.

Lembre-se, eu estudava Arte Dramática. E, naquela época, quem estava na faculdade era ou comunista, ou intelectual orgânico do sistema, burguês alienado ou hippie. Nunca foi um comuna (pra mim, um bando de pentelhos), mas o sistema também não me agradava; e o primeiro que me chamasse de "burguês" ou "alienado" logo precisaria de uma plástica no nariz. Então, restavam-me apenas os hippies.

Camila estava com eles. Ela costumava usar um vestido largo, diáfano, amarelo e roxo, estava sempre descalça e mantinha os cabelos castanhos, quase dourados, soltos, mas entrelaçados com fios de linha colorida. Ela tinha ainda um anelzinho de prata na narina esquerda, e uma de suas orelhas era, na verdade, uma prótese de cera que tentava esconder uma queimadura feia, uma cicatriz amarelada muito parecida com uma marca de ferro de marcar gado.

Estávamos na praia. Era dezembro, durante as férias de verão, e a nossa comunidade hippie estava acampada ali, todos nós, rapazes e garotas, juntos em volta da fogueira. Mais cedo ou mais tarde a polícia iria aparecer e fazer um arrastão, tentando achar traficantes de droga, guerrilheiros urbanos ou comunistas de outras espécies.

Quase todo mundo na comunidade tinha uma postura meio filosófica quanto a isso; ninguém iria dedar ninguém, mas ninguém iria realmente partir pra peitar a ditadura.

Essa atitude me incomodava cada vez mais. Porra, eu tava fodido com isso! Algumas reuniões estudantis clandestinas tinham acontecido na minha faculdade semanas antes, a repressão tinha descoberto. Vários de meus colegas estavam presos, e dois ou três viriam a ser encontrados mortos, depois; cinco continuam desaparecidos até hoje. Eu sentia que tinha que fazer alguma coisa, mas não sabia o quê. Estava tão bravo e tão amargo (e, sim, tão assustado) que cheguei a fantasiar que estava sequestrando um político ou assaltando um banco.

Camila deve ter percebido a maré de meus sentimentos. Ela veio se sentar ao meu lado e disse:

– Sei de uma coisa que você pode fazer. Sério.

Por um instante achei que ela ia falar sobre alguma passeatazinha contra os gringos – já que não podíamos detonar o nosso próprio governo, sacaneávamos a matriz – e me virei pra olhar bem na cara dela e dizer que eu não tinha mais saco pra fazer "demonstrações". Eu queria *agir*!

Mas nunca cheguei a dizer essas palavras. Porque, antes mesmo de ter chance de abrir a boca, vi os olhos dela.

Eu poderia dizer que eram violeta-escuro, ou de um roxo forte, quase negro; poderia dizer que brilhavam e faiscavam em amarelo, mas você provavelmente responderia que essas faíscas eram apenas o reflexo da fogueira, e a cor escura uma imitação do padrão de luz e sombra que dançava ao redor. E talvez você estivesse certo. Mas...

– Eu sei mesmo – ela disse. E me deu um livreto.

Era um livro fino, a capa dura quase se desmanchando em virtude tanto da idade quanto do excesso de manipulação. A capa era de couro amarelo, manchado. Onde ainda não estava completamente lisa por conta da idade e do atrito de sabe-se lá quantas diferentes mãos, tinha uma textura que lembrava pele de cobra. Trazia, gravado, um símbolo estranho, uma figura abstrata – por um instante, me fez lembrar da cicatriz por baixo da orelha de cera. O título era *Le Roi en Jaune*, o equivalente em francês para "O Rei de Amarelo".

– Esta peça foi escrita na França há quase cem anos –, ela explicou. – Este livro é um dos últimos exemplares, se não o último, da primeira edição. Veio ao Brasil junto com meu bisavô. A edição foi quase toda destruída na França logo após o lançamento, e o mesmo aconteceu com a tradução para o inglês, que saiu um pouco depois. A obra nunca foi traduzida para o português, e aqueles orangotangos cretinos da censura nem vão desconfiar do que se trata. Não até que seja tarde...

– Do que se trata? – perguntei.

– Liberdade – ela disse. Moleque, hoje a lembrança daquela voz me dá calafrios... Mas, na época, senti um formigamento, um arrepio bem mais agradável. – É o manifesto definitivo da liberdade humana, física e espiritual. Uma liberdade tão ampla e radical, e cantada em versos tão belos e arrebatadores, que todos os governos que ouviram as palavras deste livro tentaram destruí-lo. Porque todos os governos, no limite, desprezam a liberdade.

Agora, eu lhe digo, havia algo no hálito daquela mulher... Era quase azedo, mas, ao mesmo tempo, de uma doçura enlouquecedora. Ainda não sei como aconteceu. Só posso dizer que não pude me controlar, e a beijei; e a língua dela, agridoce, molhada, me deu uma resposta silenciosa e faminta.

Fizemos amor naquela noite, na areia, diante do fogo, diante de nossos amigos.

* * *

Tá ficando pesado pra você, moleque? Quer ouvir as partes sujas? O lado pornô? Você por acaso sabe o que é uma trepada de primeira? Não, não, tô brincando. Claro que sabe. Todo mundo sabe, hoje em dia. Não você não pode saber o que significa, fazer amor com uma mulher como Camila Faussesflammes. A carne dela... A pele... Úmida, macia, deliciosamente gelada. Muito, muito branca. Branca como a morte.

Beijei a cicatriz onde a orelha deveria estar e apreciei a textura, a sensação nos lábios, o contato da superfície de pele áspera, morta, na ponta da língua. Acho que teria enlouquecido se, nos meses seguintes, não pudesse fazer aquilo de novo e de novo, pelo menos três vezes por noite. Loucura, né?

Bem, pela manhã tínhamos um plano. Ela viria morar comigo em meu alojamento na Universidade, e enquanto eu me ocupava com a tradução do francês, ela procuraria por atores e um teatro. Uma sala pequena, claro. Sem grande estreia, sem imprensa. Nada para chamar a atenção das autoridades. Para funcionar. "O Rei de Amarelo" deveria ter um início obscuro.

Eu estava completamente apaixonado por Camila – não. Não apaixonado. Eu estava viciado nela. Que droga poderosa é o corpo de uma mulher! Eu havia provado apenas uma pequena porção de seu potencial, e estava... Vou falar sobre a tradução. É o que você quer ouvir, certo? Certo. Bem, o *Roi* original é sobre uma cidade governada por um rei; mas ninguém sabe onde o Rei está, ou mesmo quem é Ele. O Rei simplesmente existe, e esse fato paira sobre a cidade como uma sombra, um presságio. A profecia diz que, quando o Rei se fizer manifesto, algo que dorme no lago próximo à cidade irá despertar, e então...

Bem, é difícil de descrever. É como teatro moderno, ou certas peças de cinema experimental: não há um enredo propriamente dito. Há apenas... *emoções*, pulsando, irradiando-se como uma energia palpável mas invisível, como um ácido da mente que tem o poder de *dissolver* e *moldar* as ondas cerebrais da plateia, interagir com elas, reagir com elas, *alimentar-se* delas, até que... até que seja tarde demais.

Eu... desculpe, mas... Onde eu estava? Ah. Sim. Certo. De qualquer forma, esse Rei que traz destruição é o "Rei de Amarelo" do título; sua chegada será precedida pelo "signo amarelo", que parecia ser mais ou menos como a figura abstrata na capa do livro. E esse rei usa uma máscara, e a destruição começa quando ele a retira, ou exatamente porque ele é incapaz de retirá-la. Não me lembro muito bem.

Agora, eu estava doido pra dizer algo contra o governo, os milicos, a ditadura, entende? Então, se eu pudesse adaptar a peça... Fazer do Rei uma representação do presidente Médici (que tal um Rei em Verde-e-Amarelo?), e usar a Máscara Pálida do Rei como uma metáfora para as mentiras que o Estado e a imprensa vinham impingindo ao povo... Bem, eu sei, isso parece tão óbvio e ingênuo agora, mas na época achei que poderia funcionar.

Bem cedo, no entanto, percebi que não iria dar certo. Eu era incapaz de fazer qualquer coisa para mudar, para *adaptar* o texto; toda vez que me sentava para escrever minha versão da peça, tudo que conseguia fazer era traduzir, e traduzir com absoluta fidelidade. Minha mente se recusava a funcionar de qualquer outra forma, minha *mão* se recusava a funcionar de qualquer outra forma. Mas, Deus, que tradução! A poesia... Eu não estava apenas trocando palavras de um idioma por equivalentes de outro; eu recriava a métrica, a rima... Era mais belo que Fernando Pessoa, mais ousado que Augusto dos Anjos, mais obsceno que... que...

Jamais poderia escrever daquele jeito outra vez. As horas que passei debruçado sobre *Le Roi en Jaune* produziram meu único verdadeiro argumento para reclamar um lugar ao lado dos anjos, dos demônios, dos verdadeiros gênios; é por isso que nunca fui capaz de destruir de vez o texto.

E por quê eu deveria destruí-lo? Bem...

* * *

Eu escrevia de dia e desfrutava os prazeres refinados do corpo úmido, gélido, suave, doce e amargo de Camila à noite. Essas atividades consumiram os meses de janeiro e fevereiro. Não fui para casa passar o Ano Novo com a família, nem descansei no Carnaval.

Dois meses na cama, sentado ou deitado. Dois meses sob luz artificial. Dois meses sem ouvir outras vozes que não as de Camila e do Rei de Amarelo.

Porque o Rei falava *comigo*. Não como Cassilda ou Uoth ou o Portador do Signo Amarelo ou qualquer outro personagem da peça poderia "falar", não como Hamlet pode ter se dirigido a Shakespeare, ou Édipo a Sófocles. O Rei falava diretamente dentro de minha cabeça e usava palavras novas, palavras fortes... E, em meus pensamentos, eu lhe respondia.

Eu disse que há um personagem na peça chamado Portador do Signo Amarelo. Este é o amante secreto da princesa Camila (sim, há uma "Camila" no texto), que é casada com o barão Uoth. Então, numa espécie de brincadeira, minha Camila passou a me chamar de "Portador", ou "Homem do Signo", ou "Homem Amarelo" (o que realmente era, depois de tantas semanas sem tomar Sol). Ela sussurrava esses nomes em meu ouvido, à noite, na cama.

Isso se tornou parte de nosso jogo, e logo me viciei nisso também.

No início de março, Camila me disse que gostaria que eu conhecesse alguns amigos dela.

– Eles vão ser os atores – ela explicou. – Um deles é dono de um teatro que poderíamos usar.

Então Camila riu um pouco e disse, sua voz numa imitação cômica do que poderia ser um tom melodramático:

– E, vede!, em verdade voz digo, o dono do teatro é, de fato, meu irmão.

– Irmão? – eu estava surpreso. – Você nunca me disse que tinha um irmão... E um irmão dono de teatro! Qual o nome dele?

– Uoth – ela respondeu.

* * *

Acontece (Camila me disse, num fluxo contínuo de palavras, como uma canção de amor) que o avô dela era um grande admirador de "O Rei de Amarelo". Essa admiração tinha dado origem a uma espécie de tradição na família: toda criança teria um nome inspirado pelo texto. Para as meninas, isso não seria problema – "Camila" é um nome comum, e o nome da outra protagonista feminina, "Cassilda", ainda que soando meio antigo, não é de todo mau – mas "Uoth", "Hastur" e "Yhtill" têm sons bem estranhos. Então, o irmão foi batizado Roberto Uoth Faussesflammes. "Roberto" para o mundo, "Uoth" para a família.

Acreditei nisso, claro. Assim como acreditei que ela não sabia que o irmão havia comprado um teatro com o dinheiro de um prêmio de loteria (ei, ela nem sabia que o irmão tinha ganhado na loteria!). Sequer achei esquisito o fato de Uoth aparecer do nada com um teatro recém-comprado ao mesmo tempo em que eu fazia os ajustes finais na tradução.

O teatro de Uoth ficava em uma vizinhança bem barra-pesada. Era numa rua estreita e suja, entalado entre dois bares que mantinham cobras mortas conservadas em garrafas de pinga caseira. O edifício do teatro tinha servido a uma boate de strip-tease – o tipo de boate onde as "strippers" se acostumam a fazer hora-extra, se é que você me entende.

Era uma segunda-feira do mês de março e eu deveria estar assistindo aula, mas me sentia incapaz de pensar na escola, na Universidade. Camila e o Rei de Amarelo consumiam toda a minha atenção. Qualquer outra coisa seria perda de tempo.

Entrei no teatro de Uoth. Por fora era como o resto dos prédios da mesma rua, uma fachada soturna com janelas sujas e quebradas, implorando uma boa demão de tinta.O interior era, ainda, o interior de um puteiro de terceira categoria, completo com veludo negro no chão e espelhos dourados no teto e nas paredes. As mesas e o balcão tinham sido retirados, no entanto. Notei isso pelas marcas visíveis sobre o veludo. Camila me disse que as fileiras de cadeiras para a plateia seriam entregues em breve.

Meu elenco estava sentado na beira do palco. O primeiro deles a me chamar a atenção foi uma mulher – parecida com Camila, mas mais velha. Mais forte. De certa forma, mais bela... Se Camila era uma flor, essa nova mulher era o fruto doce, brilhante e suculento da mesma árvore. Se Camila tinha vinte anos de idade, essa mulher teria trinta e seis. Poderiam ser mãe e filha, pensei, e sabia que tinha sido seduzido. Me senti como o viciado que obtém um lampejo de uma droga ainda mais poderosa, e se converte.

– Esta é Cassilda – disse Camila, percebendo o jeito com que eu olhava para a mulher. – Você pode até não acreditar, mas ela é minha tia.

– Acredito – respondi.

Uoth, o único homem da família Faussesflammes que eu iria conhecer, era um tipo magro, pequeno, incapaz de olhar outro homem nos olhos por mais que dez segundos. Eu disse quer ele era magro? Não, era esquelético. E faria qualquer coisa que Camila pedisse. Quando os vi juntos pela primeira vez, percebi alguma coisa na gesticulação, no jeito que se olhavam... Eu estudava Arte Dramática; sabia uma coisa ou outra da linguagem do corpo. E o que aqueles corpos me diziam, conforme chegavam mais e mais perto um do outro, era algo... Algo não inteiramente saudável.

Mas isso não me preocupou. Afinal, agora eu pertencia a Cassilda.

* * *

Sequer me recordo das outras pessoas no elenco. Por mais que tente, só consigo pensar em Cassilda, Camila, Uoth e um homem alto, magro – mas com muito mais dignidade que a transmitida pela magreza abjeta de Uoth – chamado Fernando Amaral. Ele não era, para ser exato, parte do elenco, mas um técnico contratado por Camila para ser o nosso cenógrafo. No entanto, sua participação na peça seria a maior de todas.

Primeiro, ele me falou de suas ideias para o Lago de Hali. Este lago é uma das principais peças de cenografia para "O Rei de Amarelo": tem inúmeros significados, a maioria apenas sugerida, e sua forma deveria possuir uma certa qualidade surreal. Amaral disse que pensava em usar espelhos, e folha de alumínio, arbustos de espinheiro e alga marinha seca, amarelada. Tudo me pareceu muito interessante. De fato, aquele era um homem de grande talento, e a princípio não pude entender como ele podia estar trabalhando conosco, em uma aventura totalmente amadorística. Mas vivíamos os anos cinzentos, os anos de chumbo; e logo me toquei de que "Fernando Amaral" dificilmente seria um nome real. Se ele era um comunista fugindo do governo ou só mais um intelectual perseguido, eu só viria a saber depois. Mas poder trabalhar com ele fez de mim um homem mais feliz.

O Lago de Hali seria uma estrutura complexa, mas o maior problema que Amaral me ajudou a resolver dizia respeito ao Rei. Veja, este é o papel principal, o personagem-título, e eu era incapaz de imaginar um ator que estivesse à altura. Mesmo se tivéssemos dinheiro (o que não era o caso) para contratar alguém realmente bom, um grande nome, um talento genuíno... Mesmo isso não bastaria. Cheguei a pensar em José Mojica Marins, mas logo abandonei a ideia. Duvido que mesmo Orson Welles, sir Lawrence Olivier ou Paulo Autran pudessem desempenhar o papel.

Era uma manhã chuvosa, e eu estava com Cassilda em um recesso escuro e poeirento nos bastidores, o cheiro de madeira úmida e o calor à nossa volta, o calor pulsando como um coração lento, moribundo. Como a sobrinha, Cassilda também tinha uma cicatriz bizarra no corpo. E assim como em Camila, a marca de Cassilda também lembrava a ilustração na capa do livro. Mas a cicatriz de Cassilda não ocupava o lugar de uma orelha – substituía o mamilo esquerdo.

Enquanto estávamos lá, naquele espaço escuro e sujo atrás do palco, antes da chegada dos outros atores para o ensaio, enquanto eu beijava os seios de Cassilda e escutava nossa respiração pesada, imaginando que um leite doce e amarelado fluía da cicatriz bela e deliciosa, foi aí que me ocorre: não precisaríamos de um ator para o papel do Rei.

Nenhum ator mesmo.

* * *

Fernando tinha dito pra gente que estava morando em um pequeno hotel, um edifício miserável, cheio de piranhas e mendigos, perto da estação ferroviária. Corri até lá, ansioso para encontrá-lo. A mesa da recepção era uma coisa imunda e engordurada. O saguão fedia a fezes e urina; a ruiva obesa que fazia as vezes de recepcionista nem me perguntou o nome antes de indicar o quarto de Fernando. Bati na porta e ele a abriu, só uma fresta, a princípio, e depois só o bastante para me deixar passar.

– O pessoal não faz cerimônias com visitas por aqui –, eu disse.

– Com o tipo de gente que frequenta este lugar, eles devem achar melhor não fazer perguntas – ele respondeu. – Bem, chefe, a \que devo a honra? Achei que nossa reunião era à noite!

– Me ocorreu uma coisa – falei – que tenho que contar pra você.

– E o que é?

Expliquei o que tinha imaginado para o personagem do Rei, e enquanto falava pude notar que os olhos de Amaral começavam a brilhar. Ele estava adorando. E por que não? Era, afinal, um desafio.

– *Deus ex machina* – ele murmurou, sorrindo, saboreando cada sílaba.

– Melhor: *Rex ex machina* –, corrigi.

* * *

E assim minha loucura entrou em sua segunda fase. Na primeira, eu tinha passado dias inteiros traduzindo *Le Roi en Jaune,* e noites inteiras intoxicado com o corpo de Camila. Agora, passava noites e noites nos braços de Cassilda, e dias inteiros traduzindo os êxtases que ela me proporcionava em instruções e planos para serem executados pelas fantásticas habilidades de Fernando.

Trabalhávamos em uma oficina improvisada, no porão do teatro. As condições de trabalho eram ruins (*bem* ruins) mas eu estava possuído; cada instante com Cassilda era pura epifania, algo que, durante o dia, eu me sentia impelido a traduzir em forma e matéria. Nesse sentido, Fernando não era muito mais que uma ferramenta para mim, para meu delírio. Mas era a ferramenta perfeita – convertendo minhas palavras, meus rascunhos, mesmo meus gestos, em uma máquina enorme, antropomórfica, amarela.

Eu não permitiria o uso de qualquer tipo de plástico ou metal. Tudo teria que ser feito com madeira, couro e tecido. Então, a escala era horrenda. Rodas e alavancas de madeira; cadeias com elos de couro; uma máscara de seda branca.

Eu não estava conduzindo os ensaios como deveria, mas Camila e Uoth tomaram conta disso (Camila não voltou a viver comigo na Universidade, mas se mudou para a casa do irmão. Não tive qualquer sentimento a respeito).

A mecânica interna do construto era uma combinação elegante de fluxos de areia, princípios de peso-contrapeso, mecanismos pneumáticos e hidráulicos; havia foles de vapor e coisas como gaitas escocesas por dentro, e isso tudo dava à criatura uma "voz" tétrica e musical. Uma vez ativado (com o girar de uma ampulheta de couro colocada atrás do pescoço), meu "golem teatral" iria desempenhar seu papel com perfeição total e sem interrupção – da primeira palavra (emulada pela gaita) ao último movimento (uma tentativa de remover a Máscara Pálida). De fato, seria impossível detê-lo.

Nossa principal preocupação, como você deve ter imaginado, era fazer a voz do Rei soar de forma adequada. Desde o começo o som que criamos foi muito parecido ao de um velho órgão, como os que a gente vê em velhos filmes de terror, e isso pode até parecer perfeito para a situação mas, na verdade, não era.

O efeito "órgão de filme de terror" era a base para o que queríamos, sem dúvida, mas estava longe de ser o *bastante*. Sentimos que o nosso "Rei" requeria mais profundidade, que a voz daquilo (dele!) deveria ser como a música mística das esferas superiores – ou, melhor ainda, das esferas *inferiores*. A última frase do Rei – "*Mas eu não uso máscara*" – deveria ter uma musicalidade capaz de fazer o céu tremer e o inferno gritar.

* * *

Duas semanas antes da estreia, começamos a divulgar a peça. Usamos panfletos que Camila imprimiu em um velho mimeógrafo. Toda a equipe, incluindo Fernando e eu, deveria ir às ruas e distribuir a papelada por, pelo menos, duas horas ao dia. Foi o que fizemos.

É incrível, agora que paro para pensar no assunto, como os outros membros da equipe – atores e atrizes cujos nomes e rostos esqueci há muito – se entregaram à tarefa, entediante e potencialmente perigosa. Entediante porque, claro, ficar parado em esquinas, estações de trem e pontos de ônibus distribuindo panfletos aos passantes não é a coisa mais divertida do mundo. E era perigoso, pois aqueles eram os anos de chumbo, os anos cinzentos, e para a polícia a diferença sutil entre um ativista de esquerda e um ator nem sempre era evidente à primeira vista. E, naquele tempo, podia ser difícil sobreviver à primeira impressão.

A divulgação foi tranquila, apesar de tudo. Como acho que já disse, os atores demonstraram verdadeiro entusiasmo. Eles entraram nos bares, nos cinemas, nos puteiros, e fizeram ponto em calçadas, esquinas e praças, e até mesmo debaixo de semáforos. Todos os panfletos foram distribuídos.

O texto nos papéis era de autoria de Camila, acho. Nunca perguntei. Era um texto bem elaborado, destacando o conteúdo erótico da peça. Se pudéssemos vender a ideia de que se tratava de um show vagabundo de sexo, a interferência da polícia ou da censura seria improvável. Naquela época, a preocupação principal era política, não de costumes. Por outro lado, um show vagabundo de sexo era exatamente do que precisávamos para atrair multidões – nisso, até a localização do teatro e a reputação do lugar ajudavam.

* * *

Fernando foi o único membro da equipe que não se viu totalmente exposto a Camila ou Cassilda. Ele tinha sido contratado por Camila, certo, mas a partir do dia em que fui procurá-lo no hotel ele praticamente trabalhou todo o tempo sozinho comigo. Talvez tenha sido por isso que nunca demonstrou o mesmo fanatismo dos outros pela peça: Amaral não havia provado o suficiente de "tia" e "sobrinha" (ou de Uoth) para ficar inebriado. Talvez tenha sido por isso que permitimos que partisse.

Na época, já vínhamos trabalhando na voz do Rei há um bom tempo, e acho que os tons e subtons que eu insistia em pôr na coisa estavam fazendo com que o cenógrafo se sentisse desconfortável. A frase "Eu não uso máscara" começava a soar como unhas podres arranhando um quadro negro, e para mim isso era ótimo – mas não era um som que ajudasse as pessoas a dormir bem, depois.

Mas Amaral nunca reclamou. Certo dia ele apenas veio falar comigo e disse que o "coletivo" estava pedindo sua "ativação". Não fiz perguntas: havia uma infinidade de pseudopartidos, facções, grupos, movimentos, exércitos e alianças na clandestinidade, tentando derrubar a ditadura ou restabelecer a democracia, pôr na bunda da CIA ou estabelecer a República Popular ou Soviética do Brasil – na maioria das vezes, tudo isso junto. Se ele era membro de algum desses, e se eles estavam querendo "ativá-lo", isso provavelmente queria dizer que Amaral, em breve, estaria rumando com um fuzil para a floresta, ou explodindo carros de polícia. Quanto menos eu soubesse a respeito, melhor.

Então, paguei a Fernando o que lhe devíamos (graças ao aparentemente inexaurível prêmio de loteria de Uoth) e ele seguiu seu caminho, me deixando com o abacaxi de concluir o trabalho por meus próprios meios.

Agora que paro para pensar no assunto, quase me convenço de que a saída de Fernando foi parte do plano da família Faussesflammes. Porque, com ele por perto, eu jamais teria ousado as combinações de som que passei a usar; a mera presença de uma pessoa sã, de uma sensibilidade natural, teria me impedido.

Eu jamais teria procurado todos aqueles instrumentos de corda e tripa, velhos e esquecidos desde a Idade Média; nem pesquisado a respeito do órgão proibido da Catedral de Averoigne, que só revela todo seu complexo cromatismo musical quando ativado por vapores cáusticos.

Mas agora eu sabia tudo que Fernando poderia me ensinar, e não havia mais restrições. Portanto, não demorou muito para que a última fala do Rei encontrasse a voz que lhe era de direito.

* * *

Chegou a noite de estreia. Camila e Uoth eram atores e diretores; com a partida de Fernando, deixei de lado o papel de Yhtill e assumi a operação da máquina-Rei. O cenário todo era estonteante: três luas pálidas, e o lago, e as torres de Carcosa aparecendo através da janela trilobada do palácio de Cassilda.

Os outros atores estavam ótimos, também. Como já disse, mal me lembro deles, quero dizer, sou incapaz de fixar seus rostos e nomes. Esquisito, não? Mas me lembro do que interpretaram, e como interpretaram. Foi fascinante!

Mas nada podia superar as cenas em que Camila e Cassilda contracenavam. "O Rei de Amarelo" é puro texto, quero dizer, não se trata de uma ópera, e sim de falas declamadas, mas há passagens inteiras em que os personagens de Camila e Cassilda mantêm diálogos que equivalem a árias ou duetos e, ouso dizer, a um tipo especialmente perigoso de pas-de-deux (e o "Rei" também não é um balé...). Eu podia ver o rubor em suas faces, o brilho em seu olhos, ouvir a vibração, quase subsônica, do êxtase em suas vozes. Aquelas eram duas almas desnudadas, mais até: dois corações desnudados. E aí está o verdadeiro horror: no final, eram, ambas, simples seres humanos. Quanto menos eu falar sobre a peça, melhor. Mas, se você quiser ter uma ideia... há assassinato, estupro e incesto. E loucura e traição. Falando assim, você pode até pensar em Nélson Rodrigues. Mas não era parecido com nada que já tivesse saído da caneta de Nélson. As palavras eram como as de Racine, ou Shakespeare, ou... não, eram mais como Platão: um diálogo tão belo e, ao mesmo tempo, tão insidioso... uma beleza que transmite ideias, argumentos, conceitos.

E a "rationale" de "O Rei de Amarelo" poderia fazer você tremer.

A plateia estava totalmente absorta. Nossa publicidade tinha o apelo de um show pornô, o tipo de coisa que atrai a escória. E a escória havia comparecido: viciados, desesperados, bêbados, pobres de mente, corpo e moral. Mas a beleza era tanta que mesmo eles se viram capturados. O único tipo de sexo sobre o palco era repugnante mesmo para os padrões mais elásticos, mas estava tão bem entremeado ao fluxo da peça, e de forma tão persuasiva, que ninguém ousava mover um músculo, murmurar uma única palavra. Se a peça tivesse germinado como deveria, nenhum deles voltaria a ser a mesma pessoa.

Mas, graças a Deus, isso não aconteceu. No meio do segundo ato – eu me preparava para pôr a máquina no palco – a polícia invadiu o teatro.

Era a cena em que Uoth tenta violentar a irmã, Camila. É uma cena de luta, mas escrita de forma tão inteligente... sutil... *hedionda*... que é impossível deixar de lado a impressão de que a luta é apenas jogo de aparências; que o que acontece, de fato, é algum tipo de jogo perverso de mútua violação entre irmãos.

Eles rasgavam as roupas um do outro, mordiam e arranhavam um ao outro. Sangue de verdade fluía pelo palco... E então a entrada principal do teatro veio abaixo com um estrondo.

– Peguem todo mundo pra interrogatório! – uma voz gritou.

Neste momento, Camila mordia o pescoço de Uoth. Não sei se o estrépito da porta caindo, o som dos coturnos da tropa de choque ou as ordens do delegado a assustaram, fazendo-a morder mais fundo por reflexo, ou se ela apenas se deixou levar pelo papel. Talvez – por quê não? – a merda estivesse, mesmo, no texto. O fato é que, quando ergueu a cabeça, Camila transbordava vermelho pela boca, e um jato de sangue disparou da ferida no pescoço de Uoth, imprimindo uma mancha larga no teto baixo sobre o palco.

Aí começou o pandemônio.

Acho que Camila foi morta a tiros pelo policial que a viu arrancar o pescoço de Uoth com os dentes. O homem deve ter reagido por puro instinto. Eu estava paralisado na boca de cena, incapaz de reagir. Então Cassilda se aproximou e disse:

– Solte a máquina!

– Quê? – perguntei.

– Solte a máquina! – ela exigiu, apontando para o Rei. – Chegou a hora!

Ouvi mais tiros. Acho que havia algum imbecil armado na plateia, que resolveu disparar contra os policiais. Que, é claro, responderam abrindo fogo sobre a multidão. Os olhos de Cassilda eram como ferros em brasa sobre os meus.

– Tudo bem – eu disse.

* * *

Virei a grande ampulheta dentro do crânio do Rei, e assim que a areia começou a fluir, a máquina se pôs em movimento. Ela entrou no palco exatamente como deveria: envolta e uma nuvem de dióxido de carbono, e tocando seu próprio tema musical. Dizendo assim parece uma coisa boba, acho, como se fosse só mais um efeito de ilusão de palco. Você tinha que estar lá pra entender do que se tratava, aquela coisa monstruosa feita de seda amarela, madeira, vidro e couro, a forma humanoide emergindo das sombras com seu manto retorcido de névoa branca.

– Está vindo… está vindo… Poderosa Carcosa, está vindo…

Cassilda se ajoelhava ao lado do monstro. Adorando-o, eu diria. Ela mantinha uma mão firme entre as pernas, e acho que sei *o quê* estava "vindo". Mas não importa.

Por alguns instantes, o Rei atraiu o fogo da polícia. Nesse período, a peça de madeira foi atingida por, pelo menos, meia dúzia de balas. E eu, libertado do feitiço de Cassilda – ela só tinha olhos para o Rei – usei a distração para fugir. A névoa era uma boa cobertura, também. Achei que, se tentasse escapar pelos bastidores, eles iriam me prender e eu acabaria torturado. Mas se conseguisse descer do palco e me misturar à multidão (ficando o mais longe possível dos cretinos que insistiam atirar nos policiais), talvez acabassem me liberando depois de algumas poucas perguntas. Tentar sair do teatro estava fora de questão: era provável que todas as portas estivessem sob vigilância.

Eu começava a descer as escadas que separavam o palco do corredor antes da primeira fila quando ouvi a voz de Cassilda atrás de mim:

– Caro senhor, é chegada a hora dos convidados retirarem suas máscaras.

Esta era uma das últimas falas do personagem Cassilda na peça. Ela estava interpretando!

Me virei e vi: ela estava lá, parada no centro do palco, balas zunindo ao seu redor como um enxame de abelhas assassinas e Cassilda mal tomando conhecimento do perigo. Era como uma deusa, uma rainha, Lady Macbeth majestosa em meio a seus pecados. E ela olhava fixamente para a máscara de seda da máquina, os olhos de Cassilda imbuídos de um brilho doloroso, uma luz que não era luz, como a radiação de estrelas mortas.

E então uma bala rasgou o véu pálido da máquina, destruindo a máscara; e outra atingiu o mecanismo por trás. Só posso imaginar que a segunda bala operou algum tipo de *mudança* na disposição das rodas, alavancas e cadeias de couro; não pude ver o que exatamente aconteceu, pois estava olhando para as costas da coisa. Mas vi o efeito sobre Cassilda. Seus olhos, já sem luz, ficaram, de repente, sem vida; sua pele assumiu uma palidez mais profunda que a da máscara rasgada. E quando o monstro disse – com a voz profana *totalmente inalterada* pelos tiros – sua frase final: "*Mas eu não uso máscara*"... Cassilda pôde, apenas, oferecer a resposta correta, a frase exigida pelo texto. Ela disse:

– Sem máscara...!

E morreu. Nenhuma bala a tocou, mas Cassilda caiu morta.

* * *

A face da coisa foi ainda mais desfigurada por tiros subsequentes, então ninguém sabe exatamente *o quê* Camila viu. E é melhor assim.

Quanto a mim? Você sabe o que aconteceu: fui preso e torturado. Nada muito brutal, ao menos não para os padrões da época, eu acho. Não me sodomizaram, nem levei choques elétricos nos genitais. Só levei uns murros e passei por um pouco de sufocamento com água e toalhas.

Acabei libertado como um tipo de prêmio de consolação, durante uma daquelas operações de troca de prisioneiros políticos por embaixador sequestrado. Então fui para Cuba, mas, como já disse, não tenho muito saco com comunistas. Acabei indo parar em Londres.

Às vezes penso sobre o que aconteceu no teatro. Acho que Fernando deve ter sido preso com alguns de seus colegas revolucionários, e então falou à repressão sobre a nossa peça. Talvez algum fodão de Brasília soubesse da fama de *Le Roi en Jaune* e tenha ordenado a invasão do teatro. Ou talvez eles estivessem apenas correndo atrás dos suspeitos de sempre. Quem sabe?

Também é estranho que a polícia tenha encontrado oposição armada. Talvez outros colegas de Fernando estivessem atrás dele, ou pensassem que alguém no teatro tinha dedado alguma coisa.

Então, por que eu não deixo você usar a peça? Porra, moleque, não deu pra sacar ainda? A coisa é *amaldiçoada*. Todo mundo que toca aquela merda acaba morto, ou louco, ou as duas coisas. *Eu* sou louco por não ter queimado a merda ainda.

Vou te contar mais uma.

Quando peguei o avião pra Cuba, Fernando também estava lá. Sim, estava. Mas ele não queria falar sobre como ou porquê tinha sido preso, nem se havia contado aos milicos a respeito da peça. Nada disso. Ele usava óculos escuros – *opacos*, na verdade. O fato é, ele estava cego.

– Não acredito que os filhos da puta fizeram isso com você! – falei.

– Eles não fizeram. Eu fiz – foi a resposta.

– O quê?

– Claro! Depois que larguei a peça, à noite, todas as noites, eu só sonhava com Carcosa, e o lago... o lago, tão bonito... Quando me botaram sob tortura, o lago vinha aliviar minha dor... Então, dei um jeito de ter o lago diante de meus olhos todo o tempo.

Ele então retirou os óculos. Onde os olhos deveriam estar vi duas cicatrizes – como na orelha de Camila, e no mamilo de Cassilda. Fernando havia vazado os próprios olhos, e o tecido morto que agora preenchia as órbitas tinha a marca inconfundível do Signo Amarelo.

O mal de um homem

O mal que um homem faz vive depois dele
O bem quase sempre é enterrado com seus ossos

(William Shakespeare)

FINALMENTE, O CHEIRO AZEDO DE suor antigo e saliva, impregnado nas cobertas, e o contato viscoso do sêmen, escorrendo, gelado, pela coxa e pela virilha, tiraram Roberto de seu estupor.

Ele estivera inconsciente nas últimas seis ou sete horas; mas não seria lá muito correto dizer que tinha dormido. Em momento algum Roberto havia atingido uma fração sequer do relaxamento, físico e mental, que caracteriza o sono verdadeiro. Em vez disso, era como se tivesse estado preso, paralisado, tenso como um traidor diante do pelotão de fuzilamento.

Roberto trazia, em sua mente, a lembrança nítida de algo que talvez pudesse ser chamado de sonho: um céu ainda azul, mas onde se armava, rapidamente, uma tempestade – nuvens cinzentas girando em torno de um vértice indefinido e, brilhando no lugar do disco alaranjado do Sol, a pupila esverdeada de Carina.

Carina!

O nome fez Roberto, ainda deitado, erguer a cabeça para contemplar, com um olhar que se propunha filosófico, a mancha patética na calça do pijama. Ele não conseguia lembrar se tinha feito aquilo com as mãos, ou se a coisa tinha acontecido espontaneamente. A porra já estava fria, grudando nos pentelhos e nos pelos da perna. Se não se lavasse logo, Roberto ia acabar tendo uma assadura.

Velho demais, velho demais pra essa merda, ele pensou, tentando, sem sucesso, erguer os cantos da boca em um sorriso irônico de autodepreciação. Mas a amargura que sentia era grande demais para se esconder atrás da ironia fácil. *Seu punheteiro filho da puta*, disse para si mesmo. Como se tivesse vida própria, a mão direita, espalmada, o atingiu de leve na bochecha. *Acorde, cretino.*

Carina...

O nome não só não lhe saiu da cabeça como ainda lhe causou dois princípios de ereção, um durante o banho e outro enquanto escovava os dentes. Nessa hora Roberto teve uma vontade louca, quase insuportável, de esmurrar o espelho – de novo, foi como se a mão direita ganhasse vida própria. Ele teve que morder os nós dos dedos, e morder com *força*, para conseguir se conter.

Enquanto buscava lucidez na dor, Roberto imaginou a si mesmo com a espuma avermelhada do creme dental a lhe escorrer pelo queixo, o gosto forte de canela na língua, a escova azul ainda enfiada até a metade na boca, a mão quebrada, ensanguentada e cheia de estilhaços de vidro, o espelho esmagado no centro e, ao redor, trincado em um padrão de teia de aranha.

E, coroando a situação, o pau duro.

Sem fazer ruído, engolindo os próprios soluços com pasta de dente, Roberto começou a chorar.

* * *

Às sete e cinquenta e seis, Roberto chegou para o trabalho. Ele era um dos três encarregados do CPD do Colégio São Tomas Morus ("*Para que a maioria das coisas vá bem, é preciso que todos os homens sejam bons*", dizia a divisa da escola. A frase estava gravada numa placa de bronze, logo à entrada do pátio principal). Fundado no início do século por um engenheiro católico inglês que tinha vindo ao Brasil para participar da implantação das estradas de ferro, o São Tomas havia se transformado, com o passar das décadas, no melhor e mais caro estabelecimento de ensino da cidade. Também havia sido o primeiro da região a entrar na Internet, e era o único a exigir que todos os funcionários do sexo masculino usassem terno e gravata.

O responsável de direito pelo CPD era o filho de um dos membros do Conselho Diretor, um garoto de vinte e um ou vinte e dois anos, que pesava pouco menos que uma dezena de arrobas. "Arroba" era, aliás, como o chamavam – pelas costas.

Mas o Arroba passava quase todo o tempo entre o Paraguai e Las Vegas – segundo as más línguas, algumas de suas dívidas de jogo entravam, vez ou outra, na contabilidade do colégio – e a tarefa de manter o CPD em ordem acabava recaindo sobre Roberto e outros dois colegas. Não havia uma divisão estrita de tarefas; qualquer um deles poderia estar instalando um "kit" multimídia na sala de música, agora, e daqui a duas horas ter que checar o funcionamento da rede, eliminar um vírus ou orientar um grupo de estudantes que quisesse fazer uma pesquisa na Internet.

Naquela manhã, Roberto estava incumbido de limpar os diretórios de arquivos temporários, e de eliminar arquivos não-autorizados. O colégio tinha uma meia dúzia de alunos metidos a "hackers" que, além de driblar as restrições de acesso à Internet, viviam usando o espaço da rede para arquivar fotos pornográficas, piadas, bilhetinhos, cola e outras coisas assim.

Roberto trabalhava como um autômato, quase sem prestar atenção no que fazia. Como sempre, sua mente estava ocupada com Carina – mais exatamente, com o olho verde de Carina.

Ela era a bibliotecária do colégio, o que fazia com que houvesse uma chance razoável de que Roberto a visse pelo menos uma vez ao dia. O banco de dados da biblioteca era muito suscetível a problemas, o que forçava Carina a fazer visitas mais ou menos constantes à saleta do CPD. (Roberto, ainda que inconscientemente, *criava* parte dos tais problemas).

Roberto e Carina tinham trabalhado juntos por dois meses, no início do ano, durante a implantação do catálogo de livros informatizado. Foi numa das primeiras reuniões sobre o projeto que ele notou o Olho Verde.

Qualquer outra pessoa diria que Carina tinha um par de olhos lindos, azuis, simétricos e idênticos, mas para Roberto um deles – o da esquerda – parecia esverdeado. Não *totalmente* verde; seria injusto dizer que Carina tivesse olhos de cores diferentes. Mas, mesmo assim... Por um instante, Roberto tentou atribuir a impressão ao cansaço. Ele tinha dormido mal na noite anterior, depois de uma briga feia com a namorada.

Mas, não. *Não era isso*, ele pensou. *Não podia ser.* E, em menos de dez minutos, Roberto estava convencido de que havia alguma coisa ali. Talvez uma mancha amarela, tênue, na córnea. Uma marca, um sinal amarelado que, ao se sobrepor ao azul da íris, causasse esse *esverdeamento,* tão desconcertante quanto fugidio. Ou, quem sabe, uma (Roberto tremia ao pensar na palavra) *deformidade* inerente à própria íris, algo que torcesse e refratasse a luz de maneira especial, única, alterando a dispersão dos raios, a frequência das cores refletidas.

No início a questão apenas intrigava Roberto. Curiosamente, ninguém mais parecia notar qualquer coisa de errado, ou de estranho, nos olhos de Carina. Nem mesmo os alunos, sempre muito ativos quando se tratava de zombar de qualquer defeito, real ou imaginário, de professores e funcionários (como chamar o filho gordo do diretor de "Arroba", o professor de Física que havia sofrido de pólio na infância de "Manquitola", a professora de Geografia que tinha se excedido em um baile de Carnaval de "Piranha Sapatão"), pareciam ter um apelido cruel em estoque para Carina.

Qualquer comentário sobre os olhos da bibliotecária – e Roberto fez vários, soltando-os de forma aparentemente despretensiosa, mas preparando cada um com cuidado digno de uma sonda a mundos inexplorados – , provocava respostas do tipo "Realmente! Lindos, não? Parecem dois faróis acesos, de tão azuis...".

Por algum tempo, o técnico de informática imaginou se não teria sido vítima de uma ilusão de ótica.

Para tirar a dúvida ele redobrou a atenção com que observava o rosto de Carina, durante as reuniões seguintes. Os encontros aconteciam em salas e horários diversos e, por conta disso, o ambiente e a própria qualidade da iluminação variavam bastante.

Mas, apesar de todas as mudanças, o *esverdeamento* se mantinha.

E então veio a noite em que Roberto teve a briga definitiva com a namorada: uma discussão tensa, onde nenhum deles sabia exatamente o que dizer ou porquê. Eles brigavam e gritavam e debatiam em círculos – como se falassem línguas diferentes, como se as mesmas palavras, exatamente as mesmas, mudassem perversamente de significado em pleno ar, entre a boca de um e o ouvido do outro, assumindo sentidos distorcidos, diversos – sentidos que machucavam, como espinhos no flanco ou farpas sob a unha.

Falar e ouvir pareciam esforços inúteis, exaustivos; uma coisa fadada ao fracasso. Logo, portanto, a discussão acabou dando lugar a uma tentativa frenética de compreensão *física.* Mas tudo que conseguiram foi pouco mais de vinte minutos de sexo desajeitado, frio, mecânico, quase doloroso.

Quando a garota foi embora, (*loira aguada estúpida*, ele pensou, sabendo que nunca mais iria vê-la) Roberto ficou sozinho na cama, refletindo sobre como era difícil encontrar uma mulher com quem se pudesse realmente ficar, sobre como era incrível que houvesse tanta gente casada, feliz, *meu Deus, há seis bilhões de malditos seres humanos nesta bosta de mundo*, se ele mesmo não era capaz, não lhe parecia possível, ele sentia que não estava ao seu alcance, por mais que tentasse e tentasse e...

O Olho Verde.

A coisa o atingiu como uma espécie de revelação mística, uma versão mais bem-acabada, definitiva mesmo, do êxtase que ele e a (ex-) namorada tinham sido incapazes de proporcionar um ao outro.

O Olho Verde.

Havia um significado, óbvio, nítido, ululante até, no fato dele, Roberto, ser a única pessoa capaz de ver o Olho Verde. Sim, era isso. Um *significado* – a ideia o arrebatou de imediato, esmagando no caminho toda incerteza, dúvida ou medo. Uma prova (*sim, é isso!*) de que ele e Carina partilhavam de uma ligação especial, o mesmo tipo de ligação que ele, pessimista estúpido, derrotista incurável, tinha imaginado, poucos instantes atrás, ser inalcançável.

Inatingível.

Sim, sem dúvida. Era isso. Tudo se encaixava.

O conceito fazia sua cabeça girar; o próprio ar que Roberto respirava parecia doce, narcótico.

Naquela noite, Roberto dormiu sorrindo.

* * *

Na sexta reunião sobre a informatização da biblioteca, sem qualquer motivo aparente, Roberto deu um bombom a Carina. Ele mentiu ao entregá-lo, dizendo que tinha recebido o doce como troco em uma compra de armarinho. Na verdade, ele havia escolhido o chocolate com muito cuidado, gastando mais de meia hora numa loja especializada.

Ela sorriu ao receber o doce, o que Roberto interpretou como um bom sinal. Os olhos brilhavam – o olho verde, em especial. Depois, ela disse "obrigada".

Outro bom sinal, ele pensou.

E, em seguida, ela estragou tudo.

– Mateus! Venha aqui! – ela chamou, acenando para alguém que estava no outro extremo da sala. A reunião tinha terminado há poucos minutos, e as pessoas iam saindo devagar.

O tal Mateus – professor de Literatura, e um dos membros da comissão de informatização da biblioteca – aproximou-se. Era um tipo alto, meio rechonchudo sem ser exatamente gordo, nariz arredondado e cabelos pretos muito crespos; usava óculos de haste prateada, mas sem aro em torno das lentes, e tinha sobrancelhas espessas, desgrenhadas.

– Veja como Roberto, do CPD, é simpático – ela disse, quando o professor se aproximou. Eles não se beijaram, mas Roberto notou a forma como Carina inclinou a cabeça na direção de Mateus, virando o pescoço naquele ângulo peculiar que as mulheres usam quando estão próximas de um homem que se acostumaram a beijar na boca. – Ele me deu um bombom!

Ao mesmo tempo em que dava a Roberto um aperto de mão mais do que caloroso, Mateus franzia o cenho de forma caricatural, compondo uma máscara farsesca, bem-humorada, de ciúme.

– Um bombom? O Que é isso? – perguntou, com um quê de riso transparecendo por baixo da voz carregada. – Coisa perigosa!

Quanto a Roberto, ele simplesmente não estava mais lá. Coração, mente e espírito tinham desaparecido, tragados pela terra. O que restava era o corpo, uma casca vazia, levada, por alguma espécie de respeito atávico às aparências, a executar as tarefas mínimas, básicas, automáticas, da cordialidade: sorrir, responder ao aperto de mão, acenar tolamente com a cabeça. E até balbuciar algumas palavras:

– Perigosa? – ele perguntou.

– Mas é claro! Mulheres são muito sensíveis. Ela vai ficar pensando: "Afinal, o que significa ganhar *um* bombom? *Apenas* um? Se ele fosse um admirador, iria me dar uma caixa! A menos que não me admire de verdade. Ou talvez... A menos que me ache gorda!" E assim por diante. Viu? *Um* bombom é o tipo de coisa que deixa uma garota encafifada. Ela vai ficar se achando gorda por um mês, a partir de agora. Tenho certeza. Aceite um conselho: quando se trata de oferecer açúcar a uma mulher, dê uma caixa inteira, ou nada!

Mal concluiu a sentença, Mateus apoiou o queixo no punho cerrado e lançou um longo olhar apreciativo na direção da bibliotecária. Para completar a cena farsesca, ele batia com o pé direito no chão, como um personagem impaciente de desenho animado.

Por fim, disse, num sussurro plenamente audível:

– Mas, cá entre nós, talvez fosse melhor não ter dado nada...

– Mateus! – ela exclamou, entre divertida e indignada, as faces meio avermelhadas. – Pare de constranger...

– Não foi nada – disse Roberto, com um sorriso amarelo. – E eu realmente não pretendia...

– Deixe disso, amigo – agora, Mateus ria a riso solto. – Foi só uma brincadeira, me desculpe. Ando ajudando os garotos a organizar um grupo de teatro, e às vezes... bem, às vezes...

– Às vezes você se comporta como um perfeito *palhaço* – Carina tentava parecer severa, mas a severidade parecia além de suas forças, no momento. – Vamos. Está na hora do almoço.

Ela se voltou para Roberto e, beijando-o de leve na face, disse:

– Vou guardar isto para a sobremesa. Obrigada!

– De nada.

Mateus pegou Roberto pelo braço e o acompanhou até a saída da sala. Carina chegou antes deles ao corredor, e ficou esperando do lado de fora.

– Desculpe, desculpe mesmo – Mateus ia dizendo, quase que ao ouvido de Roberto, enquanto caminhavam. Agora, o professor de Literatura parecia sinceramente preocupado. *Devo estar branco como um pedaço de cera*, pensou Roberto, sentindo gotas de suor frio na testa. Mas era quase como se fosse a testa de alguma outra pessoa. – Desculpe se o assustei... Ora, bobagem! Sou baixote demais para assustar alguém! – ele riu. – Às vezes, simplesmente não consigo me conter. E ei, algum dia precisamos conversar. Eu lhe pago uma cerveja, que tal? Tem, muita coisa boa na Internet que não sei como aproveitar e... E aí você pode me contar como o Arrobinha faz para desviar dinheiro das contas do colégio para Monte Carlo!

Roberto riu, mas apenas porque alguma coisa lhe disse que o riso, naquele momento, era a coisa apropriada.

Ao chegar ao corredor, separaram-se; Mateus tomou Carina pelo braço e o casal se dirigiu à saída do prédio.

Roberto voltou ao CPD.

* * *

Isso tinha acontecido meses atrás. Roberto, a princípio, não tinha sabido o que fazer com tantos sinais contraditórios – o sorriso dela, o beijo, o Olho Verde brilhando tão, tão só – e o fato, nítido, de que Carina mantinha algum tipo de relacionamento com o tal professor.

De Literatura.

Havia, por certo, a resposta óbvia: Carina estava com a pessoa errada. Como ele, Roberto, tinha estado. Por certo, com o tempo, ela iria perceber isso.

Ou não?

Nas reuniões seguintes, Roberto passou a prestar atenção não só em Carina e no Olho Verde, mas em Mateus e no Olho Azul.

Havia uma dinâmica entre eles, sem dúvida. Da mesma forma que o Olho Verde brilhava para Roberto, o Olho Azul parecia brilhar para o professor. Era como se houvesse duas Carinas, a Azul e a Verde, a superficial e a profunda. E, com tristeza, Roberto se convenceu de que o aspecto Azul tinha predominância. O Olho Verde era um prisioneiro, Roberto concluiu.

Seria preciso, portanto, libertá-lo e, com ele, a *verdadeira* Carina.

* * *

Mas isso tinha acontecido *meses* atrás. E, de lá para cá...

Nada.

Roberto sabia que precisava fazer alguma coisa – que Carina não iria despertar para a Verdade espontaneamente, como ele mesmo tinha feito. Sabia que ela precisava de ajuda, de um empurrãozinho.

O que ele não sabia – e era a consciência dessa ignorância que o torturava, que reduzia seu sono a um estupor tenso, assombrado pela visão do Olho Verde brilhando (*preso!*) em um céu *azul* – era *como* fazer isso. Roberto tinha lido em algum lugar que todo homem apaixonado tem dezessete anos, independentemente da idade. E, embora ele se sentisse tão tolo e desorientado como um rapaz de dezessete, aos trinta e poucos Roberto já contava com alguma experiência acumulada a respeito do assunto; e, além disso, com um senso de ridículo plenamente desenvolvido – o senso de ridículo de um homem adulto.

Senso que lhe faltara no episódio do bombom. Mas que não faltaria mais.

E que o deixava, para todos os efeitos, paralisado.

Após o final do ciclo de reuniões, após a implantação do sistema informatizado, Roberto tinha se mantido em contato com Carina. Havia dificuldades com o sistema – como sempre – e ela se habituara a chamá-lo para resolvê-las. Vez ou outra, ele tinha sugerido que discutissem o funcionamento desta ou daquela base de dados, a solução deste ou daquele problema, sobre uma xícara de café, uma caneca de chocolate – um copo de chope ou de vinho.

Ela nunca aceitara nada além do café. Apenas um chocolate, uma vez, para testar a máquina de vendas nova.

Certa vez, ele tinha chegado a abraçá-la. Uma *única* vez.

Carina tinha pedido para um garoto ir chamá-lo no CPD. O menino disse, apenas, que havia "uma coisa errada" na biblioteca.

Roberto teve que se conter para não sair correndo pela escola. *Uma coisa errada*! O que poderia ser?

Ao chegar à biblioteca, ele foi saudado por uma Carina positivamente *transtornada*. Essa foi a primeira palavra que ocorreu a Roberto, assim que viu a bibliotecária parada, tesa e em pé, fixa, como se um raio a tivesse fulminado e pregado ali, diante de um dos terminais de Internet da biblioteca.

Carina estava com os olhos esbugalhados, o Olho Verde brilhando como a lâmina de uma faca afiada (*Santo Deus*, ele pensou, *que comparação estúpida é essa?*), a mandíbula travada com força, a ponto dos músculos do pescoço se sobressaírem.

– O que foi? – Roberto perguntou, sentindo o coração bater de encontro às costelas. Misturado à apreensão, ele sentia esperança... Esperança de que o problema fosse *sério*, de que não tivesse *nada* a ver com informática e de que, mesmo assim, ela tivesse tido o impulso de chamá-*lo* – escolhê-*lo* entre todos os outros. Antes mesmo de *pensar* em Mateus.

– Achei que... você tinha dito... que conteúdos impróprios seriam... seriam...

Foi aí que ele a abraçou: apesar de toda a rigidez, ela parecia prestes a cair, como uma árvore grande e seca em meio a um vendaval. E, enquanto o abraço durou, ele pôde sentir que o calor humano, o ponto de apoio oferecido por seu corpo estavam fazendo bem à mulher.

Mesmo assim – sem ser realmente brusca, mas com firmeza – Carina se desvencilhou. Roberto levou alguns segundos a mais para soltá-la: a mão direita como que se recusava a deixar ir o braço delgado, de pele sedosa, surpreendentemente firme.

– Os conteúdos impróprios são bloqueados – ele disse, olhando, sem jeito, para a palma da própria mão. – Mas eu também disse que não há garantia total de que os bloqueios funcionem o tempo todo, contra tudo.

– Bem que eles... poderiam ter... funcionado... contra *isso*. – Ela disse, apontando para o monitor.

Roberto olhou para a tela, e teve que respirar fundo.

A imagem era a de uma gravura feita em estilo nitidamente medieval: sem qualquer noção de plano ou perspectiva, com homens de pele negra mas traços físicos europeus, como se fossem negros desenhados por um branco que nunca os tivesse visto (Roberto pensou, por um momento, nos leões do Daniel de Aleijadinho). Mas o que havia perturbado Carina, e feito Roberto prender a respiração, não tinha sido a qualidade estética da figura, e sim seu tema: aquele era o retrato de um açougue de carne humana.

O caráter todo errado – delirante – da figura só ampliava a hediondez da cena. Um casebre cheio de braços e quartos traseiros humanos pendurados nas paredes, todos fora de lugar e proporção.

O açougueiro sorridente, segurando um machado, ocupava o centro da composição.

Num canto havia uma mulher, também sorridente, carregando sob o braço um embrulho feito de algo que, Roberto imaginou, o artista queria que fosse a folha de alguma grande árvore tropical. E do embrulho caíam três gotas, cuidadosamente desenhadas em tinta preta. Uma delas era quase do tamanho da cabeça da freguesa.

Rapidamente, Roberto tirou a imagem da tela e abriu outras janelas no terminal, estudando com cuidado os números e letras que iam aparecendo.

– O nome Filipe Pigafetta significa alguma coisa para você? – ele perguntou, afinal.

A questão fez Carina – que tinha começado a tremer – parar quase que imediatamente:

– Claro. É um escritor italiano, do Renascimento. Escreveu a história da viagem de Fernão de Magalhães ao redor do mundo. Temos este livro aqui. – Carina faz uma pausa. – Em português e espanhol – acrescentou, inconsciente da ponta de orgulho na voz.

– Bem, não foi só isso que ele escreveu. Aqui está: a figura que nós vimos é a décima-segunda ilustração do *Regnum Congo*, ou "Viagem ao Reino do Congo, Segundo Relato do Marinheiro Português Duarte Peres", por Filipe Pigafetta. Alguns garotos do segundo colegial estavam fazendo uma pesquisa na Internet sobre as Grandes Navegações e acharam uma versão digital do *Regnum Congo*, com os desenhos originais da época. Tenho as senhas e logins. Quer que eu descubra exatamente quem foi?

– Não... quero dizer... Acho que os garotos agiram de boa-fé, então...

– Um dos moleques deve ter achado a ilustração e resolvido salvá-la. No mínimo, para fazer uma camiseta.

– Ave Maria, espero que não! – Ela sorriu um sorriso apagado. – Acho que fiz um escândalo e tanto por nada, não foi? Desculpe.

No íntimo, Roberto concordou que a reação tinha sido descabida, exagerada, mas não falou nada. Ele achou que talvez devesse dizer alguma coisa para tentar acalmá-la um pouco mais – o Olho Verde ainda parecia assustado, suplicante. E a mulher estava muito, muito pálida. O sorriso, em comparação, era quase negro. Ela voltara a tremer. Parecia doente.

Mas a língua simplesmente não se movia. Era como se tivesse grudado no céu da boca.

Finalmente, Roberto, mudo, também sorriu. Ele estava quase saindo quando ela lhe disse:

– Se você encontrar Mateus, ou for passar pela sala dos professores... podia pedir pra ele vir aqui?

* * *

Roberto realmente tentou considerar os desdobramentos que se seguiram como partes de uma ironia suave, quase agridoce; buscou, até, encontrar motivos para rir um pouco de si mesmo, para levar-se menos a sério.

Mas, no final, tudo que podia fazer era irritar-se e desesperar-se cada vez mais com o inesperado, o absurdo da situação.

Pois, ao mesmo tempo em que Roberto percebia Carina cada vez mais distante, mais fora de alcance – ao mesmo tempo em que o Olho Verde se mostrava cada vez mais tomado de tristeza, cada vez mais imbuído de desesperança e solidão, fazendo com que Roberto se sentisse, a um só tempo, impotente e culpado; terrivelmente culpado – Mateus, o professor de Literatura, dava cada vez mais mostras do cultivar uma simpatia sincera, intensa, pelo técnico de informática.

Roberto, de sua parte, não tinha nada de concreto contra o homem. De um ponto de vista estritamente neutro, Mateus lhe parecia, às vezes, um pouco espirituoso demais, um pouco teatral demais. Mas estas eram, exatamente, as qualidades que Carina (ou, Roberto se corrigia, o Olho Azul) mais admirava no homem. Qualidades que Roberto não possuía.

Só que ele era incapaz de manter um "ponto de vista estritamente neutro" em todos os momentos. Aliás, Roberto era incapaz de mantê-lo por mais do que cinco minutos de cada vez. E, no resto do tempo, a simples presença de Mateus fazia com que o técnico assumisse uma disposição sombria; *assombrada*, até.

Mesmo assim, Roberto tolerava a companhia de Mateus. Fazia-o maquinalmente, achando que talvez pudesse *aprender* alguma coisa, *absorver* algo.

Mateus, por sua vez, não dava mostras de notar a aversão, o desconforto que causava. Normalmente saíam juntos, duas vezes por semana, na "happy hour", para um chope ou um uísque; sempre por insistência de Mateus, que também fazia questão de pagar a conta. Mateus, por falar nisso, parecia muito bem de vida; razoavelmente melhor, pelo menos, que os outros professores do colégio O fato incomodava um pouco a Roberto, na medida em que correspondia a mais uma desvantagem sua frente ao rival.

Então, ele se vingava consumindo coisas caras.

Nunca passavam mais do que meia hora no bar, e nesse período Roberto limitava-se a beber o que havia de mais extravagante no cardápio e a balançar a cabeça de forma indefinida, sem deixar claro se concordava ou discordava do que o outro estava falando.

E como Mateus falava! Pelos cotovelos; citava Shakespeare, Gil Vicente, Nélson Rodrigues; declamava Gonçalves Dias: o "I-Juca-Pirama" e "Teus Olhos" (deste último ele fazia uma corruptela grosseira, usando "olhos azuis" onde o poeta havia escrito "olhos negros". Isto sempre deixava Roberto com uma sensação de frio na espinha).

* * *

E assim transcorreu quase um ano entre a descoberta do Olho Verde e a manhã que Roberto passou na saleta do CPD, caçando e apagando arquivos não-autorizados da rede de computadores do colégio. Meses que Roberto viveu como se fosse um fantasma. Como se não existisse.

Aquela, especificamente, foi uma manhã que se esgotou como que em um instante. Os dedos de Roberto trabalhavam sobre o teclado e no botão do "mouse" como entidades autônomas, mecânicas. Mais uma vez, Roberto mantinha-se alheio a si mesmo. Sua mente mergulhava, concentrada, na lembrança da luz do Olho Verde.

Durante a faxina de diretórios ocultos e imagens proibidas, o técnico voltou a encontrar a décima-segunda ilustração do *Regnum Congo*; e a lembrança de seu único abraço em Carina fez com que caísse em si, forçando-o a se concentrar no trabalho.

Mais atento, Roberto notou que o arquivo ressurgia não uma, mas inúmeras vezes. A imagem tinha sido copiada e tratada em algum programa de manipulação gráfica: todos os quartos, coxas, braços e pernas pendurados na parede do açougue para canibais agora traziam selos, rótulos e etiquetas – com nomes de professores, disciplinas e autoridades.

Roberto achou a brincadeira realmente boa, e foi com um suspiro de arrependimento que apagou todas as cópias da "obra". *Com sorte,* ele pensou, *o garoto que fez isto tem um back-up em casa.*

O técnico estava saindo para o almoço quando encontrou Mateus no corredor. O professor, todo sorrisos, veio abraçá-lo.

– Tenho uma ótima novidade para você – disse Mateus, enquanto Roberto se desvencilhava, mal disfarçando o constrangimento.

– Mesmo? – Ele perguntou.

– Sim! Uma caixa!

– Caixa?

– Wild Turkey! Recebi uma caixa inteira! De um amigo na Receita. Queria que você aceitasse.

Wild Turkey. O uísque americano ("bourbon", como costumam chamá-lo) que Roberto sempre pedia quando Mateus o arrastava para a "happy hour". Roberto não tinha nenhuma preferência especial pela bebida; ele a pedia porque era a mais cara disponível no bar onde costumavam ir, e Mateus sempre fazia questão de pagar a conta.

Tudo não passava, portanto, de um mal-entendido.

– Claro, não posso te dar uma caixa de uísque aqui, no meio da escola.

– Claro.

– Então, eu andei pensando...

– Sim?

– Eu podia levar até sua casa, esta noite. De repente podíamos até estrear uma garrafa... – A frase desapareceu, submersa por um riso grave, pastoso, que era quase um resmungo. Mas um resmungo feliz.

Esse cara é viado, Roberto pensou, sentindo o desconforto aumentar. Sua mão direita formigava e latejava, parecia emanar ondas de calor. Era como se ele tivesse ficado sentado sobre ela por horas a fio. *Não, não pode ser. Não com Carina.*

A lembrança do brilho do Olho Verde enviou um choque elétrico pela espinha de Roberto. Mateus interpretou o estremecimento do amigo como um sinal de prazer e antecipação, e sorriu:

– Posso passar lá, vamos ver, umas sete e meia? Oito horas?

– Sete e meia está ótimo – Roberto disse, emendando logo em seguida: – Acho que vou ter que sair lá pelas nove...

– Tudo bem. Sem problemas. Até as sete e meia!

– Até.

***

Mateus chegou na hora marcada, equilibrando a caixa de uísque – que parecia bem pesada – nos braços. Roberto mostrou-lhe o caminho até a cozinha, e os dois ficaram por lá. A sala estava inabitável: Roberto tinha passado boa parte da semana teimando em consertar, sozinho, uma das portas do armário onde guardava as revistas velhas. Como resultado, a sala de estar tinha ser transformado numa miniatura caótica de marcenaria, com ferramentas, dobradiças velhas, serragem e restos de madeira por todo lado.

Por um instante Roberto considerou a hipótese de receber Mateus no quarto (o sofá-cama, afinal, era mais confortável que as cadeiras de fórmica da cozinha), mas desistiu rapidamente da ideia, que lhe pareceu, por alguma razão, desconfortável e pouco apropriada.

E então, sentados na cozinha, puseram-se a beber.

Um bocado de tempo se passou – eles já haviam enxugado uma garrafa e meia – quando Mateus resolveu perguntar sobre o Arroba:

– Diga uma coisa…

– Sim?

– A grana praquele filhinho de papai, o gordo nojento, a besta do Arrobinha… É desviado do colégio, não é? Aquela anta imbecil torra uma fortuna nos cassinos, não torra? No Paraguai, na Europa. Porra, fala comigo! Quero saber por que nenhum professor tem aumento a…

– Torra.

– Caralho! – Mateus riu, meio incrédulo, e deu um sonoro tapa no próprio joelho.

Roberto não se intimidou:

– Torra. E torra mesmo. Quer saber? Tem um puta esquema! Um…

Roberto sentia a cabeça querendo girar, mas ainda não exatamente *girando*; por algum motivo, a sensação estimulava-lhe a sinceridade.

Há meses que Mateus vinha tentando sondá-lo sobre as supostas fraudes na contabilidade da escola, e há meses que Roberto evitava o tema. Mas ali, em sua própria casa (*Na minha própria cozinha, merda!*), estimulado pelo ambiente familiar, amistoso, e pelo álcool, ele imaginou, sem em momento algum realmente pôr o pensamento em palavras – nem mesmo para si próprio – que falar abertamente sobre o assunto seria uma prova de virilidade. Uma prova de virilidade, sim, para impor àquela bicha gorda que, *Deus tenha piedade*, traçava Carina – a despeito dos protestos, do choro do Olho Verde.

– Um puta esquema – Mateus ecoou.

– Isso.

– E como é?

– Na rede da contabilidade, claro. No "home banking". A porra não tem nota, mas e daí? Ninguém mais pede pra ver nota, hoje em dia. A gente conhece as senhas, e lança as despesas dele; mexe nas planilhas. Os contadores fingem que não veem. Dá pra lavar dinheiro, também.

– Lavar dinheiro?

– O Arrobinha até ganha, de vez em quando. – Roberto sorriu um sorriso idiota. Ele *sabia* que era idiota e, sinceramente, não se importava. – Você não imagina quanta grana circula naquele "colégio respeitável". Eles têm imóveis na região toda... Escuta aqui, você sabe, *exatamente,* quantos alunos têm naquela bosta? Quantos pagam por provas substitutivas? Quanto dinheiro a fundação mantenedora recebe em doações de particulares e ex-alunos? Faz uma porra de uma ideia?

– Não.

– Nem a bosta da Receita Federal. – Roberto sorria.

Mateus baixou as pálpebras, quase fechando os olhos. Parecia muito concentrado. Depois, disse:

– Você consegue ver tudo isso a partir do CPD?

Roberto piscou com um olho e disse:

– A rede é outra, os arquivos são outros. Teoricamente, só pra diretoria e os cretinos da contabilidade. Mas dá pra ver... é só querer... E, mesmo se não fosse, o Arrobinha filho-da-puta deu acesso pra moçada poder quebrar os galhos dele...

Mateus ficou quieto por algum tempo. Pensativo. Por fim, falou:

– Você poderia mexer nas contas, sem ser pro Arroba?

Roberto bateu no peito:

– Eu faço aquela bosta de sistema fazer *o que eu quiser*!

– É que eu também tenho um esquema – Mateus disse, em tom de coisa secreta, enquanto abria a terceira garrafa. – Uma muambinha – completou, olhando significativamente para o "bourbon".

– "Amigo na Receita"?

– Força de expressão. Melhor: licença poética.

– Ah.

Desta vez, ficaram os dois em silêncio. Então, Mateus disse:

– E aí?

– Aí, o quê?
– Porra! Aí... aí... tem esquema? Isso que eu quero saber.
– Que esquema?
– *Pegar* uma grana, às vezes. *Esconder* uma grana, às vezes. Isso.
– *Esconder?*
– É.
– "Muambinha"?
– Bem...
– Do Paraguai ou da Colômbia?

Mateus não respondeu. Em vez disso, tirou uma garrafa fechada da caixa e a empurrou na direção de Roberto.

– Tô fora – disse o técnico. – Tô bêbado, mas tô fora.
– Olha...
– Não quero nada com tráfico.

Ele sentiu o peito gelar ao dizer a palavra – "tráfico". *Pronto, agora vão me matar*, pensou.

Mateus fez de conta que não tinha ouvido, e continuou:

– O negócio é muito, muito pequeno. Por isso a gente precisa... – Ele arrotou antes de concluir a frase, e em seguida cuspiu com força no chão, deixando no piso uma mancha esbranquiçada, semissólida, talvez um prenúncio de vômito.

De repente, os dois pareciam envoltos em uma nuvem invisível de álcool rançoso, pesado, sublinhada pelo cheiro amargo de ácido e bile.

– Tô fora. – Disse Roberto, engolindo o ácido estomacal que lhe subira até a garganta, fechando os olhos com força para acumular energia e combater a náusea. Como resultado, pontos azuis e amarelos explodiram atrás das pálpebras e ele se tornou consciente de uma película azeda, pastosa, que lhe cobria a língua, o céu da boca e chegava até as narinas. – E gostaria que você se mandasse. – Conseguiu dizer.

– Tudo bem – Mateus falou, virando seu copo de uma vez e respirando fundo, em seguida. – Eu deixo.
– Deixa, o quê?
– Você comer a piranha da Carina.
– *O quê?*
– É isso que você quer, não é? Enrabar a gostosa? Tudo mundo naquela merda de colégio já notou, cacete. O jeito que você olha pra porta da biblioteca... é de cortar o coração. – Ele gargalhou, como se tivesse dito algo muito engraçado. Foi uma gargalhada cruel. – Você, curtindo uma puta dor de corno por uma mulher que nem é

sua. Mas, tudo bem, eu deixo. Por mim, eu pedindo com jeito, ela até topa, aposto. Faz assim: põe ela de quatro e mete. Mas mete bem lá no fundo. Aí, pede pra ela rebolar. É uma...

Roberto fechou os olhos de novo, e desta vez os pontos azuis e amarelos se fundiram em um gigantesco borrão verde de bordas vermelhas, a princípio de formato indefinido, mas depois redondo, rajado, pulsante. Era o Olho Verde, a esmeralda, o sol de seu céu interior, pulsando sempre, quente, vital, próximo, cada vez mais próximo, como um planeta vivo em rota de colisão com a Terra.

A aura vermelha das bordas agora ocupava todo o espaço ao redor, engolia tudo, engolfava tudo... Um vermelho tão intenso que era quase preto.

Roberto ouviu o som de vidro quebrado, como se uma pedra atingisse a vidraça, e sentiu uma pontada de dor no cotovelo. Então abriu os olhos.

Meio sentado e meio caído, a testa apoiada sobre o tampo da mesa, sangue e uísque escorrendo pela nuca. Ao que tudo indicava, inconsciente. Assim estava Mateus.

Roberto então olhou para a própria mão direita, e viu que segurava o gargalo quebrado da garrafa da "bourbon".

Quer merda você fez? – seus lábios formaram as palavras, sem realmente pronunciá-las, enquanto ele olhava para a mão, possante, masculina, ainda crispada em torno do gargalo.

O corpo de Roberto, agora, tinha vida própria; sua mente era pouco mais que um mero observador, o passageiro impotente de um vagão sem freios. Uma testemunha de seus próprios atos.

Primeiro, a mão esquerda agarrou a cabeleira crespa de Mateus e, puxando com força, com ódio, descolou-lhe o rosto da mesa, ergueu-lhe a cabeça, expondo o pescoço gordo, branco e macilento como a barriga de um verme.

Em seguida, a mão direita enfiou o pedaço de vidro quebrado no pescoço do professor desacordado.

Roberto ouviu um som grave, rascante, de sucção, como o que os canos fazem, às vezes, quando se abre o ralo de uma pia cheia. Um pouco de sangue jorrou (menos do que Roberto teria esperado), e estava feito.

* * *

Regnum Congo.

Meia hora mais tarde, quando finalmente saiu do estupor e recobrou o controle de seus atos, Roberto começou a pensar no que fazer com o corpo. Foi aí que o nome do livro apareceu, como num lampejo, em sua cabeça.

Regnum Congo.

Ele era capaz de relembrar, com uma clareza quase sobrenatural, cada detalhe da gravura número doze. A perspectiva estava toda errada, e o desenho tinha sido feito por um ilustrador que jamais pusera os olhos em um africano de verdade. Mesmo assim, havia algo ali. Um tipo, não muito evidente, de beleza.

Regnum Congo.

Algo que talvez só ele pudesse ver – como o Olho Verde (*que queimava e queimava em sua cabeça*).

Regnum Congo.

E, claro, havia a brincadeira que os estudantes tinham feito a partir da gravura.

Professores.

Nomes de professores.

Regnum Congo.

Na sala, havia uma serra manual e uma furadeira elétrica. Muitas facas na cozinha; muito espaço na geladeira.

Regnum Congo.

A mulher da faxina só deveria voltar dali a cinco dias. E ele sempre podia ligar, dispensando-a.

Regnum Congo.

E, porra, tenho bastante uísque pra tirar o gosto da merda e empurrar a coisa goela abaixo.

* * *

Nas semanas seguintes, Roberto sentiu o florescer de uma nova consciência. Compreendeu, por exemplo, o que Mateus tinha insinuado ao falar em "oferecer açúcar" a uma mulher, meses atrás. Também deduziu o que significava pedir algo "com jeito" a Carina. E entendeu os motivos por trás da "simpatia sincera e intensa" que Mateus tinha demonstrado por meses a fio.

Roberto quase podia ver a palavra "TROUXA" escrita com letras vermelhas na própria testa.

Mas não foi só: cinco dias depois da morte do professor, Roberto se viu telefonando para um número que nunca havia discado antes (número que ele poderia ter encontrado na caderneta de bolso de Mateus, se tivesse se dado ao trabalho de olhar antes de pôr as roupas do morto na caçamba de lixo). Atenderam do outro lado, e ele pediu para falar com " doutor Paulão" – sendo que nunca tinha ouvido o nome antes.

Aquela foi a primeira de uma série de três conversas – uma telefônica, uma com um assessor, a última, pessoalmente com o próprio Paulão – que culminou com Roberto conquistando a comissão de vendas que havia pertencido ao falecido professor Mateus. Por uma pequena margem extra, o técnico de informática ainda se dispôs a usar a contabilidade do colégio para lavar módicas quantias de dinheiro.

A direção do Tomas Morus só deu pela falta do professor Mateus na segunda semana após a morte. Alguns dias depois, uma carta de demissão, manuscrita numa letra que, inegavelmente, pertencia ao professor, chegou pelo correio. O carimbo do envelope era de São Paulo, cidade a menos de uma hora de viagem. Não havia nenhuma explicação muito clara no texto. Era um pedido de demissão, puro e simples, e abrindo mão de todos os direitos trabalhistas pendentes.

Um mês depois, começaram a chegar cartões virtuais, remetidos via Internet e supostamente enviados a partir do terminal público de um hotel na Turquia e de outro, na Grécia.

Supostamente.

Por fim, Roberto obteve Carina. Foi uma conquista meio sem sentido, já que se viu incapaz de voltar a perceber o Olho Verde: para todos os efeitos, era como se os dois tivessem sido sempre azuis.

Mas, no frigir dos ovos, a questão se mostrou irrelevante. A mulher era linda, louca e se entregava sem reservas. E não o fazia apenas pela droga – pois, com o tempo, a bibliotecária veio a descobrir em Roberto um homem de grande cultura e senso de humor, à altura, mesmo, de Mateus, *aquele filho de uma vaca.*

À noite, na cama, Roberto iria lhe fazer cócegas de forma suave, quase carinhosa, e em seguida declamaria Shakespeare (*Júlio César*, principalmente), Castro Alves e, até, alguns eróticos de Drumond.

Carina só achava estranho quando, às vezes, ele ia ao banheiro e ficava rindo lá dentro. Gargalhando, na verdade. A coisa durou um mês e meio, e pela posição da tampa do vaso ela descobriu um padrão no fenômeno:

Ele não conseguia cagar sem rir; e um riso cruel, de escárnio. Era, ela pensou, como se escarnecesse da própria merda.

A engrenagem vulgar

O coração, a boca, em síntese, o Homem
– engrenagem de vísceras vulgares –

Augusto dos Anjos, "Monólogo de uma Sombra"

AS NUVENS E O SOL ardido, de chuva, dão ao céu a aparência de um hemisfério metálico: folhas de alumínio reluzente até um palmo sobre o horizonte, e acima disso uma calota gélida de chumbo.

– 'Brigado, seu moço!

O sorriso que me saúda, enquanto a mão pega a última cabaça de sopa, é cheio de dentes cariados, podres, quebrados. Apesar da baixa estatura, o homem é forte. Osso, tendão e músculo deslizam, não sem alguma elegância, sob a pele do antebraço, quando a mão se fecha.

Já me perguntaram por quê faço isso. Um repórter até já sugeriu que me candidatasse a vereador. Que poderia dizer? Sorri, e respondi que não. Candidatar-me a qualquer coisa seria Soberba, o pecado do orgulho. Um dos Sete.

E quanto aos Sete, evito-os a todo custo.

Claro, não disse isso ao repórter. Não quero que achem que estou pensando mal dos políticos.

Porque isso seria Ira, ou Inveja. Também entre os Sete.

Os Sete, aprendi no seminário, não são pecados em si. Mas são a fonte de todo o pecado. Portanto, evitando-os, evito pecar. Sem Avareza, Gula, Cobiça, Luxúria, Preguiça, Ira ou Inveja, ninguém teria motivos para fazer coisas erradas.

E isso é verdade, pode crer.

O homem de dentes podres e músculos fortes devolve a cabaça. O caldeirão já está vazio, e alguns rapazes me ajudam a levar tudo de volta ao carro.

– Amanhã tem mais – prometo, dando partida.

No caminho, passo em frente à casa de dona Jaqueline. Ninguém mais usa a palavra "mansão" hoje em dia, acho. Mas a casa de dona

Jaqueline mereceria o título. É um lugar enorme, e apenas a três quadras da favela onde costumo levar minha sopa.

O muro é bem alto. Mas, por cima dele, dá pra ver um pedaço de parede branca, e o teto vermelho, de muitas águas. Dependendo a hora do dia, o brilho da piscina se reflete na parede branca, que parece ondular, como papel alumínio.

Como o céu.

Dona Jaqueline é viúva, mas tem um filho. O rapaz é musculoso, como o pobre de dentes podres. O moço não trabalha, parece; passa o dia exercitando-se.

Dona Jaqueline costuma sair à noite. Eu disse que ela era viúva? Pois é. Mas não é velha, de jeito nenhum. Deve ter seus quarenta anos. Talvez apenas trinta e cinco.

* * *

Desta vez, vou ao clube que sei que dona Jaqueline costuma frequentar. Visito o lugar uma vez por semana, mas nunca duas semanas seguidas no mesmo dia. Faço isso, acho, porque gostaria de encontrá-la. Mas não tenho sorte; nunca acerto o dia em que ela vai estar lá.

Estatisticamente, é inevitável que nos encontremos. Pelo menos, penso assim. Nunca parei para fazer as contas (sou ruim de matemática). Mas soa correto.

Acho.

Só que esta, mais uma vez, não é minha noite de sorte. Dona Jaqueline não está lá. Por isso, encosto no balcão, peço uma *marguerita.* Gosto do sabor salgado, mas gosto ainda mais da cor, azul, do *curaçao.* Faz o drinque parecer radioativo, às vezes. Cheio de energia.

Todos precisamos de energia para viver.

Outras vezes, o azul me faz pensar no céu claro; permite-me esquecer o céu metálico, comum nesta época do ano.

Céu azul como o Paraíso.

* * *

Olho para as moças, garçonetes ou, como eu, clientes. Meu olhar é complacente. Sem Luxúria. Porque, afinal, é preciso evitar os Sete, todos e cada um deles. Esta foi a melhor coisa que aprendi no seminário.

Não que eu me lembre de muita coisa de lá. Tenho algumas recordações da viagem, afinal foi a primeira vez que entrei em um avião – e foi há uns trinta anos. Acho que alguém disse que íamos sair do país. Engraçado, porque as pessoas lá falavam português. Mas agora, pensando bem, elas tinham sotaque.

E falavam muito mal do comunismo. Diziam que os comunistas alimentavam Ira, Cobiça e Inveja. Três causas para o pecado, portanto. E Soberba, porque os comunistas negavam Deus. E Preguiça, porque estimulava greves e manifestações, que interferiam no trabalho. E Luxúria e Gula, porque o que é o materialismo histórico, senão Luxúria Histórica, Gula Histórica?

E Avareza. Sim, até Avareza.

O Comunismo era a síntese dos Sete. Foi o que aprendi no seminário.

* * *

Demora um pouco mas, finalmente, alguém se aproxima de mim. É sempre desse jeito. Nunca sei se quem vai me abordar será um homem ou uma mulher – depende muito do local que escolho – mas quem vem sempre traz Cobiça ou Luxúria nos olhos. Eu? Não sinto nada disso. Recebo cada um deles com o coração limpo e aberto. Sem Ira. Sem Soberba. E, sim, sem Luxúria.

Desta vez é uma mulher. A bem da verdade, não sei dizer se prefiro homens ou mulheres. Só sei que é importante encontrar *alguém*; é importante ter companhia.

– Você pode me pagar uma bebida? – ela pergunta.

Faço que sim com a cabeça. Negar seria sinal de Avareza.

– O que vai ser? – pergunto.

– O que você está tomando? – Ela olha, intrigada, para meu drinque azul-radioativo.

– Uma *marguerita*.

– É bom?

– É salgado.

Ela faz uma careta: – Prefiro uma bebida doce.

– Uma batida de goiaba – peço, dirigindo-me ao *barman*. – Com vodca e leite condensado.

– Parece bom – ela diz, sorridente. Não teria mais que dezenove anos, calculo.

É engraçado como as pessoas, *algumas* pessoas, ao menos, se sentem atraídas por mim. Pelas minhas contas, já devo ter mais de cinquenta anos. Não muito mais, só um pouco. Mesmo assim...

Imagino se o que aconteceu no seminário não teria algo a ver com isso. Imagino se eu realmente envelheci um dia sequer, nestes trinta anos.

* * *

Havia máquinas estranhas por lá. E agulhas, e facas. E dentes, unhas, tripas e tendões que não eram de verdade, mas funcionavam. Às vezes tenho sonhos, sabe? Pesadelos. Eu caio em algum tipo de óleo quente, e minha pele queima, estala, enrijece, escurece e se solta; sei que é ridículo, mas me sinto como um frango, você sabe, na fritura.

Mas, no sonho, não há dor. Apenas um cheiro pungente, irritante.

Parece *bacon*.

Ridículo mesmo, não é?

O mais curioso vem depois: a pele, a pele solta, é deixada no óleo. Meu corpo, em carne viva, totalmente anestesiado, vai para algum outro lugar – onde, eu sei, vou ser desossado (como um frango?). Mas depois irei ganhar pele nova.

Ossos novos, também.

O corpo, sem ossos e em carne viva é todo úmido, e vermelho, e quase sem forma. Só os olhos têm cores próprias, um formato delimitado.

Vejo isso, em meu pesadelo. Não há *dor*; mas sinto a pressão do cérebro, querendo descer através das camadas de carne vermelha, evitando o septo, varando a boca, contornando a língua; e o coração, também, caindo como uma pedra através de líquido viscoso.

Mas eu sou o líquido. Eu sou a pedra.

Veja, não estou me queixando. O fato é que nada disso dói, em meus sonhos. Talvez não tenha doído na hora.

Talvez nem tenha acontecido desse jeito...

Quem sabe?

Mas não foi apenas um corpo novo, e melhor, que ganhei no seminário. Lá também purifiquei minha alma.

Nós aprendemos a reconhecer o pecado, a extrair a confissão, a dispensar a penitência. Cada grupo, supervisionado por um abade. Cada abade, com o direito de ordenar um julgamento por provação.

O fato dos julgamentos por provação terem sido abolidos em quase todo o mundo é uma prova, estou convencido, da crescente influência do Cão sobre nossos líderes. O método era usado por Carlos Magno, o mais cristão dos governantes, o monarca ungido por Roma. Como poderia estar errado? Deus não permitiria.

O método era simples: a pessoa sob suspeita era submetida a uma – daí o nome – *provação* e, se resistisse, era declarada inocente. Supunha-se que Deus, sendo puro amor e misericórdia, jamais deixaria que um inocente sofresse. Um raciocínio impecável, acho.

Claro, as provações mudaram com o tempo. No tempo do grande Carlos, usava-se o ferro em brasa, a água, o *peso*: colocava-se uma tábua sobre o peito do réu, e sobre essa tábua iam sendo empilhadas pedras de peso crescente. A partir de certo momento, se o tórax não implodisse (e eu imagino que morte seria aquela, cacos de costela caindo através do corpo, varando pulmões, coração), o suspeito era libertado.

No seminário, aprendemos técnicas diferentes, mas não muito. Ainda usávamos água. A técnica das pedras, também, mas não com pedras, e sim outros objetos pesados, às vezes móveis. Só que, em vez do ferro em brasa, preferíamos a eletricidade.

Também usávamos animais. Cães, às vezes, e às vezes insetos, principalmente com as mulheres. As baratas têm uma certa afinidade pelo órgão pudento da mulher; gostam de tocar os lábios úmidos com as antenas, de sentir os pentelhos, de entrar no buraco. O lugar imundo atraindo a criatura imunda... Tudo faz sentido, quando a gente pensa.

Tudo é obra de Deus.

Quando usávamos insetos, eu me sentia, e hoje sei que isso era Soberba, mas uma Soberba inocente, se é que tal coisa existe, mas, como ia dizendo, eu me sentia um pouco como São Francisco deve ter se sentido, comungando, com os menores dentre os animais, na misericórdia do Senhor.

Já quando usávamos cães, eu me lembrava da passagem bíblica de Daniel. Você sabe, na cova dos leões.

Acho que disse alguma coisa sobre a gente "preferir" algo. É falso. Tenho que corrigir isso. Nós não *preferíamos*. Não tínhamos qualquer *preferência*. A gente só fazia o que o abade mandava. O abade, um homem pio, instruído e guiado pela mão de Deus.

O julgamento por provação muitas vezes levava o réu a confessar, o que era bom; e, quando o réu era culpado, servia também como penitência.

O que era ótimo.

Talvez a coisa esteja nos olhos. As pessoas olham em meus olhos e não veem Luxúria, nem Ira, nem Inveja. Isso as afeta; principalmente às mulheres.

Entabular conversa com uma mulher é, para mim, como demonstrar um teorema: parte-se de algumas premissas simples e, com alguma elegância, chega-se à conclusão, a um só tempo óbvia e surpreendente. Óbvia, porque esteve o tempo todo presente nas premissas, ainda que, de certa forma, oculta; surpreendente, porque, até que essa conclusão surja de forma espontânea, ninguém a percebe ou, pelo menos, todos fingem não a ter notado.

– Quer dar uma volta? – pergunto.

– Aonde? – ela responde, como todas as outras, todos os outros.

Minha atitude deixa a mulher intrigada. Ela não sabe como conciliar a inocência de meus olhos com a Luxúria em seu coração... uma Luxúria que, ela acha, eu também deveria estar sentindo.

– Por aí.

* * *

Eu disse que todas as mulheres são como teoremas – o que talvez faça você pensar que me coloco diante delas como um geômetra. E isso é até verdade, na maioria dos casos. Existe apenas uma exceção: dona Jaqueline. Diante dela, sou como um astrólogo de Ur, de Machu-Pichu, da Babilônia, perscrutando o enigma das estrelas. Tentando ler, nos céus, pistas, charadas, sugestões e portentos a respeito do que se passa nesta Terra.

As estrelas estão lá, e meu ego-astrólogo teme, no fundo de sua mente, que não tenham outro significado, que não haja nenhuma mensagem no caos luminosos da noite. Nada, realmente.

Ainda me lembro de quando o abade nos disse que não seríamos mais necessários... Que nossa missão neste mundo estava completa. Que poderíamos descansar.

Os outros receberam bem a notícia. Talvez eu devesse ter reagido da mesma forma; talvez, no final, eu não tenha conseguido sufocar a Soberba. Quem sabe?

– O pecado continua – eu disse, naquele dia. – Os Sete sempre existirão. Quem irá travar o combate?

Lembro-me das mãos do abade, pousando, firmes, sobre meus

ombros. Ele, que havia sido como um pai para mim, pela primeira vez me olhava, diretamente, nos olhos.

– Você está certo – disse. – O pecado continuará a existir, e a luta contra ele é eterna. Mas, compreenda: estamos deixando a frente de batalha, a primeira linha. A verdade é que todos os homens lutam contra os Sete, mesmo que não percebam, cada um dentro de suas capacidades. O médico, o advogado, o político. E é nesse nível da batalha que estamos entrando agora. Cada um de nós terá que descobrir a sua forma pessoal de combate. Não seremos mais uma unidade. Não haverá mais a unidade. Entende?

Realmente, acho que entendi. É por isso que, todo dia, levo meu caldeirão de sopa à favela. É assim que travo o combate, hoje. Porque, sem fome, o homem sente menos Ira, Cobiça, Inveja. Sem fome, ele tem forças para resistir à Luxúria.

* * *

Fomos ao apartamento dela. Insisti para que usássemos meu carro. Tenho uma perua grande, dessas modernas, que os anúncios na tevê chamam de "vans".

Coreana. Para me lembrar de que, em certas partes do mundo, ainda há comunistas.

O apartamento fica em um prédio antigo, perto do centro da cidade. Reparo que não tem porteiro, apenas um painel com interfones, um botão branco e um bocal negro para cada apartamento. Há doze deles: três andares, quatro por andar.

Uma grade protege o painel. O espaço entre as barras de ferro, onduladas e verdes, mal é suficiente para passar um dedo.

A garota (seu nome, descobri meia hora atrás, é Andréia) não aciona o interfone. Ela tem uma cópia da chave da porta da frente do edifício.

– E não teria ninguém em casa, mesmo – Andréia explica, com um sorriso gracioso, mas meio tenso nas bordas. Antecipação. Luxúria. Talvez dúvida. Ou será que ela já se decidiu?

Um convite implícito. Algo além de café.

– Não tem elevador – ela diz, ao mesmo tempo em que o sorriso tenso retorna aos lábios. – Mas moro no primeiro andar.

Aceno com a cabeça, fazendo um movimento amplo, generoso, lento o suficiente para parecer tranquilo. Para inspirar tranquilidade.

– É a lei – digo, e rio um pouco. Baixinho.

– Lei?

– Prédios só são obrigados a usar elevador quanto têm mais de quatro andares.

– Essas construtoras! – Ela estala a língua, denotando um tanto de desprezo e outro tanto de resignação. – Não fazem nada que a lei não exija.

– Às vezes, nem isso – comento.

Ela me encara sob a luz suja do pequeno saguão, um armário embutido na parede à direita, a caixa com relógios de luz à esquerda, as escadas amplas, revestidas com plástico cinza, à frente. Há admiração em seus olhos, como se minha última frase fosse algo brilhante, uma revelação, a moral de uma fábula de Millôr, uma tirada de Sérgio Porto.

As pessoas se impressionam com muito pouco, eu penso, enquanto ela ri.

Baixinho.

* * *

Depois de passar tantos anos corrigindo, julgando e punindo os Sete – presentes, sempre, na figura dos pecadores encaminhados pelos superiores do abade à nossa unidade - decidi, quando da dissolução do grupo, retomar a luta em outra frente, de outra forma. Eu não iria mais caçar o pecado; a partir daquele momento, minha missão seria evitá-lo.

Em um fragmento qualquer de teologia, li que a prática do mal pelo mal é, na verdade, muito rara; que muitos dos grandes criminosos acreditavam ter feito o que era certo, ou pensavam estar, apenas, atendendo à exigência de circunstâncias especialmente cruéis. Então, pensei – o que leva uma pessoa a ver o mal como o bem? Ou a abraçar o pecado como única salvação?

Só pude imaginar dois motivos: ignorância e desespero. Estes seriam, então, os pecados extracapitais: sem ignorância e desespero, os Sete teriam muito mais dificuldade em prosperar.

E outro teólogo disse: moral é uma consideração de estômagos saciados.

Foram esses os pensamentos que determinaram meu futuro: eu tentaria lutar contra o desespero – não contra todo o desespero, pois seria uma batalha fútil – mas contra uma modalidade específica, contra o desespero que nasce da fome.

Enquanto éramos uma unidade, vivíamos da renda de um fundo especial, instituído por certos governos amigos e por cidadãos proeminentes, preocupados em manter a sociedade o mais livre possível de todo o pecado.

Mesmo depois da dissolução da unidade, continuamos a receber o provento, o que me levou a crer que o fundo continuava a ser abastecido e administrado. Eu havia estado na sala do abade, algumas vezes, mexendo em arquivos e coisas do gênero. Por isso, conhecia os nomes de alguns dos beneméritos que ajudavam em nossa subsistência. Foi a eles que apelei para obter os recursos de minha nova cruzada.

Não foram todos, nem muitos. Mas alguns se dispuseram a colaborar.

Não vou falar sobre todas as bocas que alimentei, as crianças que vi sorrir, as jovens que ajudei a florescer; não vou falar da música com que era, às vezes, recebido, dos tapas nas costas, do aperto, firme e sincero, de mãos calejadas. Não vou falar das lágrimas que vi, da bondade que testemunhei. Não vou falar de nada disso, pois temo que seria incorrer em Soberba.

Mas de uma homenagem preciso falar, pois é importante para a compreensão do que segue.

* * *

Chegamos ao apartamento. Ela destranca a porta, entra, acende a luz. Com um gesto, convida-me a entrar.

A porta dá para um corredor, tão curto quanto estreito. À frente ele se abre em uma sala, ampla. À esquerda, antes da sala, há uma porta.

– A cozinha – ela diz, notando minha curiosidade. – Quer alguma coisa?

Não consigo reprimir um sorriso. Dizem que as mulheres devem evitar homens desconhecidos, mas nunca ouvi alguém defender que a recíproca fosse verdadeira. No entanto, é. E bastante.

Em um de meus encontros anteriores, a mulher havia me deixado na sala, e ido à cozinha. Pouco depois, voltara com uma faca – enorme, daquelas que se usam para fatiar carne crua. A lâmina se estilhaçou em minha pele especial, mas mesmo assim…

Tinha sido assustador. A lembrança se foi bem rápido. Acho que a jovem nem chegou a notar que havia algo de desagradável me passando pela cabeça.

– Não. Nada – respondi.

– Venha até o sofá – ela disse. – Vou pôr uma música.

* * *

Era um jantar em minha homenagem. Eu já havia começado a distribuição de sopa há um ou dois meses, nessa época, mas as pessoas ainda não me conheciam direito. Quer dizer, os políticos ainda achavam que dava pra me manipular, me fazer falar frases feitas como se fosse um papagaio, me fazer posar para fotos apertando mãos suaves ou beijando faces melecadas de base para maquiagem, creme antirrugas e "rouge".

Essa foi uma fase que logo passou. Primeiro, porque sou esperto. Sei que o que move os políticos é Soberba, Cobiça, Ira e Inveja; às vezes, Luxúria. Pensei muito sobre isso. Sabe o que é um político? É alguém que diz às pessoas: "Ponham-me em uma posição onde eu possa pecar com impunidade, onde possa exercitar minha Soberba, ferir os que incorrerem em minha Ira, saciar minha Cobiça... e em troca darei a vocês uma vida melhor".

Alguns até cumprem parte do acordo. Mas eu me recuso a transigir. Nunca, nunca mesmo. Mas não os detesto: porque estaria incorrendo no pecado da Ira.

Segundo, porque sou péssimo para sair em fotos. Todas as que tiram de mim saem borradas, como se estivessem fora de foco. Isso, acho, é parte do que fizeram comigo, quando troquei de pele e entrei para a unidade.

Bem, foi numa dessas festas que conheci dona Jaqueline. Naquela época, o abade ainda estava vivo. E ela era *mulher* dele.

E eles tinham um *filho*.

* * *

Estamos na cama. A garota está seminua. Reluto um pouco antes de permitir que ela retire minha camisa, puxe o zíper de calça. É sempre assim: até o último instante, não tenho certeza se isto é certo.

Mas não há Luxúria, digo a mim mesmo. Repito: sem Luxúria.

Ela me abraça. Correspondo. Meu suor se mistura ao dela. Sua língua, úmida, flexível, cheia de um carinho urgente, de uma pressa gentil, alcança meus lábios entreabertos. Acaricia-me um dente. Não resisto mais: abro de vez a boca.

A língua, com um gemido, mergulha em mim.

Nossas salivas se misturam.

Dedos finos, macios e fortes tocam-me a virilha; unhas se enterram na face interna da coxa esquerda. Ela agarra meu sexo, que cresce em sua mão. Ela sente o calor, tenho certeza. A respiração é ofegante – não mais por causa do desejo, da antecipação. Junto com meu sexo cresce aquele ruído oco de doença, de pneumonia, tuberculose.

No máximo em uma hora, ela estará morta.

* * *

Ninguém chamava o abade de "abade", ou "excelência", na festa. Lá ele era "senhor" ou "doutor". Quando me cumprimentou, pude ver, em seus olhos, que ele sentia orgulho de mim. Orgulho por um ex-membro da unidade ter encontrado outra forma de servir à raça humana.

Em meus olhos ele deve ter visto curiosidade. Sobre a mulher, o filho. Deve ter sentido o perigo, também, pois logo se afastou.

Fui atrás dele. Não havia mais a hierarquia. Eu podia interpelá-lo:

– Como é possível? – perguntei.

– O quê?

– Aquilo... Uma família. Não devia ser possível.

– Jaqueline... – foi aí que soube o nome dela. – Jaqueline é especial. Ela... por alguma razão, ela... é imune.

Duvidei. E disse:

– Quero ver você. Ainda hoje. Depois da festa.

Era a primeira vez que eu chamava o abade de "você". Se ele havia sentido o perigo antes, quando nossos olhares fizeram contato, agora essa intuição já seria uma certeza. Mas, que escolha lhe restava? Eu poderia contactar os outros remanescentes da unidade, contar-lhes que o abade tinha aquilo a que todos havíamos renunciado. Não seria Inveja; apenas justiça.

Marcamos um encontro, para bem mais tarde.

* * *

A jovem durou mais do que a maioria; cheguei a imaginar que talvez sobrevivesse à Provação; que fosse uma Inocente.

Mas…

Viveu o bastante para gritar uma vez mais, no exato momento em que liberei meu veneno branco em seu ventre, o ácido espesso que corrói látex e entranhas. Seu último grito, o último suspiro, percorreu todo o espectro, toda a gradação de tom, e forma, e música, que há entre êxtase e desespero.

E então, o corpo inerte; as marcas de queimadura, sobre a pele, onde meu suor a tocou de forma mais intensa; os lábios e mamilos já quase liquefeitos pela qualidade cáustica de minha saliva; o chiado, insistente, agudo, como água sobre chapa quente, que parece vir da virilha.

Ninguém nunca nos explicou isso direito. De que era um efeito do processo que nos havia transformado na unidade, de que era parte da mudança operada em nós no seminário, não havia dúvida.

Só que ninguém nunca nos disse se este era um efeito *necessário*, ou meramente *incidental*. Na época, isso não importava: tínhamos nossa missão, nossa Ordem.

Nossos votos.

Algumas vezes, um ou outro irmão usava a Qualidade Cáustica como forma de julgamento; principalmente com homossexuais. Havia muitos comunistas homossexuais.

Mas *este* nunca foi um método oficialmente sancionado pela Ordem. Quanto a mim, eu imaginava se o Toque Ácido não seria uma dádiva, uma bênção. Algo para nos lembrar de nossos votos, para nos manter firmes no Caminho Estreito.

Mas, e depois? Depois disseram-nos que deveríamos deixar a unidade, esquecer os votos; que, a partir daquele momento, seríamos pessoas normais. Imunes a toda dor, a toda doença, a todo prazer. Incapazes de envelhecer.

Disseram-nos isso, e nos mandaram ser normais.

* * *

Encontramo-nos, o abade e eu, mais tarde, após a festa. Era estranho – ver o antigo líder da unidade cedendo a um desejo (não, a um *imperativo*) meu.

Não interessa, aqui, detalhar o local do encontro; basta dizer que foi numa rua, um beco entre casas abandonadas ou habitadas por indigentes, um ponto recorrente em nossas carreiras de Soldados de Deus.

O horário, também, é de pouca importância. Como já disse, era madrugada – tarde o suficiente para termos deixado a festa. Ele, suponho, havia voltado para casa, posto a mulher e o filho para dormir, e se esgueirado em seguida.

Eu também havia usado o tempo para voltar para casa. Resistentes como somos, nós, os membros da unidade, não possuímos, no entanto, o dom da imortalidade da carne, que só será instaurado nesta Terra pelo Salvador, quando do Segundo Advento; queira o Senhor que esteja próximo.

Há metais, e aparelhos, que nos podem causar dor; destruir-nos, até. Foi por eles que voltei para casa: a adaga, muito longa para ser uma faca, muito curta, e retorcida, para uma espada; forjada sobre uma chama azul-cobalto.

E o Implemento, ou Alicate, afiado o suficiente para varar músculos como os nossos, forte o suficiente para partir ossos como os nossos; ele cabe na palma de minha mão.

Havia outros, claro. Agora que penso no assunto, é curioso que nenhum deles se valesse de pólvora, ou eletricidade; nada mais complexo que alavancas e engrenagens, se tanto. Eram usados para excruciar aqueles dentre nós que, tendo recebido a bênção, se mostrassem indignos dela. Eu guardara cada peça, lâmina, corrente, dobradiça; guardara tudo, como relíquias sagradas, preservadas em tecido e óleo.

Naquela noite, eu voltaria a usá-las.

O abade foi desarmado ao encontro.

– Como é possível? – perguntei, de novo.

– Já disse. Ela é imune.

– Imune ao Toque Cáustico? Ninguém é. Você nos disse.

– Eu estava errado.

– Ou mentindo.

– Sobre o quê?

– Você – afirmei – nunca foi um de nós.

Ficamos em silêncio por alguns instantes. Depois, ele falou:

– O que o incomoda tanto? Inveja? Ira? Luxúria? Eu posso ter sido recompensado pelo Senhor…

– Recompensado? Não é Soberba acreditar-se merecedor de recompensas? E não me acuse. Não tente me manipular. Não fale sobre os Sete. Eles não têm nada a ver com isso. Quero apenas igualdade. Justiça. O que é direito.

O abade então sorriu. Um sorriso discreto, sem alegria. Talvez, mesmo, com uma ponta de tristeza. E havia compreensão naquele sorriso. Não compreensão do que eu era, ou do que eu iria fazer em seguida; ao menos, não só. Mas a compreensão de uma realidade que abarcava tudo isso, minha vida, tudo que eu já havia feito e viria a fazer, e algo mais – algo importante.

Talvez eu devesse ter perguntado.

* * *

Encho a banheira com água quente e ali despejo o corpo da mulher, da menina, Andréia, já em estado gelatinoso. Logo, a dissolução se completa.

Eu estava errado: o abade era, sim, um de nós. Naquela madrugada dissequei seu corpo, esgarcei cada fibra, quebrei cada osso. E vi o sangue negro, azulado, não vermelho; vi a medula roxa, de brilho metálico, que refratava, *aquecia* a luz, como óleo sobre o asfalto.

Vi o tendão prateado.

Mas, então, dona Jaqueline realmente era imune.

E, se há uma mulher imune, por que não duas? Ou mesmo três?

Agora, dona Jaqueline era viúva. Não seria errado procurá-la.

Mas também não seria certo fazê-lo *diretamente*; não quando o marido havia morrido em minhas mãos. *Por* minhas mãos.

Então, à noite, tento encontrá-la – mas nunca, nunca com certeza. Jamais com garantias. Porque não seria certo.

Às outras, às Andréias, ofereço o julgamento, a provação. E às que se mostram indignas, dou o maior de todos os presentes: uma chance de redenção – como o caldo, espesso e nutritivo, que sirvo aos desesperados desta cidade.

O planeta vermelho

Há vinte anos, Burton, Langley e eu juramos, sobre antigos e interditos volumes de arcana sabedoria, manter esta história em segredo. Hoje, porém, Langley está morto; Burton vive uma existência torturada, vítima de hedionda insanidade, e eu mesmo percebo criaturas esguias e úmidas habitando as sombras de minha própria casa. Há rumores, na comunidade astronômica, de perturbadoras "mutações" no planeta Marte. Se houver verdade em tais boatos, por mais ínfima que seja, é imperioso que a humanidade tome conhecimento dos fatos ocorridos nas escavações arqueológicas do campo Areopagus, duas décadas atrás, no Planeta Vermelho.

Langley com certeza foi a maior vítima dos acontecimentos. Afinal, eu e Burton éramos os estudiosos; Quentin Langley era apenas um guia, um beduíno dos desertos marcianos, figura despreocupada e dono de um saudável senso de humor. Refletir sobre as circunstâncias de seus suposto suicídio, ocorrido duas semanas atrás, me enche de dúvida e de terror.

É estranho como, no início, não havia nenhum prenúncio, nenhum presságio. Que Marte tivesse sido berço de alguma antiga civilização, era hipótese corrente desde o século XIX. Mas foi necessária a grande tempestade de areia de 2164 para revelar uma espécie de pirâmide, ou templo – na verdade, apenas o topo de um ciclópico palácio, mais antigo que os continentes da Terra, um palácio rapidamente apelidado de "Areopagus".

As escavações ao redor da pirâmide começaram quase que prontamente. Uma curiosa economia de escambo surgiu entre os arqueólogos e os beduínos das areias vermelhas, e Harmonia – então o único centro urbano do planeta – prosperou. Marte do século XXII era como o Egito do século XIX. E, como o Egito dos primeiros exploradores, Marte logo se mostrou pródigo em maldições.

Não pretendo atormentar o leitor com descrições dos "acidentes", doenças e contratempos que marcaram os primeiros dias de escavações; digo apenas que, se havia uma força sobrenatural lutando para salvar a humanidade do contato e do conhecimento das *coisas* enterradas naquele palácio esquecido pelas eras, havia também legiões de espíritos imundos a insuflar ânimo e determinação em cada arqueólogo, cada operário, cada beduíno.

Em 2190, a biblioteca de Areopagus foi encontrada. É neste ponto que eu e meus infelizes companheiros passamos a fazer parte deste crônica.

Meu nome é Phillip Conrad, inevitavelmente chamado de "Phil". Eu e Jerry Burton comandávamos o setor de Linguística Cultural e Criptografia da Universidade Miskatonic, em Arkham, e algumas pessoas em cargos importantes se convenceram de que, se alguém era capaz de traduzir a estranha escrita marciana, esse alguém éramos nós.

A 23 de janeiro de 2191 embarcamos no voo das 19h00 para Harmonia, partindo do aeroporto de Boston.

Harmonia me chocou um pouco, basicamente por ser uma cidade terrestre demais. Havia ruas, tráfego, hotéis, restaurantes, rush, lotéricas... edifícios de sempre, pessoas de sempre. No aeroporto de Harmonia, um jovem representante do CMEH (Centro Marciano de Estudos Históricos) nos aguardava. Com uma certa gentileza distante, Van Starsk – foi assim que ele se apresentou – nos conduziu até o carro e, depois, o carro até o hotel. Além de "doutores Conrad e Burton, presumo", seu próprio nome e "por aqui, por favor", Van Starsk nada mais disse até chegarmos ao hotel, onde, depois de ter certeza que Burton e eu estávamos registrados, disse:

– Virei buscá-los amanhã às nove... ahn... **agora** são 17h03, acertem seus relógios, sim? Boa noite.

Havia apenas um quarto reservado para Burton e eu. Felizmente, era um quarto com duas camas.

– Nem vale a pena desfazer as malas, suponho – disse Jerry.

– É, acho que não – respondi. – O que você pensa sobre o rapaz que nos recebeu?

– Um imbecil pedante, ou um pobre coitado tímido. Talvez ambos – Burton respondeu. – Por quê?

– Por nada. Nada mesmo – instantes atrás, relembrando o momento em que havíamos descido do carro, eu sentira algo inteiramente *errado* com Van Starsk; agora, porém, a sensação se esvaía completamente. – O que temos em nossas mesinhas de cabeceira? Bíblias?

Jerry abriu o criado-mudo ao lado de sua cama e retirou um pequeno volume, edição de bolso:

– *Marte: o Planeta Vermelho e a Mitologia Terrestre* – Burton ergueu os olhos e sorriu, de leve: – Parece interessante, em, Phil?

– Parece mesmo – concordei. – Parece mesmo.

Resolvi checar o meu próprio criado-mudo e encontrei outro exemplar do mesmo livro.

– Vou tomar banho primeiro – disse Jerry. – Alguma objeção?

– À vontade – falei. E fiquei largado em minha cama, folheando o livrinho.

* * *

Tratava-se de uma edição recente de uma obra de 2024 – cinqüenta anos antes da fixação de atmosfera e subsequente colonização de Marte. Antes de pegar no sono, cheguei a ler a introdução do livro, onde o autor (um certo Kratonis Juta) nota que, desde tempos imemoriais, o planeta Marte é associado, pela imaginação humana, a entidades – deuses e espíritos – malignas e cruéis. Um ciclo que começa com a primeira denominação conhecida do planeta – *Erlik*, citado nas crônicas nemédias como deus da morte – e que dura até hoje.

Ao final da introdução, Juta faz algumas considerações de caráter mais ou menos esotérico sobre "emanações" negativas do planeta vermelho, e sobre a influência dessas emanações no caráter e na cultura da espécie humana.

Meu último pensamento antes de adormecer foi "Talvez isto explique Van Starsk".

Conforme o programado, a cama me acordou às oito e meia. Jerry não teve sorte melhor.

Às dez para as nove estávamos no saguão do hotel. Van Starsk já nos aguardava, e parecia algo impaciente. A seu favor, posso dizer que usava trajes menos formais que os do dia anterior. Sua camisa, de mangas curtas, deixava entrever uma estranha e complexa tatuagem em seu braço direito. O sujeito na recepção nos interpelou com certa violência a respeito disso:

– Por que vocês, terráqueos, têm amizade com cultistas?

– Cultistas? O quê...

O recepcionista lançou um olhar pouco amistoso para Van Starsk, e logo cuspiu numa escarradeira oculta atrás do balcão.

E não disse mais nada.

Assim que nos avistou, Van Starsk fez sinal – assim como no dia anterior, sem nenhuma emoção aparente – para que o seguíssemos. Foi o que fizemos, e acabamos chegando ao carro. Mais uma vez, nosso estranho anfitrião assumiu a direção do veículo.

– Para onde vamos? – Burton perguntou, afável.

– Aos estábulos – respondeu Van Starsk.

– A única forma de chegar ao Areopagus é a cavalo – pela primeira vez, notei Van Starsk sorrir. – Vocês vão gostar de nossos cavalos mutantes, *huplos*, como os chamamos.

– O que você faz no CMEH, Starsk?

A pergunta pareceu pegá-lo de surpresa.

– Eu... eu estagio.

– Bela tatuagem você tem aí. O que ela representa?

– A Chave e o Portal.

Starsk não abriu mais a boca até chegarmos aos estábulos. Uma vez lá ele se limitou a dizer "procurem pela tropa de Langley", e logo sumiu.

– O CMEH nos paga uma viagem até aqui, estadia no hotel e depois nos deixa nas mãos de um estagiário? Que diabos é isso?

– Não sei – Burton estava agitado desde que Starsk dissera "chave e portal". – Vamos. Vamos encontrar Langley.

Os estábulos eram uma seção de cerca de vinte graus no anel que delimitava a fronteira entre Harmonia e os desertos marcianos, ainda não completamente terraformados. Além dos estábulos, o anel continha também uma alfândega, serviços de saúde, uma conexão subterrânea com o aeroporto e, claro, os geradores de campo de força que impediam o deserto de invadir a cidade. De fato, era ali que o campo de força tocava o solo. Nas proximidades do anel havia tudo que poderia haver numa zona portuária: hotéis baratos, tavernas sombrias, estranhos acampamentos, crime e prostituição. A proximidade do campo de força causava uma estranha distorção na arquitetura local e na luz do sol. Os edifícios são baixos e encurvados, dobrando-se na direção do centro de Harmonia, como pontas numa coroa, ou dentes numa mandíbula. O céu, devido à deflexão dos raios solares pela curvatura do campo de força na periferia da cidade, é sempre arroxeado. Um lugar obscuro, onde cada beco, sujo e infecto, parece exalar um aroma de *perversidade*.

A população fixa do local é composta quase exclusivamente por ex-beduínos – que, velhos, aleijados ou renegados, não podem mais viver no deserto.

Dentro dos estábulos, tudo era bem mais organizado do que Burton e eu esperávamos. Os huplos – animais grotescos, estranhos quadrúpedes peludos e atarracados, como cabras agigantadas – estavam isolados em cocheiras limpas e arejadas. Um posto de informações piscava no corredor à nossa frente. Aproximamo-nos dele.

– Onde está a tropa de Langley? – perguntei à máquina.

Um caminho, delineado em brilhantes pegadas de huplo, se acendeu no assoalho. Nós o seguimos, e ele nos levou a uma cocheira onde um homem se dedicava a esfregar os pêlos de quatro huplos de aparência bastante amistosa. O homem logo notou nossa aproximação.

– E aí, caras? Quentin Langley, ao seu dispor. Vocês são os doutores? Ótimo. Estão no horário. Vamos, sem cerimônias. Me deem suas coisas.

Langley pegou nossa bagagem e a amarrou, juntamente com a sua própria, nas costas do huplo mais baixo. Depois nos arremessou algumas roupas especiais, capacetes, óculos e uma espécie de máscaras contra gás.

– Vistam-se de acordo, colegas – Langley falou. – Sempre pode aparecer alguma coisa como uma tempestade lá fora e... é bom estar prevenido.

As roupas eram grossas, ásperas e de aparência pouco confortável. Havia fechos de todo tipo – cordões, velcro, botões, colchetes, zíperes e conexões eletrostáticas – por toda a parte. As botas eram bem pesadas. O capacete era apenas um capacete. Embora estranhas, as roupas realmente pareciam apropriadas para uma viagem pelo deserto. A única coisa realmente assustadora era a máscara: por dentro, estava cheia de agulhas, esporões, tubos e frascos. Burton notou isso ao mesmo tempo que eu, e olhamos, desconfiados, para Quentin.

– São nutrientes – o guia percebera nossa hesitação – anestésicos, estimulantes... Tudo coisa *necessária* se se quer atravessar o deserto vermelho. Juro. Vamos, ponham as máscaras... a viagem será longa, cansativa, talvez fatal sem elas.

Dando o exemplo, Langley vestiu sua máscara. A película dourada, a superfície externa da máscara, se contorceu e escorreu sobre si mesma, amoldando-se ao rosto do beduíno, emitindo um chiado baixinho, quase imperceptível, mas horrendo, como um gigantesco parasita.

Relutantes, Jerry e eu vestimos nossas máscaras.

As agulhas maiores perfuraram meu rosto um pouco abaixo das pálpebras inferiores. Dezenas de pequenos ganchos, garras e plugues se fixaram no tecido facial, disparando uma primeira descarga anestésica. Pude sentir a máscara deslizar, crescer, intumescida, e depois se retrair, enquanto se amoldava a meu rosto.

– Não é tão mau assim, é? – A voz de Langley ecoou em minha mente. – É impossível abrir a boca dentro destas coisas. Por isso elas são telepáticas.

– Ah! Que me diz disso, Phil?

– Digo "vamos montar". Ei, Langley: estas coisas se cavalgam como cavalos?

– Exatamente.

– E como se cavalgam cavalos?

* * *

A viagem em si não foi desagradável. Não pegamos nenhuma tempestade pelo caminho, e tudo que havia a nossa volta eram planícies e penhascos vermelhos, intermináveis, imóveis.

É difícil explicar, a um terrestre, quão *radical* é a monocromia de Marte. Tudo ali, absolutamente tudo é vermelho. Às vezes uma sombra alaranjada, às vezes uma nuance quase rósea, mas todos os tons são, na verdade, ilusões para salvaguardar a sanidade da mente. O escarlate é único e onipresente. A monotonia é como um coágulo, um silencioso grito de desespero feito de rocha e pó.

Viajamos quatro dias e três noites sem pausas para dormir, comer ou descansar. Essas necessidades foram todas supridas pelas substâncias das máscaras, que, segundo afirmava Langley, «podem sustentar um homem desperto e em atividade por até uma semana». Não sei, talvez Langley tivesse maior experiência, ou o metabolismo dos marcianos (humanos, sim, mas já na terceira geração sobre aquele mundo) fosse diferente... mas o fato é que, ao entrarmos na terceira noite, algo aconteceu comigo.

Para ser objetivo, eu poderia chamar aquilo de *alteração de consciência*, mas isso não diz um terço do que a coisa realmente foi. Eu não posso, também, dizer que viajei nas drogas da máscara – ao menos não exatamente. Aquilo foi como uma fusão de imagens no cinema, uma realidade sobrepondo-se a outra até apagá-la por completo.

A base de tudo era Marte, o horizonte vermelho. Fundindo-se ao planeta estava o Universo – um globo descontínuo de luz e movimento, materializado contra o vazio inacreditável, girando ao redor de uma elipse ainda mais negra que o próprio vácuo.

Minha visão me levou mais próximo dessa elipse, e ali dentro havia... havia... Há aqui uma barreira em minhas recordações. Um dique contendo vagalhões de loucura, estou certo. Eu *vi*, eu *sei* o que estava lá, mas instintos ancestrais impedem-me de obter uma recordação mais vívida.

Só posso dizer que ali, no centro de tudo, estava a alma e espírito do Universo, o poder supremo da Criação. Era uma força irracional, cruel. Má.

Ao redor desse núcleo de puro Mal, penetrando o Universo e todos os planos da realidade, havia uma forma protoplásmica, composta por esferas translúcidas que borbulhavam, rolando umas sobre as outras, dividindo-se e multiplicando-se como protozoários, crescendo e se *propagando*. Ao longe, ouvi uma voz:

Yog-Sothoth!, dizia um grito desesperado.

E então era a manhã do quarto dia. Estávamos a poucas horas de Areopagus.

Meu despertar foi abrupto. Entrei em contato com Burton, usando, por algum motivo, o latim em vez do inglês.

Burton afirmou que eu cavalgara normalmente durante toda a noite, e que nós estivéramos debatendo criptogramas medievais por horas. Sua descrição de nossa conversa foi bastante vívida e verossímil, e ele também estava "falando" num latim fluente, como se tivesse passado toda a noite a desenferrujá-lo.

Fiquei então em silêncio, imaginando, com grande desconforto, que minha mente e minha alma eram entidades vivas, independentes e rebeldes. Finalmente retomei o diálogo:

– Jerry...?

– Sim?

Por precaução, "falei" as frases seguintes em latim. Eu não queria ser "ouvido" por Langley.

– Yog-Sothoth significa algo para você?

Silêncio.

– Jerry, por Deus!

– Desculpe, eu – ele começou a frase em inglês, mas logo retomou o uso da língua morta. – Eu estava só pensando... Onde você ouviu isso?

– Não interessa. Onde *você* ouviu?

– Ah... bem... Lembra-se dos arquivos Armitage, em Arkham?

– Claro – respondi. Henry Armitage havia sido chefe da biblioteca da Universidade Miskatonic no início do século XX. Ele deixara, ao final de sua vida, uma grande coleção de livros lacrada num compartimento secreto, movido, segundo se supunha, por algum tipo de preconceito religioso. – E daí?

– Bom... você estava viajando nessa época... mas quando derrubamos a parede que isolava os arquivos... o que encontramos lá... obras há muito dadas como destruídas, ou míticas... *De Vermiis Misteriis*, o *Necronomicon*... E as coisas descritas nesses volumes... Eu, pessoalmente, hoje acredito que Armitage fez a coisa certa ao emparedar aqueles livros.

– E onde Yog-Sothoth se enquadra nisso?

– Yog-Sothoth é uma divindade citada em alguns daqueles livros. Os rituais de adoração prescritos são extremamente malignos... sacrifícios humanos, em maneiras que nem é bom imaginar. O epíteto de Yog-Sothoth é "a chave e o portal".

– Foi como Van Starsk definiu...

– A tatuagem. Sim. Escute... Se estamos envolvidos com adoradores de Yog-Sothoth, então...

– Senhores, chegamos – as palavras, em inglês, ressoaram em minha mente na voz rouca de Langley. – Bem vindos ao Areopagus.

* * *

Areopagus era uma visão terrificante. A escavação das ruínas se processava em diferentes níveis, e o que víamos agora parecia-se com os restos de algum galeão sobrenatural, semissubmerso em lama escarlate: torres, estranhos planos em ângulos indizíveis, encostas e colinas emergiam aleatoriamente do solo estéril, parte rocha rubra, parte arquitetura negra. O conjunto dava a nítida impressão de uma *mudança*, uma perturbadora transmutação da própria natureza, do espírito do deserto.

– Burton e Conrad? Estávamos esperando...

As palavras nos tiraram do transe em que a imagem do Areopagus havia jogado a mim e a meu amigo. Foi com embaraço que retiramos nossas máscaras de viagem, ao som daquela voz. A pessoa que falava conosco vinha de uma porta aberta no campo de força que cercava o campo. Era um homem de pequena estatura e muito magro – e que sorriu ao perceber nosso assombro com o aspecto do Areopagus. Meu rosto ainda formigava quando ele disse:

– Impressionante, não? Sabe, mal posso esperar para levá-los à biblioteca... Mas, sim, isso pode ficar para amanhã – o brilho em seus olhos desmentia a paciência expressa pelas palavras. – Vamos. Vou levá-los à sua tenda. O beduíno pode levar os huplos para o acampamento dos outros de sua *raça*...

Havia algo de positivamente descortês no tom de voz que nosso anfitrião usara ao se referir a Langley, e a forma como ele pronunciou "raça" fez meu sangue ferver. Jerry deve ter notado isso, pois disse:

– Na verdade, o sr. Langley é parte importante de nossas pesquisas. Seria possível alojá-lo conosco, em nossa tenda?

O homenzinho respondeu enquanto desmontávamos:

– Bem... é um tanto *incomum*... mas creio que pode ser arranjado. Sigam-me, por favor.

Enquanto nos conduzia, a mirrada figura de nosso anfitrião se apresentou:

– Meu nome é Karel Gregorian. Sou o... segundo em comando aqui. Devo dizer que o CMEH aprecia muito sua disposição em...

– O garoto que nos recebeu em Harmonia, Starsk, parecia ser membro de um tipo estranho de seita religiosa... O CMEH tem alguma ligação com grupos assim?

Burton me lançou um olhar assustado. Eu estava calculando que uma pergunta ingenuamente cínica deveria suscitar uma resposta semelhante, e foi o que obtive:

– É verdade – Karel respondeu, muito cortês – que alguns de nós buscam a iluminação através do culto a supostas divindades marcianas... e que essas pessoas encaram Areopagus como um verdadeiro santuário... o que, eventualmente, leva algumas a se integrarem ao CMEH. Mas são todas criaturas inofensivas.

– Foi o que imaginei.

Chegamos então à tenda. Gregorian deixou Jerry e eu ali, mas não permitiu que Langley ficasse:

– O senhor Langley não poderá, infelizmente, passar esta noite com os senhores; sua requisição de um alojamento conjunto não estava prevista. Encontrarei acomodações para ele, por ora, e amanhã esta tenda será convertida em alojamento para três pessoas.

Antes que pudéssemos objetar, Karel saiu dali, arrastando Quentin pelo braço. O beduíno ainda conseguiu olhar para trás e fazer um aceno de "até logo".

Olhando para o espaço dentro da tenda, tivemos de concordar que uma terceira pessoa iria se sentir bastante desconfortável ali. O lugar continha apenas três móveis: dois catres e uma mesa. A estrutura polimerizada do teto emitia uma leve fluorescência, luz suficiente para ler, mas não tanta que atrapalhasse quem quisesse dormir.

Passamos o restante do dia xeretando pelas escavações. A maioria das portas e janelas, apesar dos contornos bizarros, eram facilmente utilizáveis por humanóides; mesmo as estruturas de acesso – rampas e escadas – davam a impressão de terem sido feitas para seres de 1,7m, e com duas pernas.

Não encontramos mais Karel naquele dia, mas conseguimos conversar com vários de seus colegas de equipe. Muitos deles usavam tatuagens bastante parecidas com a de Van Starsk – figura que começava a fazer sentido para mim, como a representação bidimensional da coisa de meu pesadelo.

Várias vezes tentamos descobrir a localização do acampamento dos beduínos, ou do curral dos huplos, mas exceto por esparsas menções a "norte", nada mais nos foi dito. Tivemos mais sorte, no entanto, ao procurarmos o refeitório, onde almoçamos pouco depois do meio-dia.

Esse refeitório era uma grande tenda horizontal. Não vimos Langley ou Gregorian, mas uma bela mulher – loira, olhos negros e muito mais alta que a média dos homens ali – veio falar conosco.

– Olá – ela disse. – Vocês são os criptógrafos, em?

– Isso – Jerry tomou a dianteira. – E você é...?

– Ingrid Remington. Sou a... *responsável* pelo lugar.

– Pelo refeitório? – perguntei, tentando ser engraçado.

– Não – ela sorriu. – Pelo acampamento inteiro.

De repente, Burton e eu ficamos em silêncio. Não havia o que dizer para aquela mulher; algo que exalava dela penetrava deliciosamente em nossas mentes, e observá-la parecia ser a coisa mais importante do mundo.

– Venham, entrem na fila – Ingrid continuou sorrindo. – Vocês querem comer, certo?

– Certo – Burton parecia encantado. – Que tal, Phil?

– Uma grande ideia.

Desde nossa chegada em Marte, Ingrid parecia ser a única pessoa em quem podíamos realmente *confiar* (nós gostávamos de Langley, mas mesmo ele era meio suspeito). Por isso, a conversa durante o almoço foi longa, agradável e proveitosa.

A primeira pergunta que fizemos à srta. Remington foi sobre o racismo contra os beduínos:

– Existem diferenças culturais, claro, mas acho que o principal é a interdependência – ela explicou. – Os beduínos dependem do povo da cidade, e vice-versa, mas nenhum dos dois grupos é capaz de admitir isso. Assim, a cidade sente que o povo do deserto é formado por parasitas dos recursos urbanos, e os beduínos veem a cidade como um monstro devorador das riquezas do deserto.

A familiaridade com que ela nos tratava acabou me dando ânimo para dirigir a conversa em direção a terrenos mais delicados, como a ligação entre o CMEH e o culto a Yog-Sothoth. Ingrid respondeu sem hesitar:

– Há quem acredite que certos... seres... viveram em Marte muito antes de serem adorados na Terra. Muitas dessas pessoas fazem generosas doações aos cofres do CMEH, e veem no Centro uma forma de encontrar sustentação para suas superstições... – e então ela sorriu um sorriso maroto e deu uma piscadela. – O que fazemos aqui é transformar dinheiro supersticioso em conhecimento científico. Não é lindo?

– Você não acredita que essas... superstições... possam conter alguma verdade?

Burton perguntou isso muito sério, e ela respondeu com um dar de ombros.

* * *

Na manhã seguinte, Jerry acordou antes que eu. Ao despertar, notei que havia uma verdadeira comissão me aguardando à porta da barraca: Burton, Karel, Ingrid e Langley.

A visão do beduíno me fez pular rapidamente do catre. Eu estava bastante feliz em revê-lo.

– Vamos, vamos, Phil, eles não nos pagam por hora! – dizia Burton, aparentemente recuperado do ânimo mórbido que o acompanhara por boa parte do dia anterior. – Temos muito trabalho pela frente.

Coloquei-me, o mais veloz que pude, em trajes de serviço e, sem me barbear, saí da tenda. Ingrid e Karel desejaram-me bom-dia – ela, de uma forma adorável, ele, com sombria indiferença. Foi com pesar que ouvi as despedidas da bela srta. Remington:

– Espero que me perdoem, tenho outros deveres... Karel irá levá-los à pirâmide. Só vim ver se tinham passado bem a noite.

– Muito bem, obrigado – Jerry estava me passando a perna. – Também sentimos muito em não poder tê-la conosco. Talvez no almoço...

Fiquei um pouco assustado. Burton não era de se atirar assim em cima das garotas. Mas, olhando bem para Ingrid, senti de novo a mesma sensação de bem estar que me acometera ao conhecê-la, no dia anterior, e concluí que ela era o tipo de mulher para quem até o maior tímido de todos os tempos abriria uma exceção.

Remington, por sua vez, não pareceu nada surpresa, mas apenas um pouco contrariada. Ela respondeu:

– Eu adoraria, mas... temo que vocês ficarão lá embaixo até o fim do trabalho. Não é, Karel?

– Sim. Bem, doutores... vamos.

Eu pensei em perguntar o que era «lá embaixo», mas imaginei que iria acabar descobrindo isso mais cedo ou mais tarde.

– A pirâmide, como vocês devem saber – recitava Gregorian –, foi a primeira descoberta deste sítio arqueológico.

– Na verdade ela foi revelada por acidente, certo? – emendei, fazendo questão de ser implicante.

– Exato – concordou Karel, contrafeito. Mas disse: – Isso é, se você acredita em acidentes.

Antes que eu pudesse atinar com o significado dessa última frase, Gregorian retomou o assunto original:

– De qualquer forma, o restante das edificações do Areopagus se propaga para leste da pirâmide, e o sítio arqueológico obviamente segue o mesmo rumo. Assim, a pirâmide acabou isolada do acampamento principal. O que não significa...

Desligando-me um pouco da ladainha de Karel, resolvi sondar Langley, que nos acompanhava em silêncio.

– Ei, Quentin! – sussurrei. – O que diabos você está...

– Sou «indispensável» para a sua pesquisa, lembra? – ele respondeu, brincando com minhas palavras do dia anterior. – E, de qualquer forma, aqueles caras não são a minha tribo.

– Em?

– O acampamento de beduínos... antigamente, a escavação era servida por gente de minha tribo. Ontem cheguei lá e... – por um instante, o homem do deserto me pareceu assustado. – Não é mais a minha tribo.

E depois de uma pausa:

– Duvido que sejam qualquer tribo. Cavalgam huplos brancos... cegos... albinos, eu diria. Nunca soube que existissem animais assim! E não são muito amistosos. As coisas estavam começando a ficar difíceis quando aquela loira foi até lá... me levou pra dormir com ela.

– Loira? Ingrid?

– É.

– Não diga nada a Jerry sobre isso, ou você vai preferir ter continuado com os huplos albinos – comentei.

A essa altura, Gregorian já havia estacado diante da pirâmide. Paramos para olhá-la.

Era negra como o sangue na boca de um cadáver. Assemelhava-se às construções astecas, ou aos zigurates da Mesopotâmia: uma sucessão de quadrados empilhados. Era nítido, no entanto, que apenas os três últimos degraus da estrutura estavam expostos, permanecendo o resto soterrado. Mas esses três níveis que despontavam do solo tinham dimensões ciclópicas.

– Qual a profundidade total? – perguntei.

– Estimamos em duzentos metros – Karel respondeu imediatamente.

– Trezentos metros de rocha sólida! – Jerry assoviou, assustado. – Quem teria...

– É para isso que os senhores estão aqui. Venham.

Karel Gregorian tocou um dispositivo em seu cinto, e um túnel de força se abriu areia abaixo, desaparecendo na escuridão. O túnel era inclinado, e se podia percorrê-lo com razoável facilidade, em que pese a claustrofobia causada pelo teto e paredes de areia vermelha, viscosa, móvel, e o medo pela carga das baterias do campo de força. Uma fantasmagórica tocha fluorescente, empunhada por Karel, fornecia toa a iluminação.

Finalmente a tocha revelou uma porta à nossa frente. Era uma estrutura intimidante, entalhada com figuras que se assemelhavam a dragões com estranhos octópodes no lugar da cabeça. O entalhe era nitidamente abstrato, não-figurativo, mas, por algum motivo, isso não me consolava. Olhei para Burton e Langley, e ambos pareciam bem à vontade.

– Quanto penetramos na areia?

– Você quer dizer, na vertical? Uns cem metros, contanto areia, terra fofa e terra batida; em Marte é fácil abrir túneis com campo de força, por causa da baixa gravidade.

– Certo.

Enterrado vivo, cem metros abaixo da superfície de um planeta alienígena. Campo de força! Transparente, permitia-nos ver a areia, a terra e as rochas fluindo, acomodando-se ao nosso redor. À luz da tocha, aquilo parecia uma espécie de hemorragia.

Com alguns toques em pontos específicos da porta, Gregorian fez com que ela deslizasse para dentro e para o lado. Entramos.

Os únicos objetos terrestres ali eram o reciclador orgânico, conectado a um jogo pouco atraente de latrinas e bebedouros, e o purificador de ar. Todo o resto recendia a algo ancestralmente marciano. Senti-me subitamente um bárbaro, preso num horrendo anacronismo. Aquele local merecia respeito, mas eu desconhecia as palavras e os gestos adequados para exprimi-lo. Ao medo veio somar-se o constrangimento.

– Vou deixá-los aqui – disse Karel –, com este plugues telepáticos – e colocou um pequeno disco na palma da mão direita de cada um de nós. – Assim que quiserem sair, pensem. Vocês encontrarão a extremidade «positiva» dois recicladores cheia de água e víveres. Também há tochas por aqui, e todo o equipamento necessário...

Enquanto ele falava, Burton e eu reparamos numa grande caixa metálica, colocada num canto onde a tocha de Gregorian projetava sua maior sombra. E ali realmente estavam os aparelhos necessários à nossa tarefa, até mesmo pequenos decifradores portáteis, iguais aos que trazíamos conosco.

– Não teremos geradores de campo de força, suponho? – perguntei.

– Infelizmente, não podemos dispor desse equipamento. Mas, qualquer problema, pensem. Vocês têm os plugues.

Assim que acendemos nossas tochas, Karel partiu, fechando a descomunal porta atrás de si.

Algum tempo depois, o pesado som de soterramento se fez ouvir por detrás da porta. Um arrepio subiu por minha espinha, indo eriçar os cabelos da nuca. Jerry e Langley pareciam bem descontraídos.

Por fim, Burton disse:

– E então? Ao trabalho!

* * *

O medo, a claustrofobia levou-me a, antes de tudo, fixar o plugue telepático bem firme em meu ouvido esquerdo. Eu realmente detestaria perder qualquer segundo numa emergência.

Depois olhei ao redor.

O teto do aposento se perdia nas alturas, fora do alcance da luz das tochas. Era sustentado por colunas cilíndricas, cobertas por inscrições inumanas. Tanto as paredes quanto as colunas apresentavam infiltrações de algum tipo de planta azul, úmida e esponjosa, que brilhava num luminescência pálida contra a rocha negra. Em prateleiras dispostas segundo alguma espécie de padrão labiríntico, havia rolos e rolos de algum tipo de tecido ou fibra flexível, cobertos pelos mesmos caracteres das colunas. Eram esses os livros que deveríamos decifrar.

Aquele «papiro» marciano não havia ressecado com o passar das eras, nem os bastões de madeira escarlate, afixados nas extremidades de cada livro, apresentava sinais de decomposição.

Por várias horas, o desafio de decifrar uma linguagem totalmente desconhecida, de um povo talvez sem nenhum traço de identidade espiritual com a humanidade, fez-me esquecer o sacrilégio que cometíamos. E sufocou o medo em minha alma.

Hoje estou certo de que aquela era uma tarefa impossível. A língua marciana está, e sempre estará, além dos limites de compreensão do cérebro humano. Nós *teríamos* fracassado, com certeza. *Se não tivéssemos recebido ajuda.*

Burton e eu trabalhamos como loucos alucinados. Lançamos mão de miríades de hipóteses improváveis e pressupostos intuitivos, e tudo estava certo. Nossas mentes eram alimentadas pelo próprio demônio, por memórias de eras interditas. O próprio Langley, de mero observador, passou a assistente eficaz. Nossas imaginações voavam nas asas de um Destino Negro.

Deveríamos trabalhar ali em turnos de oito horas, saindo à noite, para dormir na tenda. O que aconteceu, porém, foi que perdemos totalmente a noção do tempo. Eu me via obrigado a, de tempos em tempos, comer algo, beber água e adormecer um sono agitado, entorpecido, cheio de visões de escribas inumanos de pele esticada e músculos nodosos. Langley e Burton, não. Não me lembro de vê-los parar uma única vez. Suas mãos tremiam de febre e fúria.

Finalmente conseguimos traduzir, de um dos rolos, um poema mórbido sobre um poço no espaço-tempo, um poço de emanações pútridas e doentias, lar de incontáveis parasitas; sobre a rocha vermelha que havia sido usada para lacrar o poço; sobre as formas e palavras capazes de remover a pedra. Num estranho êxtase, Burton e Langley leram o refrão do poema em voz alta, exultantes; é inimaginável como eles souberam pronunciar as sílabas marcianas.

Súbito, esse mesmo refrão se fez repetir em nossos plugues telepáticos. Era a voz de Ingrid. Naquele instante algo se apossou de mim, uma onda de paixão, um impulso irreprimível. Seus desejos eram *meus* desejos. E, a despeito do paralisante horror que penetrava certas partes mais lúcidas de minha mente, também repeti, com impecável pronúncia, o poema marciano.

– Está feito – essas palavras soaram em meu plugue, e depois ouvi o clique do aparelho sendo desligado.

Minha lembrança seguinte é de horas, talvez dias depois. Sei apenas que senti fome, e sede, e encontrei o reciclador desligado. Langley e Burton logo se uniram a mim. Sabíamos que estávamos abandonados.

Enterrados vivos.

Para meus dois companheiros estava sendo muito pior. De alguma forma, Ingrid havia feito *algo* com eles, parcialmente também comigo – forjado uma espécie de *elo* que agora se rompia de forma cruel, brutal, avassaladora.

Desamparados, vazios, eles choravam, suas almas contendo apenas vergonha e terror. Lentamente eles recuperaram o controle, e então passamos a procurar uma saída. Ainda tínhamos nossas anotações, e passamos a tentar traduzir as inscrições nas colunas. O processo foi lento e custoso, e alguns dos *conceitos* que encontramos ali custaram muito de nossa sanidade. Felizmente, ao lado daquelas terríveis revelações – que pretendo levar comigo para a tumba – também encontramos uma razoável descrição da estrutura interna da pirâmide. Havia um alçapão, uma passagem secreta naquela câmara. Uma saída!

Penetramos pelo alçapão e rastejamos por dias inteiros, parando para dormir, de tempos em tempos, em meio a túneis intermináveis, de uma gélida escuridão. Havia corredores que levavam a fossos, fossos que levavam a armadilhas. Naquela viagem perdemos nossas unhas, e Burton esfolou os cotovelos até o osso. Nossas tochas pifaram na metade do caminho.

Tudo era pequeno, incômodo, dolorosamente áspero.

Por fim, emergimos, cadáveres ambulantes, num pequeno templo onde os beduínos que serviam à escavação realizavam estranhos sacrifícios. Roubamos máscaras e três huplos albinos – criaturas cegas, grotescas, mas de uma mansidão assustadora – e fugimos.

Três meses depois, já de volta à Terra, Burton foi recolhido a um manicômio judiciário, após confessar a autoria de sete fantásticos crimes de violência, estupro, tortura e assassinato – todos cometidos contra jovens loiras de olhos negros.

Não mantive nenhum tipo de contato com Langley, nem ele comigo; não pude deixar de ler, porém, a notícia de que Quentin Langley, beduíno e guia de turistas, despiu-se de todos os trajes protetores e caminhou, sozinho, para dentro do infernal deserto marciano, e que seu corpo, carcomido pelas areias escarlates, havia sido encontrado...

E agora ouço dizer que Marte está mudando; que a rocha vermelha começa a sair do lugar; e se o culto, os poderes e os escritos que encontrei em Marte há duas décadas forem verdadeiros, uma sinistra profecia está para se cumprir.

A maldição do Ang Mbai-aiba

1

A Serra do Japi, no interior do estado de São Paulo, é uma viajante do tempo. Uma filha do passado distante, que sobrevive à beira de poderosas autoestradas e de cidades em contínuo crescimento. No Japi, resistem, ainda intocados, fragmentos de ecossistemas mais antigos que Colombo ou Cabral. Trechos de Mata Atlântica que talvez precedam aos próprios índios. A água que cai em cascatas pelas encostas dos morros é de uma pureza ancestral, um jorro alimentado por grutas que regurgitam as chuvas de milênios passados.

Pelo Japi passaram os bandeirantes, vindos da então provinciana São Paulo. No Japi travaram-se batalhas entre o primeiro invasor da serra, o índio, e seu sucedâneo, o português. O patrimônio biológico e arqueológico dos morros e matas do Japi é inestimável. Sabendo disso, o governo do estado de São Paulo declarou o tombamento da serra. Hoje, a polícia florestal e a guarda municipal de Jundiaí (município que possui o maior trecho de serra em seu território) só permite que subam à serra pessoas devidamente autorizadas. Às vezes o Japi é aberto a excursões ecológicas, grupos de ciclistas e casais de namorados. Mas esses lapsos de liberalidade nunca duram muito.

Existe, no entanto, um fluxo de limusines de vidro fumê e carros importados em alta velocidade que sobe e desce pelas trilhas da serra sem nunca ser incomodado. Esses são os veículos de homens poderosos, homens que possuíam terras compradas e mansões erguidas antes do tombamento do Japi. O direito dessas pessoas ao uso de suas propriedades em momento algum foi negado ou discutido. Hoje, eles são habitantes de um exclusivo condomínio fechado, protegido por policiais bem treinados e remunerados pelo estado, e cercados pela mata milenar.

2

A maioria das propriedades particulares incrustadas na serra são chácaras e casas de veraneio. Uma notável exceção é a mansão de Friedreich Spinnen, um alemão septuagenário que há tempos fez do Japi seu lar. Spinnen subiu à serra ainda nos anos 50, e nunca mais desceu. Na verdade, exceto pelos empregados que abastecem a mansão com víveres e a mantêm a par das novidades tecnológicas, o velho Spinnen vive sozinho, conduzindo algumas pesquisas arcanas, as mesmas que o próprio Friedreich iniciou há quase sessenta anos, sob a orientação de Hans Hörbiger e a égide da suástica. Esta noite, extraordinariamente, Spinnen recebe visitas.

Paulo Vittini não está à vontade com a gravata a apertar-lhe o pescoço. Alguém já lhe disse que esse incômodo desaparece com o hábito, mas Paulo nunca se interessou em fazer da gravata um hábito. A mata lá fora, destacada da escuridão total apenas pelo lampejo momentâneo dos faróis muito fortes, tem uma aparência de fria umidade, mas o ar condicionado do BMW o mantém isolado dos elementos, dentro de uma bolha de serviço burocrático cercada pela natureza por todos os lados. A única possível companhia desta viagem de sonho, o motorista do carro, de terno negro e quepe, também não traz nada de familiar ou reconfortante em seu gélido profissionalismo. *É quase como se o homem não existisse*, ele pensa, enquanto a ponta de sua língua toca os fios castanhos do bigode, num tique de ansiedade.

Inconscientemente, Paulo leva a mão à pasta com a qual divide o espaço no banco traseiro do BMW. Ali estavam alguns fragmentos de textos jesuíticos da época da colonização, trechos de um suposto manual de feitiçaria indígena compilado em tupi-guarani «erudito» por algum jesuíta insano e febril. O arqueólogo acaricia o couro da maleta, acalentando seu conteúdo. Spinnen escrevera ao museu afirmando possuir o corpo principal daquela obra, um único exemplar mais ou menos intacto remanescente do *Ang Mbai-Aiba*, o livro da Alma Profunda do Mal, citado obliquamente nas obras proféticas do padre Antônio Vieira. Mais do que isso, Spinnen dizia ser capaz de estabelecer a autoria do texto. Talvez fosse apenas um blefe, mas Vittini e o diretor do museu, Geraldo Klink, haviam conferenciado e decidido que a história merecia investigação. Em sua carta, Fried Spinnen se propusera a conceder transporte e hospedagem a "qualquer perito" que o museu desejasse indicar. Paulo era o *único* perito, mas nem por isso recusou o convite.

3

O carro manobrou no pátio coberto de cascalho miúdo e branco, que ficava diante da casa principal da propriedade de Spinnen na serra. Olhando ao redor, e aproveitando o grau mais amplo de observação que a curva descrita pelo BMW permitia, Vittini vislumbrou sinais de canteiros de plantas aparentemente nativas do Japi, mas cuidadosamente selecionadas e cultivadas; um desnível do terreno, por onde se via o teto de uma outra edificação, e a mancha azul de uma piscina, tudo fartamente iluminado por potentes luzes de mercúrio, pendendo de postes que projetavam sombras grotescas. O veículo parou sem ruído. A desativação do motor só foi perceptível pela interrupção do suave tremor da carroceria.

Um clique anunciou a Paulo que o motorista já havia deixado o veículo, e que agora o estranho de quepe segurava, aberta, a porta do passageiro. Com um murmúrio de agradecimento, que poderia facilmente ser confundido com um pigarro, o historiador deixou o automóvel. Do lado de fora – sem a proteção cor de âmbar das janelas polarizadas do BMW – Paulo teve de piscar algumas vezes para adaptar seus olhos ao brilho das lâmpadas de mercúrio, multiplicado ao ponto de ofuscamento pelo cascalho prismático que recobria a área de estacionamento.

Um homem – poderia ser o irmão mais velho do motorista, mas sem quepe e usando óculos escuros – o aguardava, sorrindo, no alpendre da casa.

– Professor Vittini?

– Paulo, por favor – respondeu, devolvendo o sorriso. – Senhor Spinnen?

A ideia pareceu divertir o homem no alpendre. Seu sorriso se alargou, e Paulo imaginou um brilho de satisfação nos olhos ocultos por lentes negras.

– Oh, não – respondeu. – Meu nome é Mauro. Sou secretário pessoal do sr. Spinnen. Fui encarregado de lhe dar as boas vindas, e conduzi-lo até meu empregador. Mas antes, o senhor aceita um café?

Paulo Vittini sopesou a pasta que pendia de seu punho fechado, paralela ao quadril. O peso da responsabilidade lhe subia pelos músculos do braço. A mente, cansada pala viagem e pela inesperada intensidade das luzes, no entanto, pedia algum estímulo quente e objetivo.

– Aceito – respondeu, caminhando na direção da grande casa.

4

Paulo acordou 72 horas depois de ingerir o espumante conteúdo de uma xícara de expresso. Não havia, claro, como ele próprio saber quanto tempo exatamente se passara. A luz, que se filtrava em listras, ou fatias, por entre as grades de sua cela (*como vim parar aqui?*), incomodava-lhe os olhos.

O café. Essa palavra marcou o despertar de fato de sua mente, o primeiro fio de um novelo de raciocínio que lhe parecera, instantes atrás, completamente fora de alcance. *Drogas no café* – concluiu, com orgulho de si mesmo. Quaisquer que fossem essas drogas, o efeito sobre o corpo era positivamente arrasador. Espanar as teias de aranha do cérebro foi coisa fácil. Tirar a ferrugem das juntas, no entanto, iria exigir um pouco mais de trabalho. Para economizar tempo, Vittini resolveu recorrer a algumas técnicas iogues de relaxamento, apenas o suficiente para retomar o contato consigo mesmo.

Olhos fechados, respiração tranquila, ordenou-se. *Ótimo.* O próximo passo seria localizar e acompanhar a pulsação, sensibilizar-se a ponto de sentir o formigamento de centenas de capilares por todo o corpo. Lentamente, Paulo foi se apoderando de seu sistema circulatório, enviando sondas sensoriais, aguardando por respostas.

Subitamente, ele se sentiu submerso num lamaçal, numa gélida sopa de areia movediça. Suas costas, cotovelos e nádegas encharcaram-se com um líquido que, Paulo visualizou no fundo de sua mente, deveria ser azul escuro, translúcido e gelatinoso, que se propagava em bolhas e bolsões que cediam, em explosões surdas, sob o peso desta ou daquela parte de seu corpo. Um líquido que encharcava não a pele mas os ossos. *Isto está dentro de mim!*, gritou a voz do pânico no fundo de sua mente. Os lábios não ousavam se mover, com medo de despertar a coisa azul-translúcida que dormia e se espraiava sob a pele. Seu corpo todo, o próprio sistema nervoso autônomo tomado de repulsa, ameaçou uma gigantesca convulsão. A mente, assustada, conteve a descarga galvânica, e tudo que houve foi um ligeiro tremor de dedos e pálpebras.

Com muito cuidado, *para não acordar a coisa*, Vittini levou dois dedos à jugular. Ele queria, precisava, confirmar a pulsação.

A veia estava inerte. Paulo percebeu que, enquanto erguia o braço, a coisa escorrera do cotovelo para o ombro, fundindo-se então à mancha de gel que infestava suas costas.

– Não se preocupe, *herr* Vittini – disse uma voz que vinha de além das barras da cela, uma voz que falava um português impecável. Uma pronúncia artificial. Estudada. – Nada mais pode feri-lo. O senhor está morto.

5

Morto!

A primeira reação de Paulo foi aceitar, sem problemas, o novo conceito. Sem pulso, o sangue (*sangue? meu próprio sangue, sim, com certeza*) seria, claro, empoçado nas partes baixas de seu corpo. A dificuldade de movimentos também era característica. *É*, considerou, *se eu estiver morto, isso explica tudo*. Uma fagulha de racionalidade, no entanto, um senso atávico de respeito pela ordem natural das coisas, vibrou em revolta. O horror veio logo depois.

Com um movimento brusco, o cadáver de Paulo Vittini levantou-se na cama. Sem a camada lubrificante de lágrimas, abrir os olhos se mostrou uma experiência áspera e quase dolorosa. Paulo inspirou fundo (lutando contra a percepção de que aquela era a primeira vez que fazia isso *há horas, santo Deus, há horas...*) e o ar caiu, inútil, em pulmões que não tinham mais o que oxigenar.

A cela – Paulo percebia agora – era uma suíte de luxo, com escrivaninha e abajur, penteadeira (*um espelho!*), móveis e estofados de aparência bastante confortável, e quase luxuosa. Apenas a porta de grades, trancada por fora, destoava do ambiente. Além das portas, um velho numa cadeira de rodas e óculos escuros observava as reações do morto-vivo.

Paulo correu – melhor, cambaleou em velocidade, seus músculos movendo-se em espasmos – na direção da penteadeira, e olhou-se no espelho. O ar que ainda repousava, viciado, nos pulmões mortos tomou a forma de um urro infernal, o lamento de uma alma sofrendo demoníaca tortura. Um som que ecoou pela cela, impregnando-se nas paredes, móveis e barras. Era de se esperar que toda a matéria inanimada do recinto passasse a vibrar, daquele momento em diante, em etéreas, inaudíveis harmônicas daquele som gutural. O homem da cadeira de rodas sorriu em aprovação, um sorriso que se alargou quando mãos cadavéricas passaram a arranhar o rosto morto de Paulo, na vã esperança de desfazer a mórbida maquiagem.

Unhas penetraram na carne, desfiando a pele e abrindo cortes por onde apenas gotículas de sangue e linfa escorriam. Camada após camada, a carne revelava-se não vermelha, mas roxa, escura, quase negra ou acinzentada.

– O senhor poderia se descarnar até os ossos, e seu crânio permaneceria consciente. Sugiro que não agrave ainda mais sua situação – disse o velho de fora da cela, num tom de voz que era parte ironia parte preocupação legítima.

– O que aconteceu comigo? – perguntou Paulo, chorando sem lágrimas, os olhos secos cada vez mais doloridos. – *O quê?*

6

– Oh, o senhor tornou-se, creio, uma vítima dos ensinamentos contidos no *Ang Mbai-Aiba*. Provavelmente a primeira dos últimos quatrocentos anos. O livro fala de algumas superstições indígenas a respeito de sucos vegetais capazes de ressuscitar os mortos... Sabe porque várias tribos se banqueteavam na carne dos guerreiros inimigos? O objetivo era não deixar cadáveres que pudessem se erguer em busca de vingança. Um medo que, o senhor o prova, não era nem de longe supersticioso.

– Quem é você? – Paulo perguntou, um hálito de ódio escapando-lhe por entre os dentes. – O que quer de mim?

– Sou seu anfitrião, *herr doktor* Friedreich Spinnen. Sou também o responsável pela presença, no café que meu secretário lhe serviu, de uma dose letal de tranquilizantes. E sou, claro, o homem que administrou a seu corpo sem vida os extratos descritos no *Ang Mbai*. Quanto ao que quero... bem, em primeiro lugar, os trechos do livro que estavam em poder de seu museu. São trechos muito interessantes, que esclarecem uma ou duas passagens obcuras da obra principal, embora as alusões ao "errante" sejam nitidamente apócrifas. Além disso... além disso quero um legítimo morto-vivo da tradição sul-americana para estudar. Perceba que, graças ao senhor, obtive as duas coisas. Aceite minha mais profunda gratidão. Observá-lo em seu despertar já me concedeu material de pesquisa por um bom tempo, mas eu gostaria de entrevistá-lo e proceder mais alguns testes amanhã. Está bom para o senhor?

– Vá à merda – Vittini respondeu.

– Como queira. Até amanhã.

7

A cadeira de rodas de Spinnen era motorizada, e podia mover-se muito bem sozinha – uma óbvia necessidade para um paraplégico que opta por viver isolado do mundo. O velho erudito, no entanto, gostava de ser empurrado por algum lacaio, sempre que houvesse um lacaio por perto. Era um de seus inúmeros maneirismos – formas de demonstrar poder. Assim, embora Friedreich tenha se afastado da cela de Vittini à força do pequeno motor elétrico que substituía músculos e nervos de suas pernas, foi Mauro quem empurrou o patrão da cabana de volta à casa principal. Não havia como Paulo, do desespero de sua morte, saber disso – mas fazia um tempo claro, de um céu impressionante pela pureza do azul, e ar gelado.

– Como está o hóspede, senhor? – perguntou Mauro. O secretário havia ouvido o grito de Paulo, um grito parecido com os de outras vítimas do *doktor*. Parecido, mas nunca igual.

– Oh, ele vai bem, muito bem – Friedreich inspirou fundo, até o ar, muito frio, arder em seus pulmões estufados. Depois liberou o gás lentamente, saboreando a felicidade suprema de estar vivo. – O Brasil é um país de muitos mistérios, sabia? Poderes imensos, que cinco séculos de catolicismo e bobagens sincréticas não conseguiram apagar. Você devia ter orgulho de sua terra.

– Eu tenho, senhor – respondeu. Mauro não era um homem culto, e apenas tateava, com desinteresse, a superfície dos experimentos e palavras de seu empregador. Mas era amoral, discreto, eficiente e bem educado – qualidades que Spinnen aprovava. O secretário conseguia, por exemplo, ocultar perfeitamente sua genuína surpresa em ainda não ter sido enviado de volta a São Paulo. Ele quase acreditava que o velho voltara a sentir falta de companhia humana.

– Leve-me ao escritório – disse Spinnen, o tom de humanidade subitamente ausente de sua voz. – E pode retornar à cidade. Deve haver duas ou três operações bancárias que irão requerer sua atenção pessoal, imagino.

– Sim, senhor.

8

Friedreich Spinnen vive no escritório. Ele eventualmente passeia, visita o restante da propriedade, mas o faz como uma alma penada em mundos distantes. Sua vida, de fato, só existe dentro daquelas paredes emaciadas pelo fumo de incenso amargo, nas prateleiras cobertas por livros em latim, em tupi-guarani, em dialetos europeus e orientais mortos há muito. De todas as obras ali acumuladas, nenhuma fascina mais o velho alemão que o *Ang Mbai-Aiba*. Ele encontrou a obra, pela primeira vez, num velho mosteiro da França ocupada, um dos muitos centros de saber oculto metodicamente saqueados pela elite esotérica dos SS – tropas instruídas para recolher cada fragmento de informação sagrada ou profana, piedosa ou pagã. Naquele tempo, Spinnen era um tenente, um inspetor de um desses grupos "caça-fantasmas", como eram chamados. Hitler estava, desde sempre, convencido de que as batalhas decisivas da guerra seriam travadas em outros planos, e por outras forças. Seu ódio insano pelos judeus era, mais do que outra coisa, medo das forças da Cabala.

O *Ang* fascinara Friedreich logo ao primeiro contato. Aquela língua em que a obra era escrita, totalmente desconhecida e certamente não-europeia, prometia segredos indizíveis. O conteúdo da obra tornara-se seu fetiche, um sonho inatingível até que lhe caísse em mãos uma gramática tupi-guarani da autoria de Anchieta, traduzida e transposta para a língua alemã por algum obscuro iniciado dominicano. Com a chave nas mãos, Friedreich logo decifrou o livro: era um exemplar único, compilado por um certo dom Gaspar Henriques de Roncesvales, missionário jesuíta. Tratava das superstições dos índios do interior da capitania de São Vicente, área largamente desbravada por religiosos. Era, basicamente, um tratado de xamanismo, botânica e demonologia. Falava do *Ang*, do Mal que induz ao crime e se alimenta dos remorsos. O *Ang* que emana da terra, do solo lavado com sangue de batalhas, e que se concentra em certas plantas. Mais do que isso, o livro nominava essas plantas, suas substâncias e formas de manipulá-las.

O livro de dom Gaspar jamais obteve o *Nihil Obstat* da Igreja, e por isso nunca foi impresso – existindo apenas o original, saído do punho do autor. Spinnen suspeitava dos motivos: basicamente, o poder do *Ang* era – e é – assustadoramente real. O autor acreditava nisso. A loucura, ou lucidez, induzida pelas ervas e pelo espírito maligno são visíveis ao longo da obra. No início, Gaspar faz uma cuidadosa preleção sobre os tipos de plantas que não devem existir sobre cemitérios, para impedir que o suco, impregnado de *Ang*, desperte os mortos e sua ira. É um trecho piedoso e preocupado, que dura treze capítulos. Os nove capítulos restantes, no entanto, são quase uma exortação – um convite – ao uso desses vegetais amaldiçoados. Nada feito diretamente, mas uma cuidadosa teia, urdida de sugestões, duplos-sentidos e reticências. *Um esforço de tentação digno de Satanás*, assim Spinnen definiu o livro.

O exemplar único, no entanto, era falho: faltava o capítulo 22, arrancado violentamente da sólida lombada de bronze. Esse era o mesmo capítulo que repousara, incompreendido, nos arquivos do museu em Jundiaí. O capítulo 22, Spinnen sabia agora, era uma espécie de apocalipse indígena, a visão de um mundo dominado pelo *Ang*, onde as fronteiras entre vida e morte se desfazem – com a vida sendo, no final, devorada pela morte. O "errante", termo utilizado pelo jesuíta louco, era a chave do juízo final. Citado obliquamente ao longo de toda a obra, era definido e arquitetado no capítulo 22 como o foco e a fonte do poder do Mal. E Paulo Vittini, agora, *era* o errante. Mas não o errante das lendas, uma força maligna soberana, a encarnação do Medo, mas, sim, um homem assustado e aterrorizado, inconsciente de seu papel no tecido místico do cosmo. Assim como um tigre que teme seu domador, Paulo era ignorante do enorme poder que possuía. Essa ideia faz Spinnen sorrir.

A lógica por detrás de tudo aquilo era a mesma que levara aos experimentos eugênicos nos campos de extermínio: *Como tornar-se um super-homem? Estudando super-homens. Como estudar super-homens? Criando-os.* Friedreich queria o poder do errante para si, mas não o enorme ônus da putrefação e da loucura, uma loucura a um só tempo negra e extasiante, descrita com assustadora vivacidade no *Ang*. O velho esperava que suas armas mais antigas – o bisturi, a erudição e o sangue-frio – fossem suficientes para levá-lo à compreensão subjacente ao âmago do terror... e além.

9

Vittini havia parado de respirar. Primeiro porque isso não era mais necessário. Segundo porque o cheiro de *decomposição*, um odor pungente e adocicado, começava a encher suas narinas a cada movimento forçado do diafragma, a cada dolorosa expansão dos pulmões. Ele permanecia deitado, imóvel, apodrecendo sobre a cama. Basicamente, essa parecia a coisa *certa* para um cadáver fazer. Só o que não o deixava ir-se em paz era o maldito cérebro, paredes de aço mantendo a consciência aprisionada, a alma claustrofóbica. Dentro do corpo imóvel, a mente ricocheteava, em busca de uma saída, nadando aflita, quase afogada num tanque de crescente desespero.

Foi naquele momento – quando a submersão era completa e nadar para cima parecia difícil e cansativo, mas urgentemente necessário – que a mente de Paulo tocou a escuridão.

A escuridão estivera lá desde sempre, talvez, ou talvez apenas desde a morte. A escuridão era quente e aconchegante, embora feita da mesma substância que o desespero. E a escuridão o punha em *contato*. Contato com uma consciência difusa, algo que Vittini classificou como *vegetal*. Algo frio e melado, de cheiro enjoativo, como a seiva venenosa dos espinheiros. E além da seiva havia a terra, negra e granulada. Ele podia tocá-la, sentir a massa de rocha triturada, insetos mortos e folhas podres escorrer-lhe por entre os dedos imaginários, a substância *fértil*, a substância *morta*.

E, sob a terra, ele encontrou algo mais.

A universos de distância, o rosto de Paulo Vittini sorriu.

10

Nenhum deles tinha nome, ou identidade. Eram apenas bonecos, puxados por um fio, ou mariposas, talvez, atraídas para a luz por uma força irresistível. Em seus crânios, vazios há séculos, contendo agora apenas o produto final do metabolismo de gerações de vermes vorazes, uma ideia nasceu. A mesma ideia, em centenas de crânios cheios de terra, gás e cadáveres menores.

Aqueles que ainda tinham mãos começaram a cavar, alguns usando o osso da virilha como ferramenta. Os poucos enterrados em esquifes não encontraram muito trabalho para romper a madeira podre. Os que *não tinham* mãos abriram seus caminho a golpes de mandíbula, ou com o uso selvagemente criativo de alguma outra parte do corpo.

Ossos para cima, terra para baixo. Ossos para cima, terra para baixo.

O movimento todo era bastante silencioso, como o esgueirar-se de um exército de toupeiras. Talvez um reflexo de suas vidas passadas: guerreiros indígenas ou bandeirantes, todos haviam aprendido – talvez como última lição – o valor de ser discreto.

Ossos para cima...

O primeiro a aflorar o solo era um esqueleto ainda recoberto por trapos de pele mumificada, parecendo um conjunto de jaqueta e calças de couro, rasgado em fatias e pegando limo aqui e ali. Ele surgiu na borda direita da trilha que levava à mansão de Spinnen, e viu um carro descendo. Aquele era o primeiro carro que suas órbitas vazias contemplavam, mas a coisa não o surpreendeu, de maneira alguma, e nem as luzes dos faróis o assustaram.

Como se fosse a coisa mais natural do mundo, o morto-vivo saltou sobre o capô do veículo, enfiando os dedos de sua mão esquerda bem fundo na lataria do para-lama. Com a mão direita, ele estraçalhou o vidro (blindado) e arrancou o pomo-de-adão, a traqueia, a carótida e a jugular do motorista, enquanto o veículo rodopiava, saía da trilha e se chocava com as árvores do lado esquerdo da trilha. Tudo isso durou menos de trinta segundos.

11

Mauro obviamente não esperava por nada daquilo. Ele mal teve tempo de tentar virar o carro quando os faróis iluminaram o cadáver que alguém jogara sobre o capô; sua surpresa, então, ao ouvir o chiado ácido que aquela coisa (*Isso está vivo!*, pensou antes de morrer) fez ao remover todo seu pescoço, foi indescritível.

Depois, no entanto, ele e o monstro eram irmãos. Mauro saiu do carro – ele *ainda se lembrava* de ter sido alguém chamado Mauro, mais ou menos como um ator se recorda de um velho papel – e se juntou ao outro morto-vivo. Fez um pequeno teste com a cabeça (agora apoiada apenas por dois tendões frouxos e pela coluna cervical), para ver se ela estava firme. Sorriu, aprovando o resultado. Ambos começaram a subir a trilha.

A névoa da noite de dissipava, e a escuridão da mata começava a dar lugar às sombras projetadas por um sol nascente.

12

– Bom-dia, *herr* Vittini.

A voz vinha da figura atarracada na cadeira de rodas. Spinnen vestia um longo guarda-pó branco, luvas cirúrgicas e trazia uma maleta de couro negro sobre o colo. Paulo Vittini ainda continuava deitado na cama, olhando para o teto. O sorriso em seu rosto era invisível para o ancião.

– Fico feliz em vê-lo ainda na cama. Eu esperava encontrá-lo perambulando pelo quarto – insistiu Spinnen, mais uma vez sem obter qualquer tipo de resposta. Desistindo de entabular um diálogo, o alemão pressionou alguns comandos na caixa de controle ao lado da cela. Simultaneamente, as portas gradeadas se abriram, e poderosas alças de metal emergiram da cama, envolveram o pescoço, o tornozelo, a cintura e os pulsos de Paulo.

– Como o senhor vê – continuou Spinnen, enquanto sua cadeira zumbia cela adentro – encontrá-lo já na cama foi uma surpresa muito agradável. Poupou-me o esforço de convencê-lo a deitar-se.

Paulo continuou em silêncio. Calado e imóvel como estava, era impossível distingui-lo de um cadáver comum.

– Vou realizar sua autópsia – anunciou Friedreich. – O senhor com certeza perdoará o fato de eu ter tocado em outros objetos com minhas luvas, mas é que não creio que a assepsia se enquadre entre suas prioridades, no momento.

Por algum motivo, o silêncio de Vittini começava a incomodar o velho místico. Ainda imperceptíveis, gotas de suor surgiam na testa de Spinnen, e uma *dúvida* se insinuava em sua mente, como um verme a rastejar pelas circunvoluções do cérebro.

– Bem, como o senhor parece pouco disposto ao debate, imagino que devo começar a dissecá-lo.

Desta vez sem aguardar por uma resposta, Friedreich abriu sua maleta e retirou dela um rolo de veludo azul escuro. Metodicamente, o ancião colocou a mala no chão, e desenrolou o veludo sobre o colo, revelando uma precisa sequência de facas, pinças e tesouras. Alguém poderia confundir aquilo com equipamento cirúrgico, mas isso não seria verdade. Spinnen sempre se orgulhara do design exclusivo de suas, como as chamava, «obras-primas da escalpelaria». Friedreich olhou por um momento para as peças dispostas sobre o tecido, como se o veludo ocultasse alguma espécie de cardápio. Logo escolheu um escalpelo grande, de lâmina bojuda e cabo bem balanceado.

– Vou começar a cortar – anunciou, sentindo-se meio tolo, temendo, no fundo da alma, estar falando sozinho.

13

Friedreich Spinnen estava *frustrado.*

Na mesa, à altura de seus joelhos, jazia o corpo de Paulo Vittini. O topo do crânio havia sido trepanado. Uma grande incisão rasgava o tórax do cadáver, indo da base do pescoço à virilha. Um aparelho (muito semelhante a um macado de automóvel) mantinha as costelas, terceira e quarta do lado direito, afastadas. As costelas do lado esquerdo haviam sido cuidadosamente serradas e se encontravam, juntamente com os pulmões, o estômago e seu conteúdo (a saber: três pedaços de pizza semidigeridos, café e sucos vegetais), o fígado e parte do cérebro e intestinos – tudo sobre uma bandeja de prata, ao lado da mesa. Abaixo do esterno, um coração que já não batia mais.

Cada uma dessas peças havia sido removida do corpo e cuidadosamente testada. Tudo era tecido morto, frio, fenescente. Nem mesmo técnicas mais sutis, como a foto Kirilan e a radiestesia indicavam outra coisa.

Paulo Vittini tolerara toda a autópsia, sem anestesia, e sem emitir um único lamento. *Mas isso era de se esperar*, pensou o velho médico. *Afinal, o homem está morto.*

Não tão morto assim, lembrou-se uma outra voz em sua mente. *Ele não devia estar tão morto assim.*

Spinnen lembrou-se do *Ang Mbai-Aiba.* A poção preparada fora a correta, com as ervas corretas – ervas cultivadas ao longo de décadas nos jardins de sua propriedade. *Então, o que poderia estar errado*? Automaticamente, o cérebro do ancião lhe apresentou uma série de alternativas – que iam desde a configuração astrológica errada até o bombardeio de raios cósmicos. *Como saber o que pode estar errado num experimento desses?*, ralhou consigo mesmo. *Eu apenas segui o livro!*

– Problemas, chefe?

Friedreich ergueu a cabeça na direção da porta da cela, assustado. Era o susto involuntário que acomete todo homem que, sozinho, é surpreendido por outra voz humana.

– *Ach* – disse o velho, recuperando-se. – É você, Mauro. Não o mandei embora?

– Sim, senhor – respondeu o secretário, que usava um cachecol engraçado que Spinnen não havia visto antes. – Mas tive problemas com o carro.

– Ah, sim? Nada que você possa consertar sozinho, suponho? – a presença de Mauro era um bálsamo para Friedreich. Como sempre, o secretário lhe trazia problemas simples e comezinhos, que iriam, ao menos por algum tempo, obliterar a frustração causada pelo fracasso com Vittini.

– Temo que não, senhor.

– Então, imagino que terei de suportá-lo até que o motorista volte, é isso?

– Creio que sim, senhor.

– A próxima visita de rotina é... dentro de cinco dias?

– Imagino que sim, senhor.

– Certo. Venha cá, então, e empurre esta cadeira de volta à casa principal. Depois, livre-se deste cadáver imprestável.

– Como queira, senhor.

Assim que se postou atrás de Friedreich Spinnen, Mauro permitiu que suas mãos deslizassem, das alças da cadeira, para as orelhas de seu patrão. O primeiro toque foi como um carinho.

– Mauro? Mauro, o que você...? – além da degradante intimidade, o toque também era *frio* ao tato.

Sem responder, o secretário introduziu os dedos mínimos nos ouvidos do médico. Unhas romperam tímpanos, e uma golfada de sangue quente jorrou pelos pavilhões auditivos. Aturdido pela dor, e pelo choque da súbita surdez, Friedreich apertou os comandos que fizeram a cadeira de rodas desembestar cela afora. Mauro deixou-se ficar, impassível, para trás. A dor que ameaçava rachar a cabeça de Spinnen era muito forte. A pressão que o velho mantinha no acelerador da cadeira era mais uma busca de alívio que qualquer outra coisa.

Infelizmente, nenhum alívio poderia salvá-lo da criatura de órbitas vazias, cor de madrepérola sob o luar, o monstro magérrimo que acolheu Friedreich Spinnen em seu abraço.

14

Já livre das algemas, Paulo Vittini cortou com o escalpelo o que restava de seus intestinos, e dobrou-se para a frente, numa espécie de reverência, para deixar quer seu sangue estagnado escoasse tórax afora. A ferida não iria cicatrizar, e era provável que se tornasse um foco de parasitas necrófagos, mas ele realmente não se importava.

Lá fora, no jardim, Paulo reencontrou Spinnen. O velho conseguia andar e ouvir perfeitamente, muito embora seu rosto estivesse reduzido a uma massa meio engraçada de sangue e cartilagem esmagada. Quando ele sorria, os dentes apareciam no meio daquela coisa toda, bem como os olhos. Assim como Mauro, Spinnen guardava apenas fragmentos de vontade própria. Sua inteligência ainda estava ali, bem como sua personalidade, mas ambas só voltariam a funcionar se fossem ativadas pelo *Errante* dos escritos jesuíticos, o mito que, segundo os índios, era capaz de "enlouquecer com um grito" e "acordar os mortos".

Bem, a primeira parte é uma metáfora,, mas a segunda parece Ok, pensou Paulo. Ele não sabia exatamente quando, nem como, aceitara para si o papel de veículo do *Ang*. Talvez, de fato, o *Ang* é que tivesse escolhido *a ele*. Mas isso não importava, mais, de jeito nenhum.

Outros cadáveres se reuniam no jardim, e outros mais iam chegando. A serra vomitava seus mortos de volta à superfície, tremores do solo e da própria realidade fazendo as vezes do movimento peristáltico. E Paulo Vittini era o dedo na garganta do Japi, e seria, se lhe permitissem, o dedo na garganta *de toda a Terra*.

15

Seis dias depois, o BMW descia a serra. Como sempre, graças à Guarda Municipal de Jundiaí e à Polícia Florestal, o carro não foi em momento algum molestado. O carro desapareceu rapidamente na estrada, e tomou o rumo de São Paulo. Em seu interior, cinco cadáveres gozavam as delícias do ar condicionado, e um deles trazia um livro sobre o colo.

Noite de Samhain

Estava quase anoitecendo, mas o ônibus já havia cruzado o último túnel, entrando nas voltas finais da espiral de asfalto que percorre a Serra do Mar. Sem ânimo para dormir, Rogério Abrade olhava pela janela. A fumaça espessa e multicolorida das fábricas de Cubatão dançava um balé surrealista na atmosfera. Chaminés de refinarias cuspiam jatos de fogo em direção aos céus.

"É o inferno", Abrade pensou, sem conseguir refrear um calafrio. "Como alguém se acostuma a viver num lugar assim?" Uma pergunta idiota, ele bem sabia. Como alguém se acostuma ao veneno, visível e palpável, no ar? Ou às crianças sem cérebro?

"Vivendo".

A atenção de Rogério desviou-se da janela para o papel que tinha em mãos. Era uma carta, impressa em computador. Um convite para passar a noite de Natal na praia. Aquilo o surpreendera, sem dúvida; ainda mais vindo de quem viera.

Não que Abrade e o autor do convite, Guilherme Beromel, fossem inimigos. Eles apenas andavam afastados desde a morte da irmã de Beromel e namorada de Rogério, Cíntia, durante uma tentativa clandestina de aborto.

A coisa havia acontecido numa tarde muito quente, talvez uma das mais quentes do ano, em outubro. O telefone tocara no apartamento que Guilherme dividia com a irmã desde a morte dos pais. Era uma ligação anônima, uma voz de homem dizendo que "Cíntia estava com problemas", e dando o endereço da clínica. Beromel só conseguira encontrar o local quase uma hora depois. A porta estava aberta, e não havia mais ninguém lá. Ninguém *vivo*, além das grandes moscas varejeiras.

O cheiro era de açougue. Retorcido sobre uma mesa tinta de sangue – nu, com algum tipo de instrumento metálico emergindo por entre as pernas abertas e dobradas, numa imagem de trágica obscenidade – jazia o corpo sem vida de Cíntia.

Depois vieram os médicos e a polícia. Os responsáveis pela clínica haviam fugido, e era improvável que alguém fosse preso ou punido. A autópsia revelou a presença de restos de um feto no útero da vítima. Um investigador perguntou se Guilherme sabia quem era o pai da criança; Beromel, depois de pensar um pouco, disse que não.

No velório, Abrade se aproximara de Guilherme para oferecer pêsames e afirmar que desconhecia a gravidez, que não sugerira nenhum aborto. Beromel, por sua vez, passou todo o tempo ignorando por completo as palavras e a presença do amigo. Eles não haviam se visto mais desde então; uma semana trás, porém, o correio trouxera o convite.

Rogério não sabia exatamente porque aceitara aquilo. Solidariedade, talvez. Com a morte da irmã, Guilherme havia ficado completamente só, sem família. "E é péssimo estar sozinho nesta época do ano", Abrade pensava. "Deus, acho que sou a coisa mais próxima de um parente que ele tem".

* * *

A casa de praia da família Beromel era uma espécie de torre circular de dois andares, mais larga do que alta, com janelas redondas imitando as vigias de um navio e uma porta em forma de ogiva. A parede externa era branca e rústica. Rogério não conseguiu conter um sorriso ao deixar o táxi e estacar diante do edifício, imaginando que, algumas décadas atrás, o *design* aberrante – e positivamente cafona – havia sido considerado "de vanguarda" e "moderno". A localização da casa, no entanto, nada deixava a desejar: a praia se desfraldava imediatamente atrás daquele estranho castelo de areia e concreto.

A porta ficava no fundo de um pequeno corredor ogivoide, de cerca de um metro e meio de comprimento, e era, na verdade, um mosaico de vidro colorido que mostrava um tritão verde a contemplar o próprio tridente, ondas azuis e um pano de fundo dourado. Na parede à direita, dentro do corredor, havia um botão, possivelmente a campainha. Abrade pressionou-o, ouvindo logo em seguida o som agradável, embora abafado, de pequenos sinos repicando. A entrada foi aberta pouco depois por uma mulher gorda, de baixa estatura, rosto muito pintado e exalando um odor forte de maquiagem e perfume baratos. Ela carregava duas sacolas cheias, e saiu da casa ao mesmo tempo em que convidava Rogério a entrar:

– O patrão está esperando lá dentro. Seria bom se o senhor conseguisse animá-lo – a mulher suspirou. – Bem, Feliz Natal!

– Feliz Natal... – Abrade respondeu, automaticamente, enquanto a figura atarracada se afastava. "A empregada, ou caseira", ele pensou. "Indo cear com a família".

Rogério atravessou a passagem e se viu num vestíbulo vazio, todo revestido de madeira. Esperou ali por alguns minutos, mas logo se convenceu de que ninguém viria recebê-lo. Resolveu, então, escolher uma das quatro portas disponíveis no aposento e explorar a casa, numa tentativa de encontrar seu anfitrião. A busca não foi das mais complicadas: Guilherme estava na sala de jantar, logo atrás da única porta destrancada no vestíbulo – exceto, claro, pelo vitral que conduzia de volta à rua.

O anfitrião sentava-se, cabisbaixo, à ponta de uma grande mesa de ébano; sobre o móvel repousava, fumegante, uma lauta ceia de Natal. Rogério pigarreou, para anunciar sua entrada, e Guilherme se levantou para recebê-lo.

Beromel havia emagrecido muito, muito mesmo, em relação ao que Abrade se lembrava; como resultado, a pele se enrugara por completo, assumindo uma tonalidade doentia, de um amarelo lustroso, quase cinzento, e recobria pouco mais que ossos nus e veias flácidas, dilatadas. Guilherme vestia terno, camisa, gravata, meias e sapatos pretos.

– Bem-vindo – disse o anfitrião, estendendo a mão ossuda e macilenta para um aperto de surpreendente firmeza. – Vamos, sente-se! Você precisa comer, imagino.

– *Eu*? – Rogério riu um pouco. A amizade entre ambos já havia sido sólida o suficiente para resistir a ironias de parte a parte, e talvez ainda fosse, apesar de tudo. O convidado decidiu arriscar, e complementou: – Não sou *eu* que ando cultivando o Etiópia-look.

Beromel abriu os braços, num gesto teatral, e olhou para baixo, para o próprio corpo.

– Realmente – concordou. – Já ouviu falar em *inédia*?

– Não seria inanição? Ou anorexia?

O anfitrião balançou a cabeça negativamente:

– Inanição é morrer de fome. Anorexia é aversão à comida. Inédia é o poder, físico e mental, de viver sem comida. Os registros científicos falam de pelo menos três pessoas já conseguiram isso, e por períodos que variam de 20 a 50 anos.

– E você resolveu ser o quarto.

– Oh, não tenho tanta pretensão. Mas o fato é que o jejum tem algumas propriedades muito interessantes. Para os iniciados, claro.

– Sem dúvida.

Sentaram-se à mesa. Antes que Rogério tivesse tempo de começar a se servir, porém, Guilherme baixou a cabeça, fechou os olhoe e murmurou algo que parecia ser uma estranha prece:

– *Gof 'n hupadgh Shub-Niggurath...*

Abrade ficou algum tempo imóvel e em silêncio, em respeito à estranha litania de seu companheiro, mas depois de dois minutos não conseguiu mais se conter:

– O que é? Algum santo novo, ou coisa parecida?

Guilherme ergueu a cabeça, fitou o amigo, sorriu e disse:

– Na verdade, quase isso. Desde que Cíntia morreu, comecei a pesquisar um pouco sobre – fez uma pausa – isso vai soar meio ridículo para você, mas tudo bem – respirou fundo – as verdades últimas da existência.

Silêncio. Ninguém riu.

– Respeito isso – disse Rogério; ele mesmo havia passado por um período de autoavaliação religiosa depois da morte da namorada. – Mas o que aconteceu? Você voltou a frequentar a Igreja, ou...

– Não. Fui em busca de outras coisas, outras crenças. Outras explicações. Você sabe, por exemplo, por que *esta* é a noite de Natal?

– Alguma coisa sobre cultos pagãos...

– Extatamente. O Yuletide nórdico, o Samhain celta. Entre os povos pagãos da Europa sempre houve uma tendência de se festejar a passagem do solstício de inverno numa série de festivais, que iam de 1° de novembro até o final de dezembro. Para concorrer com isso, os católicos inventaram o Dia de Finados, Natal, Ano Novo... Festas com significados muito próximos ao dos festivais pagãos: morte, fertilidade, renascimento.

"Fertilidade e morte... pode parecer estranho que essas duas coisas sejam celebradas numa mesma época, não é mesmo? Mas nós sabemos muito bem como um conceito pode levar ao outro... *não é mesmo?*"

A forma como a última frase foi dita – num tom que misturava escárnio e acusação – fez com que Rogério se pusesse em pé num salto:

– Escute aqui – ele disse, quase gritando –, se você acha que ainda tem alguma coisa a acertar comigo por causa de Cíntia... – o convidado ficou em silêncio e, devagar, ergueu um punho cerrado, tenso, dedo indicador em riste, enquanto procurava pelas palavras corretas. Afinal continuou: – Eu transei com sua irmã, várias vezes, e ela engravidou e depois morreu numa tentativa de aborto; se é *isso* que você quer dizer com esse papo de "fertilidade e morte", e se essa ceia é uma tentativa de me fazer sentir culpado, saiba que já me sinto péssimo, e sem a sua ajuda. Agora, fique sabendo que nunca forcei Cíntia a nada. Se ela quisesse...

– Mentira.

– *O quê?* – "Isso não está acontecendo", gritou uma voz dentro da cabeça de Abrade. "Ele não sabe, ninguém sabe. Ninguém poderia saber, Santo Deus".

– Foi você que exigiu o aborto. Ela me disse.

A acusação deixou Rogério atônito. Ele pensou em negar tudo, mas o brilho da convicção nos olhos de Guilherme era poderoso demais. Devagar, o convidado se encostou na parede, em busca de apoio; sentia-se, de repente, muito cansado.

– Você sabia? Antes que tudo acontecesse, você sabia? – conseguiu balbuciar.

– Não. Depois.

Rogério ignorou essa última afirmação. Limitou-se a ficar ali parado, em pé, tremendo um pouco.

– Os celtas – Guilherme falava com uma voz neutra, despida de qualquer emoção; aparentemente, seu papel de promotor no julgamento terminara – definiam Samhain como uma época onde "as barreiras entre este mundo e aquele que fica além tornam-se tênues". Eles estavam certos, como você logo irá descobrir.

E nesse momento Guilherme Berimel, o último sobrevivente de uma longa linhagem, reclinou-se em sua cadeira à cabeceira da mesa, jogou a cabeça para trás e disse:

– *Iä! Iä! Shub-Niggurath!*

Uma onda de calor se propagou pela sala fazendo com que Rogério recuasse, protegendo os olhos com o antebraço, num movimento instintivo. Logo em seguida, o corpo de Berimel irrompeu em chamas, com grandes labaredas amarelas desprendendo-se da epiderme. Enojado, Abrade correu em direção à porta que conduzia de volta ao vestíbulo, e de lá para o vitral que o separava da rua.

Aquela porta, no entanto, estava trancada. Em pânico, Rogério usou os próprios punhos para tentar quebrá-la – era apenas vidro temperado, afinal de contas – mas não conseguiu. Exausto, deixou-se cair no piso de tacos envernizados.

Depois de alguns minutos respirando fundo e tentando recuperar a serenidade, o homem decidiu se levantar e procurar por alguma outra saída. Ele sabia que a única porta destrancada do vestíbulo era a que conduzia de volta à sala de jantar, mas não resistiu à tentação de testar a maçaneta de uma das outras.

Ela se abriu. Por algum motivo, Abrade não estava surpreso.

Era um aposento pequeno, de paredes azulejadas – o banheiro. Nada de excepcional ali, exceto pelo pequeno armário de remédios, cheio de hormônios de todos os tipos e dois frascos sem rótulo, cheios de uma substância cinzenta e viscosa. Curioso, Rogério abriu um deles, para cheirar o conteúdo. O que sentiu foi um odor forte, úmido e desagradável, como o de uma cadela suja e no cio; um cheiro que se expandiu rapidamente para fora do vidrinho até impregnar toda a atmosfera ao redor. Tomado por náuseas, Abrade mal teve tempo de alcançar o vaso antes que o conteúdo de seu estômago aflorasse à garganta. O vômito lhe sobreveio em dois jatos acres e poderosos.

Lavar o rosto ou a boca estava fora de questão, uma vez que o odor do maldito frasco parecia contaminar a água ainda dentro dos canos. Cambaleando, Rogério deixou o banheiro e voltou à sala de jantar, onde, num ato reflexo, sorveu todo o conteúdo de uma garrafa de vinho. Isso, no entanto, foi inútil: o cheiro agarrara-se com firmeza às suas roupas e cabelos.

* * *

Saciada a sede – e já habituado ao fedor –, Abrade se pôs a perscrutar a sala. À primeira vista não havia qualquer sinal do cadáver, ou do incêndio. A cadeira onde Guilherme Beromel fora consumido pelas chamas estava praticamente intacta; o vinil do revestimento parecia semiderretido em algumas porções do encosto, mas era só. Caída ao lado esquerdo da poltrona, porém, havia uma mão humana, de pele amarelada e macilenta.

Quando, vencendo toda a repugnância, Rogério decidiu examinar a peça, os trechos de epiderme que receberam o toque de seus dedos se desfizeram numa fina nuvem de cinzas quase microscópicas.

Aumentando a pressão, Rogério com facilidade esmagou aquele membro, até que só restaram alguns poucos ossículos na palma de sua mão.

Olhando para aqueles minúsculos ossos, amarelados pelo calor, Abrade começou a divagar e, por fim, concluiu que não poderia estar sozinho na mansão. Afinal, *alguém* destrancara a porta que conduzia do vestíbulo ao banheiro; *alguém* removera, ou pulverizara, o restante do corpo.

Mais importante, *alguém* possuía os meios para sair daquela casa. A questão principal, então, era encontrar essa pessoa. Uma outra questão, secundária no momento, era descobrir como Guilherme soubera que Cíntia havia sido pressionada a fazer o aborto. Será que ele ouvira algo a respeito das brigas, dos gritos? Das ameaças?

Do soco – curto, seco, violento?

Bem, o que quer que o anfitrião soubesse, havia se queimado com ele. Mas e o cúmplice? Se havia mais alguma pessoa orquestrando aquela brincadeira mórbida, só poderia ser um agente da confiança de Guilherme.

Muito provavelmente, uma pessoa que também sabia.

* * *

De volta ao vestíbulo, Rogério encontrou mais uma porta destrancada. Essa dava acesso à biblioteca.

Era uma visão espantosa: paredes com cinco, talvez seis, metros de altura, totalmente recobertas por estantes cheias de livros. No centro de tudo havia um mostruário com duas espadas japonesas – na verdade, uma espada e uma adaga – e uma grande escrivaninha, sobre a qual descansavam dois livros abertos.

Um deles era uma edição recente do "Dicionário das Religiões", de John Hinnells, uma obra de referência sobre mitos e cultos de todo o mundo. O outro, escrito em alemão e de aparência bem mais antiga, chamava-se "Von Unausprechlichen Kulten", de Friedrich Wilhelm Von Juntz. Embora Rogério não entendesse alemão, a similaridade das palavras do título com algumas outras da língua inglesa fez com que ele imaginasse que essa segunda obra poderia ser chamada, em português, de "Os Cultos Indizíveis", ou algo do gênero. Na página em que o tomo estava aberto havia a figura, tosca, de um homem atado a uma rocha e com o ventre anormalmente inchado; a legenda, em alemão, continha, entre outras, as palavras "Shub-Niggurath". Embora repugnante, a cena apresentava uma certa qualidade sensual – em seu traçado, talvez – que tornava difícil desviar os olhos.

– Era para isso que ele andava rezando? – Abrade murmurou, espantado, enquanto se afastava.

De repente, Rogério lembrou-se das espadas. Não teve dificuldades de retirar a maior delas da bainha.

A lâmina era de aço sólido, mas não tinha fio; tratava-se, apenas, de uma peça decorativa.

– Mas também pode servir como um bom porrete – considerou.

* * *

Mais uma vez de volta ao vestíbulo, Rogério se posicionou bem diante da porta vitral. Ele segurava a falsa espada de samurai com firmeza e em ambas as mãos. Com um grito, golpeou a barreira de vidro.

O clangor que se seguiu reverberou bastante antes de ser absorvido pelo revestimento de madeira macia das paredes, mas o impacto não produziu qualquer dano considerável. No entanto, uma minúscula rachadura de fato apareceu junto aos olhos do tritão. Essa pequena mudança trouxe um ar mais atento – alguém poderia dizer, *irado* – à criatura.

– Ai, que merda... – Abrade disse, num suspiro. – Como será que...

Às suas costas, em alto e bom som, o convidado ouviu um clique metálico, como uma chave na fechadura. A última porta estava sendo destrancada.

O mais rápido possível, Rogério se voltou e correu para agarrar a maçaneta, numa tentativa de abrir a porta de supetão e surpreender o cúmplice de Guilherme. Assim que sua mão tocou a tranca, no entanto, Abrade sentiu o contato de pontas agudas contra as costas. Girando o corpo com extremo cuidado, ele viu aquilo que poderia ser descrito apenas como o produto de uma mente alucinada: o tritão verde, com seu tridente em riste.

Não se tratava, porém, de uma mera versão animada da figura do vitral. A criatura, viva, era muito mais hedionda do que supusera, romanticamente, o artista responsável pelo mosaico. A face do monstro não trazia qualquer traço de fisionomia humana: não havia nariz; a boca, cheia de minúsculos dentes afiados, retorcia-se para baixo sob o peso das grossas cartilagens que davam forma às maçãs do rosto; os olhos eram grandes e vítreos, dois hemisférios negros onde Guilherme via o próprio terror refletido.

E, no entanto, a coisa possuía um corpo com tronco e membros. Sem emitir qualquer som, o tritão investiu com o tridente.

Surpreso e aterrorizado, Rogério não teria tido tempo de se defender; ao menos, não se o ataque fosse desferido com uma velocidade normal. O monstro, no entanto, parecia excepcionalmente lerdo e desajeitado em suas tentativas de empalar o oponente. Dois golpes enérgicos, desferidos pela espada cega, fizeram com que a criatura recuasse, gritando de dor, e se encolhesse junto à parede. O monstro emitia guinchos chorosos, que apavoravam ainda mais por serem semelhantes aos gritos de uma criança; se fechasse os olhos, Abrade seria obrigado a acreditar que estava matando um recém-nascido.

Recuando sem dar as costas ao tritão, Rogério aproximou-se da porta que estivera prestes a cruzar antes da chegada do monstro. Apalpando às costas com a mão esquerda, encontrou a maçaneta e girou-a. Poucos instantes depois, encontrava-se do outro lado.

* * *

Aquele não era um aposento, mas sim um corredor. À direita havia outra porta – para a cozinha – e, adiante, uma escada. Decidiu subir.

No andar superior encontrou várias portas trancadas, possivelmente as entradas para diferentes quatros, e apenas uma aberta. Atravessou-a.

O que viu do outro lado finalmente emprestou sentido à loucura de Guilherme, e às várias alusões que seu anfitrião fizera a ritos pagãos e à "barreira com o além". Pois aquele quarto continha um grande altar negro, quase da altura de um homem, esculpido com a forma da cebeça de um bode. E sobre o altar, nu, pálido como apenas a morte pode ser, mas sem apresentar qualquer sinal de decomposição, descansava o corpo de Cíntia.

Abismado, Rogério deixou cair a espada. Como se desperta pelo som da arma contra o assoalho, a mulher morta ergueu meio corpo, apoiando-se num dos cotovelos, e disse, sonolenta:

– Quem traz o perfume?

Respirando fundo, Abrade voltou a sentir o cheiro da substância cinzenta, ainda impregnado em suas roupas e cabelos. Agora, no entanto, o aroma não parecia nem um pouco desagradável.

– Ah! É você! – O cadáver sorriu e, num salto, acocorou-se sobre o altar. Nessa posição, os joelhos de Cíntia apontavam diretamente para os olhos de Rogério. Lentamente, a morta-viva começou a afastar as pernas, revelando o recesso escuro que havia entre elas. – Venha... – A voz passou para um registro mais sensual. – Faz tanto tempo...

Parte da mente de Abrade dizia que aquilo era loucura, que a mulher estava morta, que a oferta que vinha daquele altar não era de paixão, mas de horror. Sufocado pelas espirais nauseantes de perfume cinzento, no entanto, Rogério logo perdeu a capacidade de distinguir entre uma coisa e outra.

E ele caminhou para o espaço que surgia por entre as coxas. Abrade sentiu pernas musculosas cruzarem-se atrás de sua nuca e pressionarem seus lábios, com gentil urgência, contra um púbis surpreendentemente quente e úmido.

Ao mesmo tempo, Cíntia gritava, num frenesi de êxtase:

– *Iä! Iä! Shub-Niggurath!*

Lá fora, na praia, fogos e rojões comemoravam o 1996º aniversário do Redentor.

* * *

Hoje, Rogério Abrade vive sob o mar, numa espécie de casulo preso às rochas. Ele acredita que o casulo já foi sua pele, mas não tem muita certeza. Às vezes fica realmente difícil saber o que é *mesmo* uma pele. A memória é assim, falha às vezes. Parece, de qualquer forma, que o tritão (o mesmo que vem alimentá-lo de tempos em tempos) levou-o até ali depois que tudo estava terminado. As lembranças, de qualquer modo, são confusas; havia a coisa, claro, que veio pela vagina da deusa vestida como Cíntia, que lhe desceu pela garganta e acabou por fecundá-lo. *Aquilo* doeu *um pouco.*

Hoje existem os mil ovos que estão chocando em seu intestino, e que algum dia vão se abrir. Então os filhos de Shub-Niggurath irão devorá-lo, bem devagarinho, e *isso* vai doer *um bocado.*

E também há um vitral, a universos de distância, que mostra o mar azul, o céu dourado e nada mais.

Por enquanto.

A fábrica

PARA MIM, TUDO COMEÇOU COM o som trovejante de marretas e machados, pesados malhos batendo e ribombando contra a porta do apartamento 401 do edifício Magnólia – o endereço de meu professor. O barulho, que já seria extraordinário em qualquer outro momento, ganhava proporções irreais àquela hora da noite. Amparados num mandado judicial, porém, os policiais realizavam seu trabalho sem se preocupar com os vizinhos; os poucos que apareceram para reclamar, velhas com bobes no cabelo e pelo menos um homem trêmulo, armado, foram enviados de volta a seus quartos.

Sob o luar que se filtrava pela ampla vidraça do 4º pavimento, soldados da PM continuavam, impassíveis, com seu trabalho de demolição. A luz do corredor se apagava, sozinha, a cada 4 minutos, mas o luar era suficiente.

A porta gemeu e empenou; o golpe seguinte soou oco, e uma nuvem de pó e verniz se dilatou a partir do ponto de impacto. A folha de madeira cedeu.

Com um pedaço de plástico envolvendo a mão, o delegado Novaes pressionou o interruptor, já dentro do apartamento. Nenhuma luz. De algum lugar, surgiram homens com lanternas.

Novaes entrou junto com eles. Aquilo tudo era, obviamente, uma encenação. Um serralheiro poderia ter cuidado da porta – mas o delegado estava prestes a desvendar, de forma definitiva, a mais bizarra sequência de homicídos da história de Açaraí – sete crimes cometidos por um octogenário que, até uma semana atrás, havia sido o orientador de minha dissertação de mestrado. Ninguém poderia culpar o policial por adicionar algum drama à situação.

Mas, na verdade, todo o drama de que ele precisava – e, eu diria, drama muito além das necessidades de qualquer policial vaidoso – veio de dentro do apartamento, embora tenha surgido de maneira mais sutil. Quando Novaes retornou à porta e me convidou para entrar, conduzindo-me pela sala de estar até a cozinha, não vi, dentro da área iluminada pelas lanternas, nenhuma mancha de sangue, nenhuma foice, machado, cutelo ou serra elétrica.

O horror estava, até certo ponto, oculto.

– Agora, senhor arquiteto, dá pra me dizer o que *isto* tem a ver com a sua tese dos diabos? – perguntou Jair Novaes, bacharel em Direito, delegado da Delegacia de Crimes Contra a Vida do município de Açaraí, enquanto segurava a porta aberta do freezer.

Dentro do aparelho – iluminado pela própria lâmpada, uma luz de amarelo mortiço, envolta em espirais de vapor condensado – havia quatro cérebros humanos.

1

Isto, e o que aconteceu depois, é tudo o que sei. Quanto ao que aconteceu antes, só posso tecer conjecturas. Eu poderia escrever sobre como cheguei à Universidade Particular de Açaraí, com uma bolsa para mestrado em arquitetura, mas isto não ajudaria... enfim, não elucidaria os fatos, de maneira alguma. Sobre mim mesmo, imagino que seja interessante dizer que sempre me interessei pela manipulação do espaço, pelas formas como ele pode ser dividido, partido, construído com luz e sombra e até multiplicado. Esse interesse me colocou sob a orientação do professor Ubirajara Fagundes, e é sobre essa parceria que devo escrever.

Fagundes já era um homem velho quando o conheci, mas ele se recusava a falar em aposentadoria. Nos últimos tempos, o professor vinha desenvolvendo uma série de estudos sobre o que ele chamava de "construção do espaço industrial primitivo" – a organização arquitetônica das fábricas, no início do século.

Tais edifícios deixavam-no fascinado. "A chaminé de tijolo vermelho é a coisa mais próxima de uma torre gótica que existe no Novo Mundo", ele dizia, embevecido. Ubirajara acreditava que, da mesma forma que os grandes castelos e catedrais góticos eram construídos para causar medo, arrependimento e apreensão, as velhas fábricas também tinham um certo papel metafísico.

– São vampiros – ele me disse, certa noite, no 401 do Magnólia. – É impossível andar dentro de uma delas sem deixar toda a sua energia ali. Sabe, não era só o trabalho desumano que fazia os operários morrerem cedo naqueles tempos.

– Como assim? – eu perguntei, naquela mesma noite, um copo de coca-cola suando em minha mão direita. – Quero dizer, compreendo que as proporções titânicas tivessem um efeito depressivo, como a arquitetura fascista, mas...

– Ah, os fascistas perceberam parte da coisa. Mas não tudo. Existem, na verdade, antigas estruturas que podem... Mas, diga-me, que horas são?

A conversa morreu ali. Despedi-me, e fui para a casa de meus pais, onde estava hospedado. Na manhã seguinte, teríamos trabalho de campo a fazer.

2

Açaraí sofre com um problema crônico de falta d'água. A cidade conta, porém, com uma competente Empresa Municipal de Recursos Hídricos, que está decidia a inundar uma ampla área abandonada para aumentar a capacidade da represa local. Parte desta área, no entanto, já foi a fábrica da Micenas Indústria Têxtil S.A. A Micenas fora um dos principais motores do desenvolvimento da cidade, existindo entre 1890 e 1939 e sendo fechada, em meio a algum tipo de escândalo, pouco depois do início da guerra. Na verdade, o primeiro bairro habitado quase que exclusivamente por mão-de-obra urbana em toda a Açaraí surgira e morrera em torno da fábrica. Agora, todo o complexo – indústria, casas, o calçamento de paralelepípedo das ruas estreitas e o pequeno comércio local – jazia em ruínas, invadido pelo mato e corroído pelas chuvas. A fábrica propriamente dita, máquinas e galpões, fora desmantelada há tempos, parte pelos antigos proprietários, parte por eventuais saqueadores. Restavam, além da indestrutível chaminé, apenas duas colunas de granito que emergiam, de uma forma um tanto quanto impressionante, do meio do mato de metro e meio de altura. A coluna da direita ainda sustentava, heróica, um portão gradeado, mordido de ferrugem.

– As águas não vão levar muita coisa embora – comentei. As casinhas são simpáticas, mas não têm valor arquitetônico.

– Ah, mas esta chaminé é algo especial – disse Ubirajara, friccionando a mão contra os tijolos da construção. – Você já viu tojolo esfarelar assim, fácil?

Fiquei olhando, enquanto o toque de meu orientador pulverizava um trecho do revestimento do enorme cone. Não era um desgaste normal; a substância era um pouco fina, e macia demais, para barro cozido.

– Realmente. Como será que isto ainda está de pé, com um material tão frágil?

– Ah, mas este material não está em toda a estrutura. Imagino que seja menos de... hmmm... 20%. E colocado bem longe dos pontos-chave, lógico.

– E o que é isso?

– É... ora, não sei. De qualquer forma... – esticando o bolso do paletó, Ubirajara acumulou um punhado de pó escarlate, e o guardou consigo. – E, bem, se você quiser um belo exemplo de como usar o espaço para oprimir, olhe para o chão e tente esquecer o matagal.

A princípio não foi fácil, mas consegui divisar um padrão, elaborado em pedras brancas e pretas, sob meus pés. Era das rachaduras e conexões das pedras que o mato emergia. Esse padrão se espraiava por toda a área que, antes, correspondera ao galpão principal da Micenas, e além. Ali havia uma espécie de desenho, uma figura abstrata cheia de reentrâncias e circunvoluções, como uma daquelas réguas de curva francesa, e que me pareceu levemente incômoda, desagradável.

– Agora – Ubirajara continuou, como se lesse o desconforto em meu rosto -, vamos ver se você consegue imaginar, sobre o desenho no chão, o grande galpão escuro, as máquinas trabalhando, um ventilador lento girando na parede, bem atrás de você – ante meu olhar de incredulidade, o professor se tornou mais incisivo. – Vamos! Feche os olhos, e tente!

Nunca fui muito bom nesse tipo de abstração – o tipo de deficiência que arquitetos mais velhos imputam ao surgimento do CAD – mas, de repente, me vi transportado no tempo e, de certa forma, no espaço. O galpão havia sido grande, gigantesco, maior até por dentro do que aparentava ser por fora. As máquinas de costura, centenas delas, faziam o som de um milhão de datilógrafas, e a fricção do tecido sobre as mesas era uma segunda voz para esse coro. A luz, vinda de algum ponto impreciso no teto, parecia difusa, assim como minha própria identidade – era como se a imponência do ambiente esmagasse qualquer pensamento individual.

Tão rapidamente como havia começado, a estranha transição terminou. Senti meus ouvidos entupirem, como numa súbita descompressão.

– Uma experiência e tanto, não acha? – Ubirajara estava em pé ao meu lado, sua cabeça, calva, batendo à altura de meus ombros. Mas, vamos dar uma olhada na área residencial.

3

A "área residencial", conhecida, no passado, como Vila Micenas, era o conjunto de casas simples (dois quartos, sala, cozinha, banheiro) construído pela fábrica no início do século, com o intuito de abrigar os trabalhadores. Imagino que os anarquistas da época devem ter denunciado o caráter perverso da coisa ("Você só tem onde morar enquanto fizer tudo que mandarmos", dizia uma figura obesa, criada por minha imaginação e vestida com terno risca-de-giz e usando monóculo). Agora, no entanto, aquele bairro era um deserto em ruínas, cheio de mato e mosquitos. Entre todas as casas, uma se destacava especialmente, por sua construção sólida e pelo fato – bem mais notável – de se tratar de um sobrado.

– Esta era a residência da família Kukt – Ubirajara disse, novamente parecendo desvendar meus pensamentos. – Simeon Kukt era imigrante húngaro, e foi contratado pelo consórcio responsável pela fábrica para administrar o dia-a-dia da produção. Como um bônus, ganhou a melhor casa da vila.

– Bem perto do trabalho, em? Como ele fazia para separar as coisas?

– Ah, ele não separava, acredito. Na verdade, pelo menos 70% do pavimento térreo era ocupado pelo escritório de onde Kukt tocava os negócios. Sua esposa, uma brasileira chamada Marlene, fazia as vezes de secretária.

– O que aconteceu com a família? Açaraí não é uma cidade grande, e eu nunca ouvi esse sobrenome antes.

– Oh, os Kukt tiveram três filhos, todos mortos no início da adolescência: leucemia, ataque epilético fulminante, meningite. É uma família sem herdeiros desde 1944. Mas, vamos entrar na casa.

O portão externo, que separava o antigo jardim da residência da via pública, estava aberto. A partir dele, um caminho de círculos de granito levava, em meio à grama – no passado, acredito, convenientemente aparada, mas, naquele dia, alta e selvagem, transbordando com um viço tenebroso – até a porta da frente, ladeada por colunas cobertas por espirais espinhos ressecados.

– Que trepadeira será essa? – murmurei, depois de cortar a ponta do dedo indicador num espinho. – Esse é o tipo de coisa que faria sucesso no mercado de arame farpado – completei.

– Imagino que seja uma variedade de roseira – respondeu Ubirajara, ignorando o tom retórico de meus resmungos. – Mas, agora, atenç... ah! – exclamou, quando a fechadura emitiu um sonoro clique.

O professor havia apoiado o corpo de encontro à porta da frente, de forma que não pude ver o que havia em suas mãos. Ele só se moveu depois do clique, deslizando algo para o bolso do paletó. Supus que fosse uma gazua.

– Seja meu convidado – disse, fazendo uma reverência zombeteira e apontando para dentro da casa. – Vamos, entre.

4

Eu entrei. Era dia claro, e a luz que passava pela porta às minhas costas era mais do que suficiente para permitir que eu me movesse com segurança no andar térreo do sobrado. Na verdade, porém, o térreo propriamente dito era bem pequeno, com a porta atrás de mim dando para fora, outra à direita (a cozinha, imaginei), escadas que subiam à esquerda e um lance de pelo menos sete degraus pouco mais de dez metros à frente, que descia para um outro aposento. Esse lance de degraus ocupava toda a largura da casa, e dividia o empoeirado hall de entrada do (também imundo) escritório de Simeon Kukt.

– O escritório foi escavado no terreno, não? – perguntei. – A entrada está exatamente no nível do solo.

– Exatamente. Não ficou bonito?

Dei de ombros: – Pode até ter ficado, mas não me parece ter sido uma atitude muito econômica, desnivelar o terreno deste jeito.

– Ora, venha cá. Dê uma olhada neste piso.

Enquanto Ubirajara descia correndo em direção ao escritório, olhei para os tacos que cobriam o chão. Eram tacos de madeira envernizada, e ostentavam os nós, veios e cicatrizes da velha árvore de onde haviam saído; normalmente, essas marcas naturais são tidas como parte do "charme" dos tacos feitos de madeira sólida.

Naquele momento, no entanto, os nós e veios pareciam se combinar de uma forma específica, causando-me a mesma impressão de desconforto produzida pelos ladrilhos no chão da velha fábrica. Não havia nenhuma curva francesa desenhada naquele piso – mas, de uma forma tão inconsciente quanto inevitável, meus olhos e minha mente iam preenchendo lacunas, estendendo traços e reencontrando o mesmo padrão da fábrica, apesar do verniz rachados e das décadas de poeira.

Fiquei zonzo, e cambaleei na direção escritório. Ubirajara se voltou para mim, seu olhar entre o divertido e o preocupado:

– Você também notou, não é? Não chega a ser o mesmo desenho, mas quem viu um rapidamente identifica o outro. É quase psicodélico, e estamos falando de um edifício dos tempos da 1ª Guerra!

– É, talvez – comentei, desinteressado, enquanto descia os sete degraus. Meu corpo estava mole, e eu sentia as pernas quase adormecidas. Cada passo sobre os degraus – eu caminhava jogando todo o peso de uma perna para a outra – produzia estrondos poderosos e solenes, além de levantar um bocado de pó. Quando minha perna esquerda desceu sobre o quinto degrau, ouvi a madeira quebrar – um rangido medonho, como o estalar do madeirame de um navio fantasma – e me senti caindo; foi uma queda brusca, para o lado esquerdo, e que cessou subitamente. Aturdido demais para gritar, olhei em direção à perna, apenas para ver que a madeira podre me devorara pelo menos um terço do membro.

– Aungh – foi o único som que emiti. Ubirajara correu em minha direção.

– Vamos, vamos! – disse o professor. Mexa-se! Você consegue tirar a perna daí, não é?

– Acho que sim... Aos poucos, eu recobrava a lucidez.

A primeira tentativa, no entanto, se mostrou extremamente dolorosa. Minha perna estava sendo pressionada contra alguma superfície áspera e afiada, e a dor me atingiu como uma golfada de sangue quente no rosto.

– Merda! – gritei, enquanto luzes vermelhas e violetas piscavam em minha retina. Dói pra cacete!

– Certo. Fique aí. Vou buscar ajuda.

5

Não sei, ao certo, quanto tempo fiquei sozinho naquele lugar, sentindo o que parecia ser o roçar de milhares de navalhas enferrujadas contra a perna esquerda, e exposto aos efeitos daquele ambiente envelhecido. Às vezes, sinto como se tivessem transcorrido horas; em outros momentos, no entanto, sinto que foram apenas minutos. De qualquer forma, Ubirajara retornou à casa acompanhado por Adão, o funcionário da Universidade que fora conosco à Vila Micenas.

Adão é um homem mulato, alto, e de braços fortes. Como a maioria dos funcionários da Universidade de Açaraí, ele se especializara em todo tipo de serviço – desde consertar a antena parabólica até a manutenção do laboratório de bacteriologia. Naquela manhã, ele fazia as vezes de motorista, mas trazia consigo uma caixa de ferramentas.

Seria esperar demais, admito, que houvesse um serrote naquela pequena caixa metálica; mas havia limas, grosas e uma chave inglesa muito pesada. Com esses instrumentos, Adão começou a, cautelosamente, remover a madeira que me pressionava. De fato, ele não teve muita dificuldade em desgastar ou quebrar grandes pedaços do degrau, que já estava bem velho. Depois de algum trabalho – que aconteceu enquanto a casa esquentava, paulatinamente, o sol lá fora a caminho do meio-dia, e nós lá dentro suando -, pareceu haver espaço suficiente para que eu içasse o pé; no entanto, em minha primeira tentativa, senti a perna esquerda dobrando em algum lugar *abaixo* do joelho. Neste ponto, não de lembro da dor, mas apenas do som da palavra "... quebrado!", vindo dos lábios do professor.

6

Com meu desfalecimento, apenas a agilidade de Adão e do professor impediram que a fratura em minha perna, já bem séria, se tornasse uma coisa exposta, com o osso partido varando a panturrilha enquanto eu caía, sem sentidos. Suponho, baseado em vagas sensações, que o funcionário me carregou até o carro, e dali fui parar no pronto-socorro.

A consciência só me retornou, em sua plenitude, várias horas depois. Muitas horas depois, na verdade, uma vez que acordei, à noite, num quarto de hospital. Minha cabeça doía horrivelmente, e mal pude manter os olhos abertos. A perna estava engessada, branca, e pendurada num laço que descia do teto, a cena toda no melhor estilo de caricatura.

– Dor de cabeça?

A voz partia de uma mulher jovem e alta, meio gorda, ruiva (tingida) e de cabelo preso, que me olhava da outra ponta da cama. Ela vestia um jaleco branco e estetoscópio; supus que fosse a médica encarregada de meu caso.

– Nem queira saber – gemi. – Mas por que ainda estou aqui? É só uma perna quebrada, não é?

– Um pouco mais que isso – enquanto falava, a mulher se aproximou da cabeceira, estetoscópio em punho. – Você teve febre, e essa dor de cabeça indica uma infecção grave. Algum fungo ou vírus deve ter entrado por aquele corte horrível – ela disse, apontando para a perna. – Mas, com antibióticos, isso passa.

– Doutora? – eu pretendia perguntar pelo professor.

– Oh, não. Ainda sou residente – ela respondeu.

– Onde estou? –, falei, a questão me ocorrendo pela primeira vez. – Que hospital e este?

– O Hospital Universitário – disse. – Meu nome é Eunice. O doutor pra valer deve chegar a qualquer momento.

– Eunice?

– Sim?

– O professor Fagundes, da Arquitetura, ele esteve aqui?

A residente fez que não com a cabeça: – Quem trouxe você foi um funcionário dos Serviços Gerais, chamado Adão, sozinho. Depois, sua mãe deu uma passada por aqui – Eunice sorriu. – Uma senhora muito simpática.

– De fato – concordei, automaticamente. – Quando devo ter alta?

– Dentro de um ou dois dias.

7

Na manhã seguinte – meu segundo dia de perna pro ar e dieta de antibiótico – acordei com Ubirajara Fagundes sentado numa cadeira à cabeceira da cama. Imaginei que ele fosse perguntar sobre meu estado, mas o professor se manteve em silêncio enquanto eu me espreguiçava e me ajustava na cama, retornando paulatinamente ao mundo desperto. Só quando eu já estava plenamente acordado foi que ouvi o som de sua voz, articulando-se numa questão que me pegou de surpresa:

– O que você acha de Von Braun?

Lancei sobre Fagundes um olhar de estranhamento, meio divertido. O professor tinha uma queda para a maiêutica, e fiquei pensando aonde ele queria chegar.

– Von Braun? Que Von Braun?

– Aquele. Das bombas V-2. Da Apollo 11.

– O que você quer saber?

– Bom, é que eu me lembro... Ele trabalhou para os nazistas, fez aqueles mísseis que caíram sobre Londres, mas... Sem ele nunca teríamos chegado à Lua, certo?

– Certo. Mas também não haveria mísseis balísticos intercontinentais.

– Oh, sim... – enquanto Ubirajara submergia em pensamentos, fui acometido pela sensação desagradável, como uma dormência na boca do estômago, de que aquela conversa maluca era tremendamente *importante*. Olhei para o rosto de meu orientador e vi a pele branca e macilenta, as rugas se sobrepondo como a cera que escorre de uma vela, os olhos semelhantes a poças de azeite amarelado. Eu sabia que aquele era um homem idoso, à beira dos noventa, a mesma idade de meus avós maternos, ainda vivos; mas nunca, antes, o conceito de velhice surgira tão nítido diante de mim.

A impressão toda, no entanto, durou menos que um minuto. Logo o professor abriu um vasto sorriso sob o bigode ralo, e retornou aos assuntos mais previsíveis: minha saúde, o andamento da dissertação. De sua pasta, saíram livros e folhas fotocopiadas: – Leia – ele disse.

Os papéis que Fagundes deixou comigo me surpreenderam ainda mais que suas dúvidas a respeito de Werner von Braun: eram textos clássicos e modernos de Física e Geometria, de Euclides ao espaço curvo de Einstein.

– Estude direito. Quero um relatório sobre esse material, e a forma como ele pode se integrar, ou não, ao seu trabalho, dentro de três semanas. E não quero ver a sua cara até lá. Leia e tire suas próprias conclusões, não deixe que meus pontos de vista jurássicos poluam seus conceitos ultramodernos – ordenou, enquanto se levantava. Ao chegar à porta, despediu-se.

8

E realmente passei as três semanas seguintes – primeiro no hospital, depois em casa – estudando as características cósmicas e matemáticas do espaço. Aquilo tudo me parecia infinitamente interessante, mas também muito inútil; afinal, meu interesse era manipular o espaço em pequena escala, numa casa ou edifício; de fato, eu só queria atingir uma certa excelência teórica na atividade que todos os arquitetos do mundo, estejam conscientes disso ou não, desenvolvem.

Esse era o tipo de consideração contido no esboço do relatório que Ubirajara iria me cobrar ao final do prazo. É bizarro imaginar que, enquanto eu lia Einstein, meu mestre assassinava. Penso que jamais teria acreditado nisso, não fossem as evidências chocantes, os quatro receptáculos de consciências mortas guardados, com inexplicável avareza, naquele congelador.

– Você precisa nos ajudar – a voz do delegado me despertou de meu devaneio. Eu estava sentado no meio-fio, do lado de fora do prédio e entre carros de polícia. Um chuvisco fino, gelado, começara a cair há poucos instantes; era uma daquelas chuvas repentinas, que parecem vir de lugar nenhum: o céu, até onde eu podia ver, continuava claro.

– Ajudar em quê? – perguntei. – Já lhe disse que minha dissertação não tem nada a ver com anatomia ou... ou... com aquelas *coisas*.

– Certo – respondeu Novaes, sentando-se na sarjeta úmida de chuva, ao meu lado. – Mas, para o velho pinel, *talvez* tenha. E, de qualquer forma, ainda temos que achar os outros.

– Que outros? – a ideia da existência de mais um homem, ou mulher, talvez de uma quadrilha inteira de assassinos ladrões de cérebro fez minhas entranhas se retraírem num calafrio. Respirei fundo. – Existem outros?

– Sete pessoas perderam a cabeça – o delegado sorriu um sorriso amargo, lamentando a própria piada. – Uma foi encontrada no flagrante, e aqui só achamos os miolos de quatro delas. Todos foram mortos e operados nos próprios quartos; cinco estavam com a porta trancada por dentro: ninguém entrou, ninguém saiu. Em pelo menos três casos, tivemos de derrubar as portas para achar os corpos. Todos moravam com a família, e nenhum parente ouviu nada. Meu, acredite: na vida real, ninguém comete crimes de quarto fechado, estilo Agatha Christie, sem cúmplices. Ninguém.

Muito menos quando o crime envolve a dissecação do corpo da vítima e o único suspeito tem quase 90 anos, completei em pensamento. Apesar dos pesares, Jair Novaes lavrara um ponto.

– Certo. O que você quer que eu faça? – perguntei, de repente me sentindo com o saco cheio demais pra chamar o delegado de "doutor" ou coisa parecida; de qualquer forma, o que havíamos visto garantia uma certa intimidade. Respeirei fundo. – Como posso ajudar?

– Converse com o velho. Tente descobrir isso dele: quem são os outros, onde estão.

– Quando?

– Que tal agora?

9

O manicômio judiciário Jean-Jacques Rousseau fica em Rio Acima, um ex-bairro de Açaraí que até hoje lamenta o dia em que ocorreu sua emancipação. O município de Rio Acima é composto por uma sucessão de morros, a maioria coberta por favelas e sem água, luz ou pavimentação. A pouca água tratada da cidade é comprada de Açaraí, cuja prefeitura também empresta máquinas, caminhões e tratores para as obras públicas de Rio Acima. O centro da cidade, uma pequena planície recoberta de paralelepípedos, contém a prefeitura, a câmara, uma videolocadora, dois mercados e o manicômio que, de longe, é o maior e mais vistoso de todos os prédios públicos.

O expediente naquele lugar é contínuo; Jacques Rousseau funciona 24 horas por dia, 7 dias por semana. Quando lá chegamos, já quase de madrugada, as credenciais de Jair Novaes me garantiram acesso ao "quarto" de Ubirajara Fagundes.

Eu me lembrava dos jornais, de como o professor fora preso em flagrante, num beco, as roupas e o rosto cobertos pelo sangue da sétima vítima, naquele instante já reduzida a um corpo decapitado, sem vida, num quarto a duas quadras dali. Segundo os relatos ele não tentara fugir, nem mesmo se explicar. Na verdade, dissera um dos PMs envolvidos na prisão, o velho professor parecia "com medo demais pra fazer qualquer coisa". Embaixo do braço, Ubirajara carregava a cabeça loura do cadáver recente.

Chegamos, o dublê de guarda e enfermeiro e eu, à cela de Ubirajara. Sem dizer uma única palavra, o guarda sinalizou para que eu encostasse o ouvido na porta, o que fiz, relutante. Vibrando através do metal gelado, ouvi as seguintes palavras, repetidas à exaustão, como uma ladainha sem significado:

– Elesvemepegarelesvemepegarelesvemepegar...

– O homem repete isso o dia inteiro, olhando pro canto da sala – o guarda esclareceu, ante meu olhar de espanto. – Ele mal come, e só dorme sedado. Mesmo dormindo, no entanto, a ladainha continua.

Ficamos em silêncio e imóveis, o funcionário e eu. Depois de uma pequena eternidade, ele abriu a porta e me deixou entrar.

– Qualquer problema, grite – disse.

10

O professor estava sentado em sua cama de arame e colchão fino, olhando fixamente para um dos cantos da sala. A luz de mercúrio que emanava da rua era a única iluminação dentro do quarto. Num gesto automático, liguei o interruptor ao lado da porta, e um brilho amarelo, esmaecido, preencheu o ambiente. Pude notar, então, que Ubirajara não olhava apenas na *direção genérica* do canto, mas mantinha os olhos pousados exatamente sobre o ponto onde duas paredes encontravam-se com o teto. Era com o olhar absorto naquele ângulo de concreto que Fagundes resmungava, sempre e sempre, sua única frase:

– Elesvemepegarelesvemepegarelesv...

– Professor...? – chamei, tímido a princípio. Nada. Ele me ignorava totalmente, como ignorara o fato de que as luzes haviam sido acesas. – Professor! – tentei, mais incisivo. Nada ainda. Caminhando devagar, me coloquei bem à sua frente, obstruindo a visão daquele ângulo infernal.

O resultado foi imediato: com um safanão surpreendentemente poderoso, Ubirajara me arrancou de onde eu estava e me projetou de encontro ao solo. A queda causou mais tontura que dor. Na fração de segundo que se seguiu, esperei por um golpe, uma mordida, um chute; nada aconteceu. Ubirajara se limitou a ficar sobre mim, ofegante, olhando em meus olhos. Então ele disse:

– Não faça isso! Nunca, jamais, faça isso! Não dê as costas para o lugar de onde *eles* vêm! *Nunca*!

Com algum esforço consegui me levantar, e disse:

– Eles? Quem, professor? O que está...

Aos poucos, vi o ódio, o medo, se esvaindo do olhar daquele ancião.

Três respirações se passaram e ele já me encarava com um misto de ternura e desolação:

– Você não sabe...

– Professor – a imagem de Jair Novaes surgiu na minha frente, e me recordei da missão que me levara até ali. – Professor... todas aquelas mortes... quem...

– Achei que saberia, que *poderia* parar quando tudo tivesse sido desvendado – ele disse, mais para si mesmo que para mim -. As mortes... Estúpido, estúpido...

Por alguns momentos, seu rosto, enrugado, se contraiu numa máscara de tormento. O único som que sua garganta emitiu naquele instante foi um uivo baixo, agudo, cortante. Depois, recordando-se de minha presença, ele disse: – Mas você... – e olhou para mim, deixando a frase no ar.

– Eu o quê, professor? Onde estão as outras pessoas? Existem outros, não é?

– Outros? Só existem eu e... e eles. Está tudo aqui, sabia? Sempre esteve!... – Ubirajara pressionou o indicador direito contra a própria testa. – O cérebro, não a mente, o corpo, não a alma, é a chave de tudo; está tudo codificado *aqui*. – O mesmo gesto, outra vez. – Os patrões de Kukt sabiam parte da coisa, mas nunca foram além. – Um riso baixo, sardônico, vibrou na garganta do pobre louco. – Ganhar dinheiro! Santo Deus, segredos sem conta, e eles fizeram o quê? Uma fábrica! Para quê? Ganhar dinheiro! Ah! Imbecis... – Mas, afinal, quem é esperto? Eu? Agora, aqui, à mercê deles?

– Quem são eles? Seus cúmplices? Elers vão matar de novo? Quem? Quando?

– Sim, eles vão matar de novo. E virão dali – Ubirajara apontou para o ângulo no teto. – É impossível detê-los. Eles vêm atrás de mim. Eu olhei para eles; agora, não há escapatória. Mas você...

– Professor, ninguém vai entrar pelo canto do teto. Por favor, seja razoável, conte-me...

– Volte à fábrica... Está tudo lá. Tudo.

Devagar, como se em câmera lenta, Ubirajara Fagundes voltou à cama, e à observação do canto da sala. Assim que saí do quarto e fechei a porta, ouvi, num crescendo, o som da ladainha:

– Elesvemepe... – etc.

11

No carro da polícia, disse a Novaes que Ubirajara estava louco demais para fornecer qualquer informação que fizesse sentido. O delegado concordou, com um encolher de ombros:

– Se você quiser, posso te deixar em casa – ele disse, resignado.

– Pra mim está perfeito.

A chuva havia parado, mas nuvens cinzentas encobriam todo o céu e refletiam a luz da lua. O satélite da Terra brilhava, imenso, em algum lugar além daquele tapete encardido, que flutuava sobre todos nós.

12

Desci do carro de polícia e, ao entrar em casa, percebi que meus pais já estavam dormindo. Olhei para o relógio da cozinha: 2 e meia.

Enchi um copo com água gelada e bebi seu conteúdo com um só gole. Parado em pé, de frente para a geladeira, considerei minhas opções. Que, na verdade, não eram muitas.

Volte à fábrica. Está tudo lá.

Sim. Tudo. Mas, tudo o quê? Talvez os cúmplices de Ubirajara estivessem naquele lugar, à espreita, e nesse caso eu deveria ligar agora mesmo para Novaes.

Mas, não. Não era isso.

De qualquer forma, talvez existissem respostas lá. Na casa de Kukt, aquele lugar tão estranho. Talvez alguma coisa ali tivesse enlouquecido o professor.

13

A porta da casa de Simeon Kukt girou sobre as dobradiças assim quer toquei na maçaneta. A chuva havia recomeçado, uma típica tempestade de verão: poderosa, assustadora, com relâmpagos imensos e trovões que ribombavam assustadoramente *perto.*

Ali dentro estava bastante escuro, e mesmo os lampejos azuis da tempestade não pareciam capazes de penetrar muito além do umbral. De qualquer forma, eu previra isso, e trazia uma lanterna comigo.

A luz branca revelou algo que não estava naquela casa quando de minha primeira visita: uma instalação elétrica precária, com fios aparentes e emendas de fita isolante. Um interruptor prateado pendia de uma dessas conexões de fita adesiva. Pressionei-o.

Luzes se acenderam no mesmo instante. Havia lâmpadas penduradas em fios, que por sua vez se apoiavam em cola, massa epóxi e alguns poucos grampos. As lâmpadas estavam ao longo das paredes, uma a cada metro e meio, mais ou menos, formando um túnel de luz que conduzia às escadas que separavam a sala do escritório. Desci até lá, e notei que o degrau que quebrara minha perna havia sido removido.

No escritório, encontrei um abajur sem cúpula, uma haste de madeira torneada de um metro de altura, com uma lâmpada nua em seu topo. O abajur se acendeu assim que girei a lâmpada de forma a prendê-la corretamente no soquete.

Essa nova fonte de luz permitiu-me ver, em detalhes, o estado do escritório – e tornou-se mais do que óbvio o fato de que ele havia sido muito utilizado nas últimas semanas. Sobre a escrivaninha encontrei algumas folhas de papel com anotações feitas com a letra do Ubirajara Fagundes. Essas anotações, embora difíceis de ler, faziam referência a uma caixa, "encontrada dentro de um degrau oco", e seu autor lamentava o "triste acidente" que colocara aquelas "preciosidades" em suas mãos. "Irônico como fatos capazes de dar uma direção totalmente nova ao trabalho de meu orientando tenham surgido no momento em que ele perdia os sentidos" – isso estava escrito lá.

Com o coração batendo à altura da garganta, abri, uma a uma, as gavetas que ladeavam a escrivaninha. Várias delas estavam cheias de cilindros negros, ocos, feitos de alguma substância semelhante a cera ou cerâmica. A última continha um pequeno gramofone a manivela.

14

Eu ainda gostaria de acreditar que as coisas que ouvi em meios aos chiados do aparelho, aquela voz de setenta anos atrás, não passava de loucura. De fato, não há *por quê* levar aquilo a sério. Mesmo assim, hesito em dizer, ou descrever, o conteúdo dos cilindros.

A voz de Simeon Kukt – e sinta-se feliz em não ter que ouvir a voz -, ressoando pelo cone do aparelho falou a mim, da mesma forma que havia falado a Ubirajara, sobre antigos segredos, uma ciência descoberta por acidente no antigo Egito, enquanto os embalsamadores extraíam o cérebro e os pulmões dos faraós. O segredo talvez tenha surgido de repente diante dos olhos de algum sacerdote visionário, ou talvez tenha sido desvendado aos poucos, por gerações de trabalhadores diligentes. Hoje (assim como há setenta anos) é impossível dizer.

O segredo trata das verdadeiras natureza e conformação do espaço-tempo, algo muito mais complexo do que aquilo que as ingênuas curvas de Einstein sugerem. O segredo pode, talvez, ser encarado como uma antevisão da geometria fractal, mas vai além. E, como Ubirajara disse, o segredo esteve o tempo todo a nosso alcance: dentro de nossos corpos. Cada cérebro humano, com suas circunvoluções únicas e peculiares, é um mapa, um tratado dessa geometria terrível, a um só tempo ciclópica e inacreditavelmente minuciosa, que deu seus primeiros passos na estrutura interna das pirâmides, nos labirintos e câmaras até hoje impenetráveis.

O corpo humano também forneceria os instrumentos para essa nova compreensão do espaço: o formato dos ossos, a disposição dos alvéolos, o coagular do sangue... tudo revela, fala, conta e instrui. Tudo. Nas horas que passei ali, fui apresentado a conceitos como *ângulos* do espaço-tempo, estranhas deformações produzidas por magia (assim como as "curvas", causadas pela gravidade) e que poderiam ser usadas como portais para qualquer era e lugar; ou aposentos, figuras e corredores capazes de drenar a força de vontade de almas humanas, assim como uma calha bem construída elimina a água das chuvas.

A voz de Smeon Kukt era monocórdica; ele descrevia conhecimentos, ideias e teorias sem emoção; falava de crimes, vivisseções e eviscerações como quem lê um relatório contábil. De qualquer forma, essa frieza subjacente tornava o relato ainda mais instigante, hipnótico e (Deus me perdoe) verossímil. Ouvi cilindro a cilindro, o som das chuvas fundindo-se ao chiado tênue do gramofone numa cortina única de som sem significado que, em vez de atrapalhar, só destacava as palavras daquele estranho homem. Meu braço deve terse cansado de girar a manivela, mas não o senti. Eu só ouvia, trocava o cilindro, continuava a ouvir.

Talvez o caráter mecânico que a tarefa assumiu sirva para explicar o susto que levei quando o último cilindro (eles não estavam numerados; até hoje sinto um arrepio ao pensar que, agindo aleatoriamente, ouvi todos *na ordem correta*) começou a ressoar pelo cone. Pois aquela não era a voz de Simeon Kukt. Era uma outra voz – de uma mulher, talvez – e trazia um aviso, que transcrevo abaixo:

– Explorar as facetas do espaço a que normalmente não temos acesso é um erro (chiado). Nenhum dos antigos arquitetos (chiado) sobreviveu às pirâmides, e (chiado) é de se imaginar o porquê. Talvez (chiado – o som ficou realmente muito ruim) existam (palavra indistinta) ...ígenas, para nós, vivendo lá (chiado). Talvez nós sejamos tão monstruosos para eles quanto (chiado) para nós. Talvez eles nos (fim da gravação).

O clique final do gramofone coincidiu com a entrada do primeiro raio de sol na casa.

15

Deve parecer óbvio a todos que a morte do professor Ubirajara Fagundes numa cela trancada do sanatório Jean-Jacques Rousseau foi o principal motivo que me levou a fazer este relato. O laudo final do legista – suicídio – me parece pouco crível. Afinal, como um homem poderia enfiar os dedos no peito e romper a própria caixa torácica? Imagine-se a dor, primeiro, e o esforço necessário, em seguida. "Loucura" parece ser a única resposta. E absurdo, a única conclusão.

Da mesma forma, o delegado Jair Novaes recuou de sua posição inicial – "ninguém comete crimes assim sem cúmplices" – e passou a imputar toda a culpa dos homicídios ao velho professor, que cometera as mutilações tomado por "força extraordinária", o tipo de coisa que os maníacos assassinos da televisão costumam ter. A forma como Fagundes entrou nos aposentos das vítimas ainda é desconhecida.

Infelizmente, não tenho nada muito melhor para propor. Apenas peço à polícia que analise com cuidado o pó vermelho que vem se soltando da chaminé da velha fábrica Micenas; e que o museu histórico de Açaraí (para onde levei os cilindros) traga o conteúdo das peças a público.

Alguém poderia dizer que, mesmo que existam monstros vivendo nos ângulos do espaço-tempo, o melhor seria deixá-los em paz. O problema, no entanto, é aquilo que a morte do professor revela: se existem, eles sabem o caminho. Até nós.

Estranhos no ninho

Os MANUSCRITOS CHEGARAM DENTRO DE uma caixa de papelão, pelo correio. Estavam em estado deplorável, amarrotados, esmaecidos, rasgados e, em certas páginas, até mesmo queimados. Manuseando-os com extremo cuidado, passei a examinar o texto em si: traçado a pena, numa caligrafia meticulosa, quase barroca nos floreados. Uma vez destrinchadas a linguagem, sintaxe e ortografia arcaicas, pude ver que o documento tratava de um episódio espetacular, supostamente ocorrido quando da segunda visitação do Santo Ofício ao Brasil, em 1618, presidida por Marcos Teixeira.

A narrativa descreve o ataque, promovido por uma armada sob o comando de Teixeira, a uma ilhota no litoral baiano, onde ficava algo descrito ora como um "sítio fantástico de metamorfoses monstruosas", ora simplesmente como "quilombo". Após um breve cerco – durante o qual vários membros da tripulação das belonaves sofreram com uma "contínua e progressiva debilidade do sangue"– a ilha teria sido invadida "à luz do dia claro", e submetida a um tratamento francamente cartaginês: incendiada, as moradas e a única fortaleza, destroçadas, o solo, salgado. Alguns dos soldados incumbidos de levar a cabo essa destruição teriam visto "cadáveres humanos de aparência animalesca, que se desfaziam em anéis de fumo, sob a luz solar".

O relato me chocou, não apenas pelos detalhes escabrosos, que o estilo anacrônico da redação só fazia ressaltar, mas também pelo significado histórico: até que o manuscrito me caísse em mãos, jamais houve qualquer insinuação, na historiografia oficial, de que a Inquisição tivesse se dedicado a eliminar comunidades heréticas em solo brasileiro – e isso pelo simples fato de que, ainda segundo os relatos oficiais, nunca houve uma comunidade herética no Brasil (do ponto de vista acadêmico, talvez os huguenotes da França Antártica pudessem se enquadrar na categoria, mas essa é uma outra discussão). Examinei a caixa onde a papelada havia sido entregue. Não encontrei endereço ou nome do remetente, apenas um carimbo dos correios da cidade de Salvador. No fundo da embalagem, porém, havia uma cópia xerox de um mapa, bastante detalhado, de um trecho do litoral nordeste, com uma pequena ilha circundada em tinta hidrográfica vermelha. Com o auxílio de uma lupa, consegui ler um nome: "Ilha das Estrigas".

Parecia não haver dúvidas quanto a tratar-se de um convite para que eu conhecesse os locais onde, há quase 400 anos, ocorreram eventos tão inusitados. Passei, então, algum tempo a imaginar quem poderia ter se dado ao trabalho de me fazer tão tentadora oferta; afinal, aposentado – e com vencimentos integrais, bendita seja a Universidade Pública – eu certamente dispunha de tempo e recursos para promover uma pequena investigação arqueológica no litoral baiano.

Antes de ir a campo, no entanto, reuni algumas informações úteis em enciclopédias e agências de turismo. Descobri, por exemplo, que a Ilha das Estrigas é um daqueles paraísos tropicais cujo charme está na razão direta da própria obscuridade – um local de veraneio para os "poucos e melhores", de ambiente plácido e aristocrático, acessível apenas por barcos e iates. Se você não tivesse o seu, poderia alugar um, ou se utilizar da balsa, manobrada por funcionários da única pousada estabelecida na ilhota. O resto eram praias, alguma mata e ruínas coloniais. Segundo os roteiros de turismo, em todo o perímetro da ilha, na altura onde a areia começa a dar lugar à vegetação, podiam-se encontrar rochas soltas, ou até mesmo trechos quase intactos de uma antiga muralha, indicando que, no passado, o lugar fora uma espécie de fortaleza. A Ilha das Estrigas também possuía valor ecológico: aquele era o último reduto de uma espécie peculiar de grandes corujas de penas negras, exatamente as tais "estrigas".

Tendo aprendido tudo isso de fontes secundárias, resolvi pôr-me a caminho. Ligando para um telefone no Rio de Janeiro, conforme indicado nos folhetos, fiz minha reserva para uma semana na pousada, o Ninho das Corujas. Ia sair caro, mas talvez fosse divertido.

* * *

A chegada ao Ninho das Corujas trouxe consigo uma grata surpresa. A lua acabara de despontar no céu – acompanhada, de imediato, pelo perturbador canto das estrigas – e a pessoa que vi atrás do balcão, metida num terno mais ou menos espalhafatoso e tentando chegar a bons termos com a caixa de interruptores elétricos era um ex-aluno meu, e um dos mais brilhantes: Domingo Assunção. Sentindo-me meio feliz e meio constrangido (afinal, a figura do estudante aplicado convertido em criado de libré não deixava de ter seu quê de patético), fui conversar com ele:

– Domingo?

– Sim? – Reparei em seu olhar: pareceu, num primeiro momento, meio nublado.

– Domingo Assunção?

– Sim. – Os olhos, agora, estavam límpidos. – Em que posso ajudá-lo? O senhor tem reserva?

Ele não me reconhecia, o que era curioso. Normalmente, são os ex-alunos que identificam seus antigos professores, não o contrário.

– Tenho, sim. – Respondi.

– E qual seu nome?

Assim que declarei meu nome, a expressão no rosto de Domingo se modificou, primeiro denotando confusão, depois iluminando-se. Ele sorriu:

– Professor!

– Olá, seu desmemoriado. – Brinquei. – E então, como é que um pesquisador da tradição yoruba vira recepcionista...

Assunção me interrompeu, dedo em riste, orgulho e uma ponta de ironia na voz:

– Gerente!

– Gerente – recomecei – de pousada?

– Bom, isso... – O brilho no olhar esmaeceu por um instante, e logo voltou: – Podemos conversar depois? Digamos – ele coçou o queixo – dentro de uma hora, no restaurante?

– Tudo bem. – Respondi, assinando o livro de registros.

* * *

O restaurante da pousada ("hotel" seria o termo mais honesto, embora menos romântico) possuía uma ampla sacada, com mesas dispostas ao ar livre. Foi lá que me acomodei, um copo de cuba libre ao alcance da mão. A noite estava quente sem ser abafada, e a Via-Láctea descortinava seu espetáculo sobre minha cabeça. As corujas continuavam com sua sinfonia lúgubre, acompanhada agora pela música dos grilos. O resultado final era, por mais paradoxal que possa parecer, relaxante.

Assunção veio juntar-se a mim passados quarenta minutos, e não uma hora inteira. Ele perguntou se eu iria pedir algo para comer imediatamente, e diante de minha negativa sinalizou para que o garçom se afastasse. Não havia outros hóspedes desfrutando da sacada e, portanto, estávamos sozinhos.

– O senhor recebeu o manuscrito, não é?

Senti-me um grandessíssimo tolo por não ter feito a conexão antes. Disse:

– Claro! Foi você!

Ele sorria:

– Bem bolado, não acha? Carta anônima, o mapa...

– O texto é autêntico?

– Cada linha.

– Mas como...

– Encontrei-o aqui mesmo, na pousada. Nós temos um pequeno "museu" na recepção, mostruários de vidro com pedras, algumas moedas de ouro e prata, essas coisas. Material recolhido na praia e no meio do mato, entre as ruínas menores. O livro era a única peça com algum valor histórico real, quero dizer, para além da simples curiosidade.

– Se você diz, eu concordo. Mas por que mandou o manuscrito para mim? Ele estaria melhor na Biblioteca Nacional, ou numa Universidade.

– Bem, é que conversei muito com o comendador...

– Comendador?

– É, Comendador Damião Duarte Penteado, o dono disto aqui e, suponho, de toda a ilha. Ele queria chamar a atenção de um historiador sério, ou arqueólogo, para o lugar, mas nada ligado a órgãos oficiais. Sabe, já existe uma pressão danada para que Estrigas seja desapropriada, tombada e convertida em parque ecológico, por causa das corujas. Se alguém em Salvador ou Brasília souber que as ruínas daqui escondem algo maior do que aquilo que as aparências indicam, isso poderia...

– Mas não seria o mais correto? Olhe, você já está um pouco velho para ouvir lições de moral, mas acho que interditar a ilha e trazer uma equipe de pesquisadores até aqui não é uma má ideia. Santo Deus, você estudou comigo! Dá para imaginar quantas evidências importantes já não foram destruídas, ou saqueadas, por turistas?

– Praticamente nenhuma, suponho.

– Como assim?

– Escute – Domingo inclinou-se sobre a mesa, apoiado nos cotovelos. – Escute só. É claro que, se estivesse ocorrendo um saque indiscriminado, eu seria o primeiro a ligar para as autoridades. Mas não é o caso. Tudo que existe para ser encontrado por aí são velhas rochas e algumas moedas do século XVII, você sabe, aqueles medalhões de ouro e prata, quinze a trinta reais em qualquer boa casa de numismática. Não há nada de errado se um turista acha uma peça assim embaixo de alguma pedra e resolve levá-la como lembrança. Os museus estão atulhados com esse tipo de coisa. – Ele voltou a sentar. – O que precisamos saber é que tipo de gente vivia aqui, quais suas crenças e porque foram dizimados e apagados da história. Ainda existe alguma memória a respeito da ilha na tradição oral de certos grupos de pescadores, e eles falam de rituais satânicos e uma biblioteca subterrânea. Mesmo descontados os exageros, esse parece ser um ponto de partida bem promissor.

– Concordo – admiti. – Se fosse uma seita herética, talvez eles tivessem cofres no subsolo, para guardar seus livros sagrados em caso de repressão violenta.

– Eu e o comendador já tentamos traçar uma planta da fortaleza, com base nas ruínas e em registros de estruturas semelhantes, para ver se achávamos algum tipo de entrada para o porão, celeiro ou seja lá o que for. Não conseguimos nada de positivo. As fundações da pousada também estão limpas.

– E o que você quer de mim?

– Bem, eu comentei sobre os tempos de faculdade com o comendador, e ele achou que seria uma boa ideia chamá-lo. Queremos descobrir tudo que for possível a respeito desta ilha e das pessoas que viveram aqui, mas sem intervenção do governo.

– Para manter a pousada aberta e o fluxo de turistas intocado.

– Isso. Suas acomodações e alimentação correm por conta da casa.

Duvido que qualquer historiador aposentado já tenha recebido uma proposta melhor: mudar-se para um hotel de luxo, numa ilha paradisíaca, de graça, e pesquisando, com veleidades de diletante, o modo de vida e as crenças de uma comunidade até então desconhecida pela historiografia. É claro que a coisa toda era antiética, do ponto de vista profissional, e inadmissível sob o aspecto jurídico. Mas e daí?

– Negócio fechado – respondi.

* * *

Naquela noite ainda conversamos mais um pouco sobre as prospecções que Domingo e o comendador haviam feito (nos restos das velhas torres e do bastião principal). Acabei comendo alguma coisa e depois anunciei que pretendia dormir. Assunção retirou um chaveiro do bolso do paletó e o entregou a mim. Número 17.

– É do seu quarto. As malas já foram levadas para lá. – Ele disse.

No caminho até a suíte, encontrei um casal jovem que se preparava para passear na praia. Trocamos cumprimentos e olhei para o relógio: quase onze horas. Acho que a surpresa ficou bastante nítida em meu rosto, porque o rapaz logo se pôs a explicar aquela excursão noturna:

– Gostamos da luz da lua refletida no mar, e da tranquilidade – declarou.

– Claro – respondi, sorrindo. Eu não queria que eles me considerassem um velho rabugento, desses que ficam emitindo juízos desfavoráveis sobre as excentricidades alheias, ao mesmo tempo em que exigem uma reverência quase religiosa às suas próprias. – E, além disso, não há riscos de insolação. Divirtam-se!

Despedimo-nos e entrei na suíte, um espaço amplo com duas salas, quarto e banheiro. Minhas malas realmente estavam lá. Baguncei a bagagem o necessário para obter o pijama, vesti-o e caí na cama, exausto.

* * *

Acordei bem cedo na manhã seguinte, antes das oito. No caminho para tomar café passei pela recepção, mas não vi nenhum funcionário. O restaurante também estava vazio; os demais hóspedes ainda dormiam, com certeza. Grandes quantidades de alimentos típicos para o desjejum – frutas, geleias, pães frescos, leite e café bem aquecidos, algumas frituras de inspiração norte-americana – estavam dispostas ao longo de uma grande mesa no centro do salão, como num restaurante self-service. Sem encontrar viva alma que me instruísse sobre o que fazer, e sentindo fome, tratei de pegar um pouco de tudo e me dirigi, novamente, para a sacada. Lá comi e meditei um pouco sobre o que fazer naquela manhã, decidindo-me a inspecionar a ilha.

Não foi uma caminhada fácil. Com exceção da área ocupada pelo hotel, parte do terreno adjacente (incluindo uma praia), uma estrada de terra, a pequena doca e os casebres ao sul, toda a Ilha das Estrigas estava coberta por uma mata espessa, ruínas traiçoeiras e alguns charcos de água salgada, restos da maré noturna. O extremo norte da ilhota, localizado sobre o único aclive acentuado do terreno, era também o único costado onde não havia praia; lá, o mar quebrava de encontro a um labirinto de sólidas formações rochosas, placas de granito pontiagudas e quase verticais, expelidas com violência do ventre de algum vulcão subaquático. Aquela era, com certeza, a principal fonte das pedras utilizadas no forte.

Havia pequenos animais de todos os tipos, lagartos e cobras, roedores e coleópteros, mas não encontrei nenhuma coruja, e estranhei a ausência do pio característico – mas, afinal de contas, era dia claro.

Percorrendo as ruínas, consegui ter uma boa visão do que havia sido o forte destruído por Teixeira e seus homens: quatro paredes, quatro pequenas torres. Dentro das muralhas existira um grande torreão central, provável lar dos líderes da comunidade. Os liderados, por sua vez, talvez vivessem em barracos de madeira, dispostos ao redor do torreão – havia espaço suficiente para tanto. Em meio à mata crescida, porém, não encontrei qualquer evidência material que comprovasse a hipótese.

Completei a inspeção pouco antes das duas da tarde, e retornei à pousada, notando que, naquele horário, as praias já se encontravam ocupadas por pequenos grupos de turistas. Passei novamente pelo restaurante e vi que um almoço tomara o lugar do café da manhã na mesa de self-service. Havia duas ou três famílias comendo, e resolvi fazer o mesmo. Depois fui até o quarto, e encontrei um envelope cartonado, do tipo que se usa para convites de casamento, apoiado junto à porta. Peguei-o e entrei.

O envelope continha uma mensagem de Domingo Assunção, convidando-me para jantar, em sua companhia e na do comendador, às nove da noite. Colocando convite e envelope de lado, abri uma sacola impermeável, ainda intocada, que fazia parte de minha bagagem. Retirei dali o manuscrito barroco, um bloco de anotações, uma caneta e um gravador de minicassete. Passei a tarde a reavaliar o texto à luz de minha pequena investigação matutina.

* * *

A noite, a primeira de lua cheia daquele mês, estava bastante agradável, embora fizesse um pouco de frio. O restaurante não estava cheio, mas continha o maior número de hóspedes da pousada que eu já vira até então. Muitos deles haviam passado por mim durante minha caminhada, naquela manhã, principalmente nos trechos de praia. O casal que gostava de passeios ao luar também se fazia presente, e eu me preparava para cumprimentá-los quando Domingo Assunção se aproximou e me conduziu à mesa de seu empregador, na sacada, junto à mureta que separava o hotel da praia.

A figura de Damião Duarte Penteado, o comendador, não era, de forma alguma, aquilo que eu esperava. Longe da aparência estereotipada do coronel baiano, de tez bronzeada, barriga e bigodinho, o homem que se levantou para me cumprimentar era magro e extremamente pálido, dono de dois olhos miúdos, brilhantes e agitados, separados pelo septo de um nariz que chamarei de "helenístico". O comendador sofria de um princípio de calvície, que procurava disfarçar penteando os cabelos do topo da cabeça por sobre a testa, numa tentativa de franja. Vestia *summer jacket,* com gravata borboleta, lenço e sapatos pretos. Não aparentaria mais que 35 anos.

– Boa noite e bem-vindo, professor – ele disse, fazendo sinal para que me sentasse à sua frente. Agradeci e aceitei o lugar. Domingo ocupou uma cadeira à minha esquerda.

– Fui informado – ele continuou – de que o senhor fez um pequeno passeio pela ilha esta manhã.

– É verdade – respondi. – Lugar maravilhoso.

– Realmente – seu olhar pareceu perdido por um instante, como o de Domingo na noite anterior. – Realmente... Encontrou algo que nos tenha escapado?

– De fato, não. Domingo me disse que as torres e o bastião já foram checados...

– Sim, já. – Suas narinas dilataram-se um pouco, num sinal de impaciência. – Só gostaria de saber onde os livros estão escondidos...

Aquela frase mexeu comigo. Tomei a liberdade de interrompê-lo:

– Por que o senhor usou essa palavra? – perguntei.

– Que palavra?

– "Escondidos".

– Ora, as obras e registros estão escondidos, certo?

– Não necessariamente. Eles foram, até onde sabemos, *guardados* numa biblioteca. E em termos de método, existe uma grande diferença entre um procedimento e outro. *Guardados* significa apenas que os livros foram postos a salvo. *Escondidos* implica numa tentativa de afastá-los, de levá-los a um lugar secreto e desconhecido pela maioria das pessoas.

– Lógico! – Domingo se voltou para mim, restabelecendo, numa espécie de *déjà vu*, a velha química professor-aluno. – As torres e o bastião central seriam bons lugares para guardar os livros. Mas óbvios demais, se a intenção era escondê-los!

– Perfeito. – O comendador enfeitava seu rosto com uma tentativa de sorriso. – Imagino que devo me orgulhar deste lapso de linguagem. Então agora estamos em busca de um tesouro oculto, e não apenas protegido?

– É mais uma hipótese, que alarga os horizontes da pesquisa. Se formos adotá-la, devemos checar algumas outras coisas. Por exemplo, de que parte da ilha veio o manuscrito que recebi?

– Ele foi encontrado no antigo porto, na costa sul – disse o comendador –, durante as obras de readaptação, quando instalamos a balsa e os alojamentos dos funcionários.

– De qualquer forma, trata-se de um relatório da Inquisição, não de um texto dos primeiros colonizadores – explicou Domingo.

– Claro. Mas talvez fosse...

Minha preleção foi interrompida pelo piado estridente de uma coruja, que se sobressaiu, com violência, da música produzida por suas irmãs. O guincho foi rapidamente seguido pelo grito de socorro de uma mulher aflita, vindo da praia. Nossa mesa era a mais próxima à fonte daquele apelo, e todos reagimos prontamente. Mesmo com minha idade, não tive dificuldades em saltar a mureta, de menos de um metro, e em correr na direção do grito. O comendador, fazendo o mesmo, logo tomou a dianteira, mas Domingo, para sua vergonha, ficou atrás de mim.

A visibilidade era boa, mesmo à noite e a uma distância razoável das luzes do hotel. Pude ver, silhuetados contra o céu estrelado, o corpo de um homem caído na areia e uma forma emplumada, excepcionalmente grande, mergulhando o bico sucessivas vezes em seu peito. Uma mulher, trêmula, assistia à cena, enquanto o comendador se aproximava, correndo. Parece-me que ele gritou alguns impropérios e a ave, assustada, alçou voo na direção da mata.

Desacelerei o passo. O homem atacado, morto, era aquele jovem que eu quase cumprimentara no restaurante, que gostava de caminhar à noite com a esposa, a mesma mulher que agora tremia e chorava ao lado do cadáver. Ela sofrera ferimentos superficiais, golpes de garras e pelo menos uma bicada, no flanco.

Pouco depois de mim chegaram Domingo e alguns outros hóspedes, dois dos quais munidos de lanterna. Um deles lançou luz sobre o corpo: o peito e o esterno haviam sido dilacerados e o coração, extraído, mascado e chupado como um gomo de laranja. Havia um pouco de sangue na ferida, e outro tanto na areia, mas muito menos do que seria de se esperar num ferimento desse tipo. Um terceiro hóspede se identificou como médico e conduziu a viúva de volta ao hotel.

– O que aconteceu aqui? – alguém perguntou, e a dúvida ecoou pela pequena multidão que se formava, de umas quinze pessoas.

– O homem foi atacado por uma estriga. Essas corujas às vezes ficam violentas na lua cheia – explicou o comendador. Sua voz tentava soar fria e neutra, mas traía uma certa ansiedade. – Um acidente. Elas raramente investem contra seres humanos.

– O cara foi morto por uma *coruja*? Isso é brincadeira, é?

– Eu vi o pássaro – falei. – Parecia ser uma coruja. Bem grande, mas uma coruja.

– Será que estava com raiva? – alguém quis saber.

– Só mamíferos podem pegar raiva – uma voz feminina esclareceu.

* * *

Em silêncio, retornamos todos ao Ninho da Coruja – o nome da pousada parecendo mais sinistro do que nunca. O comendador fez um sinal para que eu o seguisse. Atravessamos o balcão da recepção e entramos em seu escritório. Lá, ele ligou pra a polícia, no continente.

O plantonista do outro lado pareceu se dar por satisfeito com a descrição dos fatos elaborada pelo proprietário do hotel, e mais ainda com a confirmação que prestei. Ao sairmos do escritório, encontramos vários hóspedes, todos muito agitados, no saguão. Boa parte deles parecia decidida a partir naquela mesma noite, e quando resolvi me recolher Domingo e o comendador ainda estavam fechando contas.

* * *

Duas semanas depois, o comendador preparava-se para fechar a pousada. A temporada de verão era finda (nuvens sobre o oceano já prenunciavam as poéticas "águas de março"), os poucos hóspedes restantes haviam partido nos últimos dias e seria antieconômico, disse-me ele, manter o Ninho da Coruja operando a pleno vapor. A maior parte dos empregados, vinculada ao hotel por contratos temporários, foi dispensada e enviada de volta ao continente. Mesmo o pessoal responsável pela balsa deixou a ilha. Foi acertado que, se precisasse de transporte, o comendador telefonaria para chamá-los. Assim sendo, os casebres do extremo sul foram desocupados e fechados.

Ficaram nas Estrigas Domingo, duas cozinheiras e seis arrumadeiras. Essas oito jovens (nenhuma aparentando mais de 20 anos) não possuíam família ou laços afetivos fora da ilha – o que me pareceu surpreendente, pois eram dotadas de uma beleza mais do que razoável –, e compunham o quadro permanente de funcionários.

Escrevi que todos os hóspedes haviam partido, mas isso não é verdade. Ficamos eu (comprometido que estava com as pesquisas) e a triste viúva do homem que havia sido morto na praia. Segundo o médico que a examinara, a mulher teria sofrido alguns cortes realmente profundos, além de concussão em uma costela – e se encontrava, muito compreensivelmente, em estado de choque. Assim, ficou acertado que ela passaria mais alguns dias conosco, convalescendo, e que, quando fosse adequado, Domingo trataria de levá-la de volta ao continente, numa de suas visitas periódicas ao banco. Como era extremamente difícil travar contato com o comendador ou com meu ex-aluno durante o dia – e dado o caráter lânguido e pouco sociável das funcionárias – acabei desenvolvendo uma certa amizade com a mulher, que se chamava Nádia; almoçávamos juntos todos os dias.

Quanto às pesquisas, bem, eu havia desenvolvido uma teoria. Parecia-me que o melhor lugar para esconder os livros seria *fora* das muralhas – afinal, era muito pouco provável que um exército invasor se preocupasse em buscar tesouros no terreno externo, onde *aparentemente* não havia nada, quando tinha diante de si um forte de rocha sólida, *aparentemente* cheio de riquezas. Além disso, aquela ilha possuía um trecho de solo supostamente virgem, mas tão bem guardado quanto qualquer castelo medieval: as pedras do extremo norte, e o estreito corredor de terra que existia entre elas e a antiga muralha. Quando a fortaleza ainda estava em pé, presumi, aquela faixa de terreno deveria ser a parte mais inacessível de toda a ilha. Portanto, concentrei meus esforços ali.

* * *

Esforços que logo vi recompensados. Não vou entrar em detalhes sobre as conformações de rocha que me chamaram a atenção, fazendo-me crer que se tratavam de esculturas sutis; e nem pretendo descrever o jogo de luz e sombras que, numa manhã, permitiu-me encontrar o alçapão de chumbo, oculto em meio ao labirinto de pedras do costão.

Meu coração ainda é bem firme. Erguer o alçapão foi difícil, e senti minhas faces corando com o esforço, mas consegui sobreviver à tarefa. Para minha surpresa, no entanto, não havia nenhum tipo de câmara secreta no subsolo. A pesadíssima porta metálica era apenas a tampa de uma grande caixa de chumbo, fundida diretamente numa cavidade da rocha. O recesso não teria mais que meio metro de profundidade, e em seu interior existia um único livro, que repousava, aberto, sobre o fundo daquele estranho cofre. Era um *in folio* encadernado em bronze e sem título, impresso com tipos móveis de madeira e escrito em grego. Havia algumas litogravuras, em estilo medieval, que mostravam gigantescas corujas devorando corpos humanos, e figuras de harpias. Depois de proceder um exame superficial da obra, fechei o volume e iniciei a caminhada de volta à pousada.

* * *

Ainda faltava algum tempo para o almoço quando cheguei a meu quarto. As janelas estavam fechadas (era estranho: eu não me lembrava de ter cerrado os postigos antes de sair pela manhã) e, apesar do dia claro lá fora, o aposento estava escuro. Havia um cheiro adocicado, levemente alcoólico, no ar.

Assim que me voltei, depois de encostar a porta, as luzes se acenderam como num passe de mágica. Na cama, coberta pelo lençol até a altura do pescoço, estava uma das arrumadeiras. Antes que eu pudesse dar forma de palavras a meu espanto, ela disse:

– Você é um homem?

– Ora... – havia algo de assustador e, ao mesmo tempo, de cômico naquela situação. – Imagino que sim. – Respondi, tentando me recompor. – Pelo menos, costumava ser.

– Homem de verdade?

– Na minha geração não tínhamos muito acesso a essas ambiguidades atuais – retruquei, com uma ponta de cinismo.

– As outras se satisfazem com as sangrias, acham até melhor – ela falava muito rápido, a voz e o rosto traindo um certo desespero.

Estava bêbada, era óbvio. – Mas eu, não! Preciso sentir aquilo dentro de mim, compreende? – O tom da voz mudou, assumindo o ritmo arrastado, entrecortado por gemidos, típico daqueles vídeos que meu neto de 13 anos adora assistir escondido. Percebi que suas mãos se moviam sob o lençol. – É tão gostoso... tão...

– Imagino que sim. – Senti-me embaraçado, como se fosse vítima de uma piada de péssimo gosto. Meu pênis estava ereto, e essa súbita traição biológica só serviu para me irritar. – Afinal, de que se trata...

– Você quer uma mulher de verdade, não é? Para fazer coisas de verdade... Não só pelo sangue? – Ela se ergueu da cama, e vi minhas piores suspeitas confirmadas: a garota estava nua. Minha garganta secou de repente. – Você quer me *foder*? *Por favor?!*

Ela começou a caminhar em minha direção, e percebi que não conseguia desviar os olhos de seu púbis.

Fui salvo por três batidas na porta.

– Professor? O senhor está aí? Vamos almoçar?

– Você vai me deixar? – a garota estava cada vez mais perto, e agora sua voz saía num murmúrio úmido. – Por que? – havia desespero em seus olhos. – Porque tenho pouco sangue, não é? Porque dei sangue para eles – as palavras rastejavam para fora de sua boca, soando como o sibilar de uma serpente, exprimindo uma fusão irreconciliável entre desejo e ira; os olhos azuis brilhavam de forma gélida e irracional, iluminados em meio aos cabelos que caíam sobre a face. – Mas já cuidei disso... posso cuidar de novo, se é o que você quer.

– Sim, certo – balbuciei, agarrando a maçaneta às minhas costas, saindo apressado e batendo a porta atrás de mim. Do lado de fora, Nádia me encarava com uma expressão perplexa: – O senhor está vermelho!

– Tenho minhas razões – falei. – Agora, poderíamos ir até o seu quarto buscar algumas roupas?

– Mas por que...

– Por favor?

* * *

No caminho, contei a história a Nádia. Ela não se conteve e desatou a rir, parando apenas depois de sentir uma pontada na costela ferida. Fiquei um pouco desconcertado e constrangido, devido à impressão inegavelmente sinistra que o episódio me causara.

Logo retornamos ao meu quarto, levando conosco uma saia e uma camiseta. No entanto, a arrumadeira não estava mais lá; as únicas provas de sua presença eram a cama desarrumada e o cheiro doce (de bebida, eu estava convencido) no ar.

– Ufa! – disse a viúva, enquanto abria as janelas. – Que problema...

– A coitada deve ser louca – ponderei.

– É. Deve. Mas o que é isso? – Nádia apontou para o livro enorme, encadernado em bronze, que eu carregara sob a axila esquerda durante toda a crise. – Nunca vi algo assim!

– E eu estou cansado de andar com ele por aí. Vou guardá-lo. – Olhei ao redor, em busca de um esconderijo, e acabei colocando o tomo embaixo da cama. – Bem, acho que devemos procurar por aquela garota. Ela não pode ter ido muito longe, nua daquele jeito, e, se estiver mesmo louca, vai precisar de algum tipo de ajuda.

– Concordo. – A expressão bem-humorada sumiu do rosto de Nádia, dando lugar à preocupação. – Por onde começamos?

* * *

Passamos algum tempo deliberando sobre qual seria a melhor estratégia. Imagino que teria sido mais lógico darmos ciência do acontecido ao gerente, ou ao proprietário, mas ambos sabíamos que era praticamente impossível encontrá-los na ilha enquanto o sol brilhasse. Os dois eram esquivos a respeito do assunto, mas davam a entender que possuíam certos negócios em Salvador.

De qualquer forma, pareceu-nos lógico pedir ajuda às outras funcionárias, e por isso dirigimo-nos à cozinha. Passando pelo restaurante, notamos que a mesa de self-service estava posta e repleta de alimentos. Famintos, paramos para comer um pouco.

A cozinha estava vazia; parecia que, após servirem o almoço, as cozinheiras haviam se retirado.

– Por aqui – falei, conduzindo Nádia através da selva de panelas e talheres pendurados.

– Para onde? – ela quiz saber.

– A ala dos funcionários – respondi – fica depois da cozinha.

– Ala...?

– Você nunca notou que não havia hóspedes na ala norte do prédio?

– Bom, na verdade...

– Aqueles casebres junto ao porto são apenas para pescadores e o pessoal da balsa. A equipe de criados ocupa a ala norte, que fica

– parei diante da passagem e fiz uma reverência, convidando Nádia a entrar – atrás desta porta.

A mulher me encarou com um olhar de dúvida.

– Damas primeiro – expliquei. Ela me encarou de novo, sem entender o propósito de tanta gentileza. – Olhe – continuei –, existem oito garotas morando atrás desta porta, e eu detestaria...

– Sem cenas de nudez, certo – Nádia sorriu. – Pode deixar, eu vou na frente.

Ela girou a maçaneta e entrou. Pouco depois, ouvi sua voz:

– Pode vir.

Deixando a cozinha para trás, entrei num corredor parecido com o da ala dos hóspedes, apenas um pouco mais curto, escuro, sujo e estreito. Havia oito portas: três de cada lado, uma às nossas costas, por onde havíamos entrado, e a última no outro extremo.

– Por onde, agora? – minha companheira perguntou. – Direita ou esquerda?

– Qualquer uma. Todas. – Respondi.

* * *

Checar todos os quartos, no entanto, não foi necessário. Depois de avançarmos um pouco pelo corredor pudemos ouvir, distintamente, o som de uma televisão ligada no segundo aposento à esquerda.

Como havíamos feito ao sairmos da cozinha, Nádia foi na frente. Testou a maçaneta.

– Não está trancada – disse, e entrou, devagar. Enquanto esperava, mantive-me encostado na parede, sem olhar para dentro do quarto. Ouvi a TV ser desligada, e logo depois um murmúrio assustado:

– Santo Deus!

Era a voz de Nádia, e trazia um pedido, implícito, de ajuda. Entrei.

Era um quarto abafado, com três beliches e um sofá-cama bem grande, de casal. Sentadas no chão, diante da tela cinzenta e estática do televisor, com as costas apoiadas no sofá, havia sete garotas.

– Estão mortas – Nádia disse.

Aproximei-me de um dos corpos. Havia um grande corte num dos pulsos, que não sangrava.

– Todas têm cortes assim, num dos pulsos? – perguntei.

– Têm.

– Sangraram até a morte – comentei.

– E onde está o sangue?

Como em resposta, ouvimos um som vindo da porta atrás do sofá – provavelmente, a porta do banheiro. Era um som fluido, como alguém brincando numa piscina. Devagar, caminhamos naquela direção.

É difícil ser totalmente objetivo diante da cena que presenciamos em seguida. Primeiro, a arrumadeira que estivera em meu quarto, ainda nua e dentro da banheira, a me encarar com olhos de um azul límpido como o céu sem nuvens e um sorriso meigo, quase infantil em sua sinceridade.

– Eu não falei que ia resolver o problema? Agora já tenho todo o sangue de volta... Sou uma *mulher de verdade!* – ela disse, entre risinhos de prazer.

Depois, a banheira: imunda, cheia de substância vermelha que já começava se solidificar, na superfície, em placas disformes, quebradiças, negras e cor de vinho.

Em terceiro lugar, a faca, um pesado instrumento de trinchar carne, quase uma faca de caça, caída no chão, sangue no fio. Ao lado da arma, sete baldes sujos.

– Quando ela fez isso? – perguntei, atônito, meio que para mim mesmo. – Não faz nem uma hora que começamos a procurar...

– Ontem à noite. – Nádia respondeu, com uma firmeza inesperada na voz. Ela parecia lutar contra as lembranças do que acontecera ao marido, e usava a frieza do raciocínio como escudo. – Esta manhã ela deve ter feito todo o almoço sozinha, e depois ido ao seu quarto, e...

– Você não vem me foder? – a arrumadeira ignorava a presença de Nádia e dirigia para mim seu olhar de criança mimada, sua súplica.

– O que fazemos? – falei.

– Tire-a da banheira. Vou buscar uns lençóis.

– Tirá-la...?

Antes que minha objeção fosse completamente formulada, vi Nádia sair pela porta que conduzia ao quarto.

– Venha, meu bem – falei para a garota. – Venha cá.

– Você vai...?

– Pode ser – respondi.

A jovem se ergueu na banheira. O sangue coagulara em seus ombros, seios e já começava a se prender, pastoso, aos pêlos pubianos. Todo o corpo, do pescoço para baixo, estava tingido de vermelho e negro. Agradeci a Deus quando ela passou pela faca sem notar o instrumento.

Ouvi o som de tecido sendo rasgado no quarto, e compreendi o plano de Nádia. Respirei fundo.

– Venha, meu bem – repeti. A garota estava bem perto, agora. Abracei-a.

– Que gostoso! – ela exclamou.

– Obrigado – falei, estreitando-a em meus braços.

Algum tempo depois, Nádia voltou.

– Pode soltá-la – ela disse.

Deixei o abraço da jovem, que agora me encarava com os olhos rasos d'água. Ela não ofereceu qualquer resistência quando Nádia se pôs a amarrá-la coim as tiras de tecido.

– Eu tenho sangue! – ela protestava. – Muito mais do que eles tiraram de mim! Usei a banheira duas vezes! – As palavras continuaram num tom pungente, choroso: – Por que você não quer me foder? – depois desta frase, seu rosto banhou-se em lágrimas.

* * *

Amarramos a assassina e a deixamos, da forma mais confortável possível – dentro, claro, dos limites que a situação impunha – sobre uma das camas dos beliches. A providência seguinte seria encontrar um telefone e avisar a polícia. Lembrei-me do aparelho que existia no escritório do comendador, e fomos atá lá. Porta trancada.

– É impossível que só exista um telefone neste hotel inteiro! – esbravejou Nádia. – Impossível!

– Os telefones dos quartos só servem para falar com a recepção e com a copa – expliquei, repetindo o que ouvira de Assunção. – A única linha com o continente está no escritório.

– Então fazemos o que, santo Deus? Derrubamos essa porra de porta?

– Não deixa de ser uma ideia.

Fui de novo à ala dos funcionários, disposto a procurar por ferramentas de qualquer tipo. Logo descobri que a última porta, localizada no extremo do corredor, dava para um armário onde se guardavam baldes, vassouras, esfregões, produtos de limpeza, alguns rolos de fio de cobre, lâmpadas, martelos, lixas, pincéis e furadeiras. Peguei dois martelos, a furadeira elétrica e uma extensão de fio. No caminho de volta passei para ver como estava a jovem homicida, e encontrei-a dormindo, ainda bem amarrada.

Depois de discutirmos um pouco, Nádia e eu decidimos usar a furadeira na fechadura da porta. Com a extensão de fio, ligamos a ferramenta a uma tomada na base do balcão da recepção, e começamos. A princípio assustamo-nos com o barulho, mas não tivemos que manter a ferramenta ligada por muito tempo – o aparelho foi bem rápido em destruir o mecanismo interno da fechadura.

E entramos.

Precipitei-me na direção do telefone, e foi com avidez que retirei o aparelho do gancho. Decepção.

– Não funciona – falei, e pela primeira vez minha voz soou, em meus próprios ouvidos, como a voz de um velho. – Não tem linha.

– O quê?!

– Não tem linha – repeti, dando pancadinhas no fone. – Está mudo.

Nádia pegou o fio do telefone e se pôs a segui-lo.

– Talvez esteja apenas desligado – disse. – Fora da tomada...

Mas não era isso. A instalação telefônica, antiga, não usava o sistema de tomada. O fio desaparecia dentro da parede e, até aquele ponto, parecia íntegro.

– E agora?

– Esperamos eles voltarem – respondi.

– Sabe, isso tudo é um absurdo. Deixarem a gente aqui desse jeito, quero dizer. E se alguém passasse mal, ou acontecesse uma emergência...

– Nádia, está acontecendo uma emergência.

Ela piscou os olhos com força e deixou-se cair na cadeira que havia atrás da escrivaninha.

– É verdade – a viúva disse, com um suspiro. – É verdade.

– Sabe – falei, sentando-me sobre o tampo da escrivaninha, tentando desesperadamente espairecer –, na última vez em que estive aqui não tive tempo de dar uma boa olhada no lugar. Esta estatueta, por exemplo.

Sobre a mesa havia a miniatura de uma estriga, elaborada em chumbo fundido.

– Odeio esses bichos – disse Nádia, com rispidez. – De verdade.

– Você tem motivos – afirmei, tentando soar solidário. – No entanto, veja: a escultura tem alguns toques barrocos, como os olhos muito grandes e assimétricos, mas há um realismo incomum na plumagem. É quase uma escultura moderna.

– E quem garante que não é? – Nádia respondia mecanicamente e sem interesse, como se sua mente estivesse a anos-luz dali.

– Bom, é que o metal aparenta... – enquanto falava, tentei erguer a escultura. Não consegui. – Isto está preso à escrivaninha!

– Que coisa, não?

– Há algo aqui...

Meus dedos pressionaram os grandes olhos esbugalhados do ícone, e senti o metal ceder sob a pressão de molas. A mesa começou a girar, levando-me consigo.

– Ei! O quê...

Nádia saltara da cadeira e encostara-se numa das paredes, de onde observava o estranho balé da mesa que girava em torno de uma das pernas. Subitamente o movimento parou e ouvimos um som abafado, como um suspiro. O piso que estivera sob a escrivaninha deslizara, dando lugar a uma escadaria que penetrava solo adentro.

* * *

– Agora, que porcaria é esta?

– Uma passagem secreta.

Certo. Aquilo *era* uma passagem secreta.

– E o que vamos fazer?

– Pegue – Nádia me entregou um dos dois martelos que ela ficara segurando enquanto eu destruía a fechadura da porta. – Podemos precisar.

Alguma coisa dentro de mim tentou dizer que não poderia haver nada de perigoso lá embaixo, que aquilo seria, no máximo, uma adega secreta ou coisa do gênero. Se era a voz da razão, pela primeira vez em minha vida recusei-me a acreditar nela. Peguei o martelo, empunhando-o com firmeza.

– Vamos.

Descemos pelas escadas. O porão era coerente, do ponto de vista arquitetônico, com as ruínas da fortaleza. Era mais do que provável que fosse parte da estrutura original. Ao constatar isso lembrei-me, com muita clareza, de que Domingo me havia garantido que as "fundações da pousada estão limpas".

– Ei – Nádia me chamou –, olhe aqui! Lampiões!

Embora a luz que entrava pelo escritório fosse suficiente para iluminar o pé da escadaria e um pouco da área adiante, imaginei que iríamos precisar deles para seguir adiante. Nádia acendeu um deles e me entregou.

– Estão limpos e abastecidos. Aliás, notou a "camisinha"? São lampiões modernos!

– Vamos ver o que tem lá – falei, gesticulando na direção de um ponto indefinido à nossa frente.

Prosseguimos até sermos bloqueados por uma parede. Giramos à direita e caminhamos de novo. Chegamos, como seria inevitável, a uma nova parede. Junto a ela, no entanto, havia dois esquifes, abertos e colocados em posição vertical. O da direita abrigava o comendador Damião Duarte Penteado; o da esquerda, Domingo Assunção. Ambos pareciam mortos.

– A garota deve ter assassinado os dois – sussurrou Nádia, mal contendo um grito de espanto. – Que horror...

Eu, de minha parte, tremia; tremia tanto que coloquei o lampião no solo, com cuidado, por pura precaução. "Porque dei sangue para eles" – as palavras da assassina não me saíam da cabeça, misturadas, agora, com os poucos trechos do *in folio* que eu tivera tempo de ler. Com violência, ergui o martelo que tinha em mãos, demonstrando claramente, em cada gesto, que pretendia mutilar o cadáver do comendador.

– O que você está fazendo? – Nádia sobressaltou-se.

– Uma experiência – respondi, enquanto vibrava o golpe. No entanto, a pancada jamais chegou a atingir o alvo.

Meu punho foi detido a poucos centímetros da testa do comendador, interceptado por uma mão que agarrava com força, dedos rijos e secos como as garras de uma ave de rapina. De dentro de seu caixão, Duarte olhava para mim com pupilas dilatadas, vermelhas, e um esgar de ódio nos lábios. Todo seu corpo parecia emitir um chiado baixo, como chocalho da cascavel.

– Nádia! – gritei, sobrepujando a dor, enquanto o comendador apertava meu braço. – Agora!

Rapidamente, minha companheira golpeou a cabeça do morto-vivo com o outro martelo. O crânio espatifou-se como um vaso de barro e o cadáver, praticamente decapitado, afrouxou seu aperto. Mais três golpes se seguiram, e finalmente a aberração dissolveu-se em pó.

No outro esquife, Domingo parecia desfrutar de uma morte plácida e imperturbável. Eu, no entanto, não pretendia correr riscos, e lhe dei um severo tratamento à base de marteladas. Meu ex-aluno não reagiu; apenas gritou e gemeu. Quando a verdadeira morte finalmente veio, seu corpo caiu, desconjuntado, quase só ossos, emitindo um nefasto odor de putrefação.

Por um instante, tudo pareceu calmo. Quase normal. Então, sem nenhum aviso, sentimos a lufada de ar: um redemoinho de vento quente que me queimou uma das mãos, fazendo-me soltar o martelo, e que então se projetou na direção do hotel, sobre nossas cabeças. Em seguida ouvimos um longo lamento, como fantasmas uivando em réquiem. Tentamos bloquear o som tapando os ouvidos, mas foi inútil.

A isso seguiram-se poucos instantes de silêncio total, como se o ar ao nosso redor se coagulasse; e então vieram as batidas. Dezenas delas. A princípio pensei que fossem marteladas, ou os passos de um gigante.

Mas não. Eram portas.

* * *

– O que está acontecendo?

Nádia e eu estávamos em meu quarto, sentados na cama. Ela, depois de demonstrar uma coragem quase sobrenatural durante todo o dia, parecia prestes a entrar, novamente, em estado de choque. E seria impossível culpá-la.

Depois de deixarmos aquele porão amaldiçoado, tentamos sair do hotel. No entanto, todas as portas e janelas que davam para a ilha lá fora encontravam-se lacradas por alguma força que éramos incapazes de explicar ou vencer. A porta de vidro que isolava a sacada do restaurante resistia a todos os golpes; outras portas, mesmo com as fechaduras destroçadas e dobradiças removidas, insistiam em se manter em pé, hirtas e indestrutíveis. Agora começava a anoitecer. Sentindo a perspectiva da morte e, o que é pior, da morte violenta causada por agentes desconhecidos, debrucei-me sobre o livro encontrado, naquela manhã, num cofre incrustado nas rochas da praia.

Já descrevi o aspecto físico do volume; agora, trato de fazer um resumo, o mais breve possível, das coisas que concluí a partir dos trechos que li.

A obra trata de criaturas míticas chamadas *strix*, palavra grega que se traduz, a um só tempo, como *coruja*, *vampiro* e *feiticeira*. Esses monstros, que possuíam a aparência de grandes corujas cinzentas e eram dotados de uma série de poderes preternaturais – entre eles, o de assumir forma humana – gozavam de imunidade aos efeitos do tempo e da doença, vantagens que perdurariam enquanto as criaturas se alimentassem de sangue humano e evitassem a luz do sol. O grupo dominante nessa espécie era composto por indivíduos de sexo feminino;

uma mulher-coruja poderia ser engravidada por um ser humano, e sua cria seria sempre outra mulher-coruja. Os machos da espécie são sexualmente impotentes, e reproduzem-se infectando o sangue de homens normais.

O livro contém um longo poema, que chora os 4.000 anos de perseguições sofridas pelas *strix*, culminando com a viagem de um grupo, talvez o último, para o Novo Mundo, então recém-descoberto. Aqui, esperavam encontrar uma humanidade mais inocente, pessoas que andavam nuas pelas florestas e que não conheciam o mal das mulheres-coruja e de seus servos machos, nem as formas de combatê-lo. No entanto, o homem europeu encontrou este último refúgio, e marchou para destruí-lo. Escrita em estilo épico – impressão reforçada pelo verso alexandrino, em grego – a poesia ocupa toda a parte central do livro. Não sou crítico literário, mas aquele texto ombreava com os melhores momentos de John Milton e, até mesmo, do próprio Homero. Era, inegavelmente, superior a Virgílio. Involuntariamente, senti um profundo respeito pelo povo que engendrara tal obra; isso, no entanto, não me livrava da necessidade de continuar a pensar naqueles seres como *monstros*.

O poema termina afirmando que os séculos haviam confundido as lembranças da humanidade a respeito de seu predador; na verdade, o parentesco entre vampiro e coruja desaparecera das mentes dos homens.

A partir desse ponto, o texto volta a ser em prosa, e o autor descreve uma série de rituais mágicos praticados pelas *strix* e, a partir disso, elaborei uma hipótese sobre o que havia acontecido nos últimos dias do cerco à ilha por Marcos Teixeira.

As *strix* estavam em pânico; os humanos atacavam em grande número, e o forte não resistiria por muito mais tempo. Isso, somado à incapacidade dos monstros em combater à luz do dia – eles possuíam um rebanho de nativos que defendia as muralhas entre o nascer do sol e o ocaso, mas esses escravos eram figuras de vontade fraca, destinadas à alimentação da colônia, não ao combate –, levou as mulheres que lideravam a comunidade a uma medida desesperada: um encantamento que iria convertê-las todas, de forma quase definitiva, em corujas aparentemente normais. Disfarçadas assim, elas esperavam escapar dos inquisidores.

Esses pássaros seriam imortais e não sentiriam uma sede tão forte por sangue humano, muito embora o desejo pudesse se manifestar de tempos em tempos. As aves também sofreriam um severo embotamento mental, perdendo muito em relação a seus egos humanoides. O livro contendo a história do povo, e as magias – incluindo o encantamento capaz de libertar as mulheres – deveria ser escondido dos inquisidores. Os machos, por sua vez, seriam deixados à própria sorte; se algum deles sobrevivesse à batalha, teria a missão de reencontrar o livro e trazer suas senhoras de volta, quando fosse seguro. Nenhum deles saberia do esconderijo do volume; temia-se que a Inquisição os capturasse e extraísse o segredo, sob tortura.

Agora, parecia claro que o comendador era o último sobrevivente; que Domingo era um macho "infectado"; que as oito mulheres eram o rebanho que alimentava os dois, e que essa condição inumana enlouquecera ao menos uma delas, levando-a a assassinar as demais.

Ao completar essas conclusões, senti a mão de Nádia a apertar, com firmeza, meu braço. Olhei para o relógio: onze horas da noite.

– Que foi? – perguntei, fechando o livro.

– Você não ouviu?

– Ouvir o quê?

– Asas – ela respirou fundo. – Asas batendo lá fora.

Eu ouvia: circundando a pousada, como uma revoada de aves do inferno.

– Estamos cercados – falei.

* * *

Muito devagar – com um medo, bem consciente, de despertar a fúria dos pássaros lá fora – saímos do quarto e caminhamos na direção do armário de ferramentas. No caminho, contei, mantendo a voz no volume mais baixo possível, minhas descobertas e teorias a Nádia. Ela me pareceu bem propensa a creditar, mas perguntou:

– Então, por que essas... *elas*... estão revoando lá fora? Se o que você leu é verdade, não poderiam estar todas com tanta sede assim ao mesmo tempo. Não é?

– Imagino que tenham sentido a morte do comendador – respondi. – De alguma forma, sabem que sua última chance se foi. Agora querem vingança, imagino.

Chegamos ao armário. Armados com ferramentas, além de facas da cozinha, ficamos a postos.

– O que fazemos agora? – ela perguntou.

– Esperamos – respondi. – Quando o dia nascer, estaremos livres. Até lá, vai ser uma guerra de nervos.

* * *

Fomos ate o quarto onde havíamos deixado a garota nua. Ela conseguira se sentar, embora ainda mantivesse mãos e pés amarrados. Sorria.

– Qual seu nome? – perguntei.

– Liliana.

– Quantos anos você tem?

– Dez... – ela hesitou por um momento. – Dez-e-sete!

Ouvi Nádia emitir um som baixo, pouco mais que um suspiro, e percebi que se tratava de um lamento. "Que desperdício!", dizia aquela quase-interjeição. Balancei a cabeça, concordando.

– Vou soltar você – falei, enquanto desatava os lençóis. – E depois Nádia e eu vamos sair deste quarto. Se algum pássaro entrar aqui, quero que você grite e corra, está bem?

– Tudo bem – ela respondeu, despreocupada.

– Vamos – disse para Nádia. – Vamos vigiar o corredor.

* * *

A revoada lá fora não parava; o som, constante e violento, a princípio impedia que dormíssemos, mas com o passar do tempo foi adquirindo uma característica monótona, quase hipnótica – como se a tensão, levada ao paroxismo, desaguasse num relaxamento inevitável. O tremor começava a dar lugar a uma certa lassidão dos sentidos, e o sono se avizinhava.

– Professor?

Abri os olhos. Eu havia adormecido sem perceber.

– Que foi?

– Escute.

Apurei os ouvidos.

– Parou! – a madrugada estava silenciosa. – As *strix* foram embora!

Ficamos ali, imóveis, fruindo o silêncio, por longos minutos. Então, ouvimos uma forte batida, como uma porta que se escancara.

– Onde...?

– O saguão. A porta de entrada se abriu!

– Estamos livres?

– Não sei – aquilo tudo era muito confuso: parecia certo que os monstros estavam mudando de tática; o que iriam tentar? – Realmente, não sei.

Outro som, no entanto, logo trouxe a resposta: o som de asas, agora batendo *dentro* da pousada.

– Oh, meu Deus! – Nádia estava começando a chorar. – Elas estão aqui! *Aqui*!

– É apenas uma – falei, prestando atenção no som de asas. – Mas uma das grandes. Vamos... – ofereci-lhe apoio em meu braço e começamos a andar.

– Para onde?

– Para o saguão. Para a porta aberta – expliquei.

Atravessamos o corredor, e ao entrarmos na cozinha ouvimos o piado. Era alto e grave, quase um uivo. A criatura estava perto.

Eu trazia uma grande faca nas mãos, mais um martelo e uma serra enfiados no cinto. Nádia levava uma faca nos bolsos, e carregava um grande pedaço de madeira. De repente fomos envolvidos por uma insuportável cacofonia metálica, enquanto panelas e talheres caíam de seus suportes, atingindo o piso, os fogões, as pias e nós mesmos. Corremos para fora daquele lugar, para longe da chuva de aço e alumínio, do estrépito. Foi uma reação puramente instintiva e, antes que tivéssemos tempo de perceber, havíamos chegado ao restaurante.

A criatura estava diante de nós.

Reconheci o vulto da *strix* que matara o marido de Nádia – agora, no entanto, parecia-me que o monstro havia crescido. Aquela coruja tinha o tamanho de um homem, e gestos e maneirismos definitivamente humanos; o mesmo tipo de humanidade bestializada que às vezes encontramos em gorilas e chimpanzés, só que muito mais assustadora.

Por que fizestes isto?, uma voz feminina sussurrou em minha mente. *Nós temos tanto direito de existir quanto a vossa raça! Se o povo deste país se preocupa em proteger corujas, que dizer de um outro povo, tão sábio quanto vós, talvez mais? Não lestes nossa poesia?*

Notei que a ira nos olhos da criatura cedia lugar a uma espécie quase palpável de tristeza, um brilho menos intenso, mas mais profundo.

Tendes o livro, continuou a voz. *Podeis realizar o ritual que nos devolverá a forma feminina. Fazei-o, se não pelos prazeres que serão vossa recompensa, ao menos por caridade!*

Olhei para Nádia e, de alguma forma, eu soube que a comunicação estava sendo dirigida apenas a mim.

Esquecei a fêmea, disse a voz, notando meu interesse em Nádia. *Tereis muito mais depois de libertar-nos. Sereis nosso consorte, o pai de uma nova geração.*

Havia algo de errado naquilo. A mistura de apelo humanitário e oferta de suborno, a voz suave, as imagens que invadiam minha mente – era tudo bem construído demais, tentador demais. Eu sabia que aquele era um contrato que envolvia minha alma, como havia sido, semanas atrás, o convite para ficar na ilha e pesquisar. Bom demais para ser verdade.

Então, esta é vossa resposta? Condenai-vos! Onde já se ouviu falar do antílope destruindo o leão?

O contato telepático (imagino que tenha sido isso) havia me paralisado. Quando as grandes asas se abriram e a fera, imensa, se lançou sobre mim, não pude esboçar qualquer movimento. Felizmente, isso não foi necessário – pois no instante seguinte ouvi o grito de Nádia.

Não vou tentar transcrevê-lo aqui; é algo que, definitivamente, está além do alfabeto. Foi, em síntese, o grito de alguém que revive, confronta e derrota o pior pesadelo.

A pancada, por sua vez, produziu som não menos notável. O porrete que Nádia segurava se partiu com o impacto, e a *strix* foi arrojada de encontro ao solo. Meu transe desapareceu e, faca em punho, ataquei o animal.

Havia espanto e resignação nos olhos da coruja. Ela não tentou me deter, exceto por um pedido telepático de piedade, que me recusei a considerar. Golpeei a criatura no peito inúmeras vezes, até sentir que a vida abandonava aquele corpo em defintivo, deixando para trás apenas um punhado de pó e plumas.

Do lado de fora do hotel, a destruição do monstro foi saudada por um novo coro de asas batendo. Este, no entanto, durou poucos segundos.

Meia-hora depois, o sol nascia. Olhando pelas janelas, vimos centenas de *strix*, fulminadas pela luz matutina, caírem em chamas das árvores, consumindo-se, desfazendo-se em pó.

– Vamos – falei. – Vamos buscar Liliana e dar um jeito de sair desta ilha.

* * *

A balsa só chegou dali a três dias, trazendo um grupo de familiares de Nádia, todos preocupados com sua ausência no funeral do marido e com a brusca interrupção do contato telefônico com a ilha.

Inventamos uma história sobre o comendador ter enlouquecido e tentado nos matar a todos, suicidando-se ao saltar das pedras do litoral norte. Seu corpo, destroçado contra as rochas e carregado pela maré, jamais seria encontrado. Liliana ficou muito feliz em confirmar tudo, e os corpos das sete garotas, mais o de Domingo, fizeram as vezes de provas materiais. Quanto às pilhas de plumas e pó espalhadas pela ilha, o vento encarregou-se delas.

Nádia e eu nos casamos. Nenhuma objeção – por exemplo, nossa diferença de idade, da ordem de 40 anos – foi levantada, em respeito a "tudo que havíamos passado", nas palavras de meu filho mais velho.

Liliana, mentalmente instável, foi encaminhada a uma instituição pública. Apesar da pouca esperança que esse tipo de situação suscita – as chances eram de 10 contra 1 de que ela acabasse envolvida com lenocínio e turismo sexual em Salvador –, fiquei sabendo, algum tempo depois, que a pobre garota havia iniciado uma promissora carreira como modelo fotográfico.

Tanto o livro das *strix* quanto o manuscrito da Inquisição estão bem guardados, e eu chamaria de tolo qualquer um que queira saber onde. A ONU declarou a espécie de corujas *strige sinistra brasiliensis,* ou simplesmente estriga, extinta.

Projeto Cassandra

"Como começa um pesadelo?"

da abertura da série de TV "Os Invasores")

O PESADELO TEVE INÍCIO, PARADOXALMENTE, numa festa.

O pessoal do Núcleo de Estudos da Violência da Universidade Particular de Açaraí comemorava duas coisas: primeiro, um convênio firmado com o NEV da USP, o que traria pra Universidade Particular uma credibilidade ainda inédita. Em segundo lugar, era o dia em que o presidente Fernando Henrique iria sancionar a lei das indenizações para os desaparecidos durante a ditadura. Muita gente lá – e, imagino, em muitas outras universidades do país – tinha amigos entre as vítimas do regime militar. Aquela festa era mais ou menos como um velório tardio.

Entenda bem: havia uma *atmosfera* de velório pairando pela sala, uma tristeza intangível em meio aos copos plásticos cheios de Fanta morna e às fatias de bolo. Mas era um sentimento pelo qual todos esperavam há muito tempo, e foi recebido, na verdade, com alívio. Apenas um homem mantinha-se à parte, nem triste nem aliviado, mas imerso numa indiferença que parecia preencher a área ao redor, isolando-o num canto. Eu o conhecia superficialmente: seu nome era Alexandre Punskow, um dos "tecnossociólogos" do núcleo. Para quem não conhece a gíria interna do NEV, um "tecnossociólogo" é um sociólogo que se dedica às análises estatísticas, um homem de números e computadores. Em oposição complementar a ele existe o "sociólogo de verdade", alguém que trabalha elaborando teorias sobre o funcionamento da sociedade, a evolução histórica das civilizações, esse tipo de coisa.

– E então, Alexandre? – Sentei-me ao lado dele, deixando que minha curiosidade quebrasse o gelo. – O que foi? Não vai comemorar o reconhecimento do Núcleo? Ou dos desaparecidos políticos?

– Desaparecidos políticos! Ah! – Ele fez um ruído com a boca, como um pneu esvaziando bem lentamente, creio que para denotar desprezo. – Aquelas pessoas não "desapareceram". Os milicos acabaram com elas e os ossos estão por aí, em alguma vala. É triste, mas simples – fez uma pausa. – Agora, diga-me: você sabe alguma coisa sobre desaparecimentos *de verdade*?

Os olhos do homem brilhavam, como os de um entomologista discutindo escaravelhos listrados. Um apaixonado, concluí. E ele, sem esperar por uma resposta, continuou:

– Bom, eu trabalho com estatísticas: numa cidade do tamanho de Açaraí, por exemplo, desaparecem cerca de trezentas pessoas todos os anos. Desaparecem, assim, sem mais nem menos. Desde crianças que nunca voltam da escola até maridos que saem para comprar cigarros! Quanto um ser humano pesa? em média, setenta quilos? Vinte e uma toneladas de carne, sangue e ossos que nunca mais são vistas!

"Veja bem, esses trezentos são apenas os desaparecimentos comunicados à polícia. Agora, pense nos indigentes. Na população flutuante. Nas pessoas sem família, e que só acabam entrando para os números oficiais quando são demitidas por abandono de emprego. Se você projetar..."

De repente Punskow calou-se.

– Resumindo – disse, decidido a concluir seu raciocínio –, esses "desaparecidos políticos" nunca desapareceram de verdade. Nunca houve um mistério para o verdadeiro cientista.

– Mas você deve concordar que para as famílias...

– Claro, claro – Pela primeira vez naquele dia, vi Alexandre sorrir. – Politicamente, a lei é correta. Mas do ponto de vista da "desaparecidologia", uma ciência que pretendo fundar aqui no Núcleo – ele riu um pouco –, isso é menos que nada. Menos que nada!

* * *

"Menos que nada". A frase deixou uma sensação incômoda em meus ouvidos, mas nos dias seguintes logo retomei minhas atividades profissionais – as de um médico especializado, assim como Alexandre, em estatística. Minha função no NEV era tabular todos os dados que nos chegavam sobre violência contra seres humanos – mortes, espancamentos, mutilações –, analisar laudos de autópsias, exames de corpo de delito e, com base nisso, organizar gráficos coerentes, redigir relatórios explicativos e designar tarefas de campo para os estagiários. Supunha-se que talvez um padrão emergisse daquilo, mas eu realmente não via como ou onde. Era, apenas, o caos e, correndo o risco de soar melodramático, a ausência de sentido da miséria humana. Para mim, no entanto, tudo bem. Eu sempre detestara clinicar.

Mas, quando se é um "doutor", às vezes é impossível evitar o compromisso hipocrático. E é isso que nos leva a meu segundo encontro incomum com Alexandre Punskow.

Era tarde, quase onze da noite. Eu estava em casa, assistindo tevê e tentando pensar num bom motivo para não assaltar o armário de bebidas importadas ("Guarde para uma ocasião especial", dizia uma voz indistinta em meu crânio, sem obter muito sucesso) quando o telefone tocou. Alguém que se identificou como Amanda Punskow começou a gritar, aflita, dizendo que o marido estava passando muito mal e pedira para me chamar. Rapidamente anotei o endereço e corri para a rua.

Não foi difícil encontrar o prédio onde os Punskow viviam – para minha surpresa, descobri que morávamos praticamente no mesmo bairro. O porteiro já estava informado a respeito da emergência, e consegui entrar sem dificuldades. Subi até o quinto andar e encontrei Alexandre deitado no sofá, com um pano úmido sobre os olhos. Ele murmurava sílabas desconexas, movendo as mãos e revirando os olhos cada vez mais devagar, até que ficou completamente silencioso e imóvel. Sua esposa, Amanda, tremia muito e mantinha uma distância razoável do marido, obviamente com medo de cometer algum erro e agravar a situação. Ela mal deu sinais de perceber minha presença – a porta do elevador social estava destrancada, portanto entrei direto, sem incomodá-la – e só reagiu quando lhe pedi que chamasse uma ambulância.

O resultado dos exames no hospital confirmou minhas suspeitas: o homem havia sofrido algum tipo de derrame que afetara o nervo óptico, a princípio, e depois todo o sistema nervoso. Ainda hoje, enquanto redijo estas linhas, Alexandre Punskow jaz num leito hospitalar, alimentado e respirando por meio de máquinas.

Depois de algum tempo no hospital fomos, a sra. Punskow e eu, tomar café numa lanchonete 24 horas.

Ela mal conseguia erguer sua xícara de capuccino sem derramar todo o creme. Depois de finalmente desistir de beber, Amanda começou a falar:

– Foi a tevê. – Essas três palavras foram as primeiras que ouvi dela, desde que chamara a ambulância. Até então, a mulher se comunicara apenas através de soluços e acenos da cabeça. – Foi a televisão...

– Como assim? – Não que eu estivesse realmente interessado, mas era preciso mantê-la falando, em contato com o mundo.

– Estávamos assistindo. – Ela engoliu em seco, e arregalou os olhos. Não olhava para mim, no entanto; parecia mais preocupada em organizar as ideias na cabeça. – Estávamos lá, assistindo, quando – Amanda soluçou – um brilho, uma luz branca, veio pela tela. Durou menos que um segundo, imagino, mas logo depois Alex começou a gritar "estou cego, estou cego"...

Afastei a xícara para que ela pudesse apoiar os braços no tampo da mesa, depois a cabeça sobre os braços, e chorar.

Refleti um pouco sobre o assunto. Fiz minha especialização em Saúde Pública, não em Neurologia, mas conheço dois ou três casos na literatura médica de derrames induzidos por estímulos sensoriais específicos – cheiro de rosas, luzes fortes, os acordes iniciais de 5ª de Beethoven – e imaginei que um pulso de imagem na televisão talvez se encaixasse nessa etiologia.

– O que vocês estavam assistindo? – perguntei, numa tentativa de banalizar a conversa.

Ela fungou um pouco, tentando conter as lágrimas, ergueu o rosto e disse:

– Algum filme de monstros alugado no vídeo. Ele adora filmes assim.

Sorri discretamente. Talvez agora eu pudesse fazer algumas perguntas de certa forma menos importantes:

– Por que seu marido pediu que me chamasse? Quero dizer, não foi incômodo algum, mas não clinico há muito tempo, e nós, realmente, embora trabalhemos no Núcleo, mal nos conhecíamos. Ele deve ter amigos médicos muito mais íntimos e confiáveis.

– Na verdade Alex nunca confiou muito em médicos – ela disse. – Apenas pediu pelo senhor e, por incrível que pareça, sabia seu telefone de cabeça. Aliás, aqui... – A sra. Punskow retirou um pedaço de cartão e uma lapiseira da bolsa, e se pôs a rabiscar. – Tome. – Entregou-me o papel. Era um número de telefone. Um celular, pude deduzir pelo prefixo. – Meu marido me deu o telefone de presente há alguns meses, e sempre exigiu que eu o levasse comigo a todo lugar. – Agora foi a vez dela sorrir um sorriso tímido, que contrastou de forma pungente com os olhos castanhos, grandes e úmidos, e me peguei pensando na sra. Punskow como apenas Amanda, algo não muito recomendável àquela altura. – Se o senhor souber de alguma coisa, entre em contato. Farei o mesmo.

* * *

O dia seguinte no NEV foi, como seria de se esperar, uma merda. O Núcleo ocupa duas salas pequenas cheias de computadores – com a parede do meio derrubada para fazer uma sala média – e mesmo que nem todo mundo seja amigo íntimo de todo mundo, é claro que todos se conhecem. Assim, a notícia do derrame de Punskow transformou o trabalho numa espécie de tortura por constrangimento. O computador dele estava lá, desligado, e ninguém parecia disposto a se sentar na cadeira e dar uma olhada na pesquisa do sociólogo, ver em que pé as coisas estavam, como levá-las adiante até Alexandre voltar, etc. Finalmente, assumi a responsabilidade.

Entrar no arquivo principal foi fácil. Ali estavam armazenados uma série de dados sobre desaparecimentos inexplicados, combinados, cruzados e correlacionados com todo tipo de referência que se possa imaginar – desde sexo e faixa etária da vítima até fase da lua. E, por incrível que pareça, as pessoas somem com maior frequência na lua nova. Havia também gráficos específicos sobre desaparecimentos com solução "positiva" (vítima encontrada viva), "mórbida" (vítima encontrada morta) e "não-esclarecidos". Se o sumiço durasse mais de dois meses, era incluído automaticamente na terceira categoria (a maior de todas). Das vítimas encontradas mortas, cerca de 5% apresentavam objetos metálicos dentro do corpo. Esse dado me intrigou; afinal, eu não havia visto nenhuma daquelas autópsias. Então, aproveitei para xeretá-las ali mesmo.

A maior parte desses objetos foi descrita como "lâmina", mas isso só acontecia por falta de palavra melhor. Eram itens pequenos, geralmente presos ao crânio ou no estômago.

Quando tentei acessar um gráfico com o intrigante título de "Desaparecimentos Primários X Efeitos Secundários", a tela se abriu numa nova caixa de diálogo e pediu uma senha de quatro caracteres.

– Que bosta! – murmurei entredentes. De qualquer forma, que tipo de senha de quatro letras um sociólogo usaria?

Digitei MARX.

Nada feito. Eu teria que ser menos óbvio, coisa que detesto fazer. Reclinei-me na cadeira (era uma daquelas cadeiras de espuma feitas para pilotos de astronave) e pensei por um tempo. Ele gostava de filmes de monstros!

Tentei KONG.

De novo, resposta negativa. O mais irritante dessas caixas de diálogo é que elas não respondem – nada de "acesso negado" ou "errou, trouxa". Apenas o campo de quatro caracteres ali, em branco, com o cursor piscando. Pensei em ALIEN, mas essa tem cinco letras. GODZILLA é grande demais, e meu estoque de monstros já estava perto do fim. Decidi me concentrar em filmes clássicos dentro do gênero. Se você é um fã de filmes de monstros e quer usar uma senha secreta, você... De repente, lembrei-me de *O Dia em que a Terra Parou*. Não era exatamente um filme de monstros, mas havia aquele robô enorme, como se chamava?

GORT. E deu certo!

A tela logo mudou para um gráfico acompanhado de um texto explicativo, provavelmente um trecho de relatório. Desaparecimentos "primários" eram os desaparecimentos propriamente ditos; "efeitos secundários" eram eventos – acidentes, transferências, morte, até mesmo sumiço inexplicável – que impediam que o investigador de um dado desaparecimento, fosse um policial, membro da família, detetive particular ou o diabo, levasse seu trabalho adiante.

Num primeiro exame, a distribuição de efeitos secundários pela curva pareceu-me, como seria de se esperar, aleatória: apenas um monte de coincidências infelizes. No entanto, se os dados fossem cruzados com a referência "desaparecimento primário ocorrido em noite de lua nova", a taxa de secundários subia para atingir 35% dos investigadores. Se o outro condicionante pré-programado por Alexandre fosse utilizado – e esse condicionante era "OVNI avistado nas proximidades" – a taxa chegava a 97%!

Acho que passei quase 15 minutos completamente fora da realidade, hipnotizado pelo gráfico que brilhava na tela. O que havia de racional em mim tentava me dizer que "OVNI avistado" não era exatamente uma categoria científica, e que muito provavelmente eram os desaparecimentos que deixavam as pessoas nervosas, fazendo com que vissem discos-voadores por aí, *não o contrário*.

Abrindo uma caixa de hipertexto, tomei conhecimento dos tipos de efeito secundário mais comuns. "Derrame cerebral" estava no topo da lista.

Fechei os olhos com força, até ver manchas vermelhas e azuis por dentro das pálpebras, ergui a cabeça e olhei em volta. Devia ser hora de almoço, porque eu estava sozinho na sala. Não, sozinho, não: havia o som, perceptível em meio ao silêncio reinante, de dedos trabalhando sobre um teclado de computador. Fiquei em pé, para ver melhor, e encontrei a grande e despenteada cabeleira de Jaime Fonseca, líder da equipe de analistas de sistema, balançando diante da tela de um micro. Chamei-o:

– Jaime... Jaime!

Ele demorou um pouco para se desconcentrar do que quer que o estivesse mantendo ocupado, e um pouco mais para me localizar. Então sorriu, mostrando os dentes por baixo de seu bigode à la D'Artagnan:

– Ah, você estava aí, doutor. Não achei que houvesse...

– Mais ninguém aqui. Pois é, eu também não. Problemas com o sistema?

– É a rede, de novo. – Dizendo isso, ele me esqueceu por um momento, encarando, pensativo, a tela. Alguém já havia sugerido que a rede de computação do NEV oferecia mais problemas que soluções, e Fonseca parecia prestes a concordar. Subitamente, voltou-se para mim: – Precisa de ajuda?

– Bom, na verdade, sim. Preciso – parei para respirar e escolher cuidadosamente as palavras – de um pouco de bom-senso; acho que o meu está de férias.

– Talvez, então, fosse melhor esperar o pessoal voltar do almoço – ele disse, franzindo o cenho numa máscara de seriedade caricata.

Olhei para os cabelos totalmente desordenados, bigode de mosqueteiro e barbicha Van Dike, e me senti tentado a concordar. Mas não; Jaime era um homem sensato, apesar de seus esforços em aparentar o contrário. De resto, *qualquer* ser humano medianamente racional deveria ser capaz de desmistificar os números na tela do computador de Punskow. Minha incapacidade pessoal era devida ao estresse da noite anterior, claro; nada mais.

– Estou disposto a correr o risco. Venha até aqui e diga-me o que esses gráficos significam, por favor.

Enquanto eu falava, Jaime levantou-se de sua cadeira de astronauta e espreguiçou-se demoradamente – suas vértebras estalaram uma a uma, e seguindo a escala musical. Depois disso, começou a andar. Ele teria que contornar uma fileira de umas cinco mesas para chegar até mim, e ainda estava no meio do caminho quando veio o blecaute.

Durou apenas uns três segundos, e se todo mundo estivesse

almoçando teria passado totalmente despercebido. De qualquer forma, a tela à minha frente apagou-se; ouvi um estalo e, no instante seguinte, o monitor voltara ao padrão de letras brancas sobre fundo negro do DOS. O micro testava a memória, e já havia chegado aos 7936 K quando Jaime puxou uma cadeira e sentou-se ao meu lado.

Depois do teste de memória apareceu a mensagem:

"Disco sem sistema ou defeituoso. Favor inserir disco com sistema e inicializar".

– Oh-oh – falei.

– Deixe que eu cuido disso – Jaime disse, e logo depois reapareceu com uma caixa de disquetes na mão. – Vamos tentar... hmmm...

Falta-me a competência necessária para descrever exatamente o que aconteceu a seguir. Só posso dizer que Fonseca inseriu e retirou três ou quatro disquetes dos *drives* da máquina, praguejou um bocado e bufando, resignado, disse:

– Não adianta. O melhor que podemos fazer é arrancar a *winchester* desse bicho e jogar *frisbee* com ela.

– Quer dizer... Não há cópias dos arquivos? Na rede?

– Bom, isso depende. Você usou alguma senha de acesso fora de padrão?

As senhas padrão do Núcleo eram compostas por nove algarismos, sempre combinados com as letras N, E e V. Nada parecido com GORT.

– Sim.

– Então, sem chance. – Jaime ergueu a mão esquerda e usou os dedos indicador e polegar para fazer massagem nas têmporas. – Senhas personalizadas protegem arquivos particulares. E particular quer dizer: sem *back-up* na rede. Só se Alexandre tivesse disquetes com cópias em casa, ou...

– Certo. Obrigado. – Meus olhos ardiam um pouco, e a súbita queda de adrenalina provocada pela frustração me deixou cansado e deprimido. – Vamos almoçar?

– Oh, eu não posso. Mas divirta-se.

– Obrigado – falei, enquanto saía.

* * *

Durante o almoço – um X-Tudo com fritas e 600 ml de Coca-Cola – eu mastigava minhas ideias a respeito da situação junto com o bacon, tentando, nos dois casos, dividir a substância escorregadia em fragmentos compreensíveis e palatáveis. Não obtive muito sucesso, de qualquer forma, e decidi telefonar para Amanda. Talvez ela soubesse algo sobre disquetes de *back-up*.

Fui até um orelhão e, discando informações, consegui o número do apartamento. Liguei para lá e a empregada atendeu.

– Não, a dona Amanda não está – disse. – Acho que ela nem dormiu aqui esta noite.

Uma informação bem estranha. Pensei em perguntar como a jovem (a voz era a de uma jovem) chegara a essa conclusão, mas logo imaginei que a cama ainda estivesse arrumada, ou algo do gênero. Repassei a noite anterior: ao nos despedirmos, enquanto eu entrava no táxi, Amanda acenara dizendo que talvez ficasse no hospital, ao lado do marido.

Revistando meus bolsos, encontrei o cartão com o número do celular, e liguei. Tocou duas vezes. Alguém atendeu – não foi a secretária eletrônica e nem o serviço de mensagens, tenho certeza – mas desligou assim que eu disse o segundo "alô".

Liguei de novo. Dessa vez, ouvi uma gravação:

– Este número está desligado ou fora de alcance. Por favor, tente novamente mais tarde – seguida pelo som de linha ocupada.

* * *

O apartamento dos Punskow estava vazio, não obstante a entrada de serviço aberta. Não havia nenhum sinal de bagunça – nada daqueles cenários revirados que aparecem nos filmes depois que os bandidos revistam um lugar – mas a ordem absoluta era, de certa forma, ainda mais perturbadora. Quase inumana.

Desnecessário dizer que minha busca não revelou nenhum disquete de qualquer tipo.

Deixei meu corpo descansar numa das poltronas da sala e tentei me concentrar nos fatos. Certa vez eu havia lido, em algum lugar, um princípio de investigação que me pareceu excelente. Dizia: "Esqueça o mistério. Concentre-se nos fatos".

Mas, que fatos? O último – o diálogo com o porteiro – ainda me trazia arrepios.

Eu chegara ao prédio de táxi, decidido a não trabalhar no NEV naquela tarde e a entrevistar qualquer um que estivesse no apartamento dos Punskow, mesmo que fosse a arrumadeira. O porteiro, por incrível que pareça, era o mesmo da noite (qual a jornada de trabalho desses caras?) e me reconheceu.

– Epa, doutor – disse –, sinto muito, mas a dona Amanda não está.

– Tudo bem – respondi –, só quero bater um papo com a empregada.

O porteiro me olhou com um ar intrigado e franziu a testa, como se para espremer algum sentido do que eu lhe dissera – e pelo jeito estava bem difícil. Finalmente, afirmou:

– Sinto muito, mas o senhor deve estar enganado. Os Punskow nunca tiveram empregada.

Senti um calafrio. Sem dizer mais nada corri pelas escadas (o elevador, imaginei, iria demorar muito) e cheguei à entrada de serviço. Por longos e torturantes momentos, temi até mesmo tocar a maçaneta. Temi respirar. Finalmente, reunindo toda minha coragem, testei a porta. Estava destrancada. Entrei e mexi em gavetas e armários, com os resultados conhecidos.

Agora, ali, sentado, eu tentava coordenar tudo. Mas como encontrar sentido no que me acontecera nas últimas... o quê? Quinze horas? O derrame de Punskow, a "infeliz sequência" de panes – na tevê, no computador, no celular –, meu diálogo com uma empregada que não existia, a pesquisa de Alexandre, correlacionando tantas coincidências inverossímeis.

Repentinamente, lembrei-me de algo que já deveria ter feito há muito tempo, e senti-me a um só tempo tolo e esperançoso. Telefonei para o hospital e perguntei por Amanda.

Ninguém a havia visto naquele dia. Ela saíra à noite (ninguém se lembrava quando). Sim, sim, o marido ainda estava lá. Sim, ainda incapaz de se mover ou de se comunicar.

Obriguei-me a manter a calma. A falsa empregada era, para mim, a primeira prova concreta da existência de algum tipo de conspiração envolvendo os Punskow. Talvez eu tivesse telefonado no instante exato em que a esposa de Alexandre era raptada, e a mulher que atendera ao telefone fosse uma das captoras, ou captores. Eles não teriam dificuldade em levar Amanda, amarrada ou sabe-se lá como, escada abaixo até uma saída pela garagem, sem necessidade de passar pela portaria. E como ela e os sequestradores haviam entrado no prédio? Bom, aquele pobre porteiro estava de serviço pelo menos desde as onze horas da noite anterior. Não seria de se estranhar que ele tivesse dormido profundamente, mesmo que dentro da guarita, durante boa parte da madrugada.

Fiquei satisfeito comigo mesmo, e, ao me afastar da mesinha do telefone, notei algo sob o aparelho: os cantos, amassados, de um recorte de jornal. O papel estava colocado de forma oblíqua, e não paralela, em relação às laterais do telefone. Esse fato, por mais banal que possa parecer, me causou uma forte impressão, talvez por quebrar a assustadora simetria do lugar. Agora percebo claramente que se tratava de mais uma isca, algo que balançavam diante de meus olhos como uma capa vermelha. Naquele momento, no entanto...

Ergui o aparelho e retirei o recorte. Era da *Tribuna de Açaraí*, um jornal de propriedade de uma igreja pseudoevangélica, e que se estabelecera no mercado regional graças a uma bizarra combinação de escândalos a respeito de crianças de duas cabeças, "relatos verídicos" de aparições do tinhoso durante rituais de candomblé e muita pornografia barata (com legendas estilo "vejam esta mulher pervertida, condenada ao fogo do inferno, não deixem que suas filhas", etc., sob a proverbial foto da peituda loira em calcinhas vermelhas). A notícia que encontrei debaixo do telefone trazia o sugestivo título de "Celular no Motel: Sua Patroa Pode Te Pegar!" e, em resumo, falava de um grupo de *hackers* que se dizia capaz de, com um *modem*, localizar qualquer telefone celular ligado, através do acesso, ilegal, a satélites de telecomunicação. Colado no recorte encontrei um daqueles bilhetinhos adesivos amarelos, que se vendem em papelarias, com as seguintes palavras: "Amigos de Jaime".

Lembrei-me do telefone celular de Amanda, e de como ela dissera que o marido exigia que fosse usado a toda hora. Talvez aquela matéria da *Tribuna* tivesse tocado algum ponto sensível da paranoia de Alexandre; resolvi ligar pra o número que aparecia na reportagem, sem dar muita atenção à exigência, mencionada pelo repórter, de uma "senha secreta".

O telefone mal tocara pela primeira vez quando ouvi o "alô" vindo do outro lado.

– De onde está falando? – perguntei.

– Aqui é o Edu.

– Edu? Olhe, mas de onde...

– Se você não sabe, cara, foi engano. Até logo e...

– Espere! Não faça isso, por favor. É que eu li uma reportagem na *Tribuna*, e gostaria...

– Acha que a esposa fugiu pro Guarujá com o massagista, é? – o "Edu" falava com a autoridade de quem contava com uma grande experiência no assunto.

– Elas fazem muito disso? – perguntei.

– Disso o quê?

– Fugir pro Guarujá com o massagista?

– Não, a maioria das dondocas vai pra Ubatuba com o terapeuta, mas diz que foi pra Aparecida do Norte com a prima. Qualé, em?

– Eu gostaria de localizar um telefone celular. Isto é, se a reportagem é fiel às...

– Talvez. Jornalistas exageram um bocado. Posso saber quem é o amigo que nos recomendou?

Fiquei confuso.

– Amigo? Eu li...

– Então acho que nada feito. Até logo...

– Não! Espere! – Aquilo já estava virando um hábito. – O amigo é... Jaime.

– Certo. – A voz do outro lado abandonou de repente o tom jocoso, quase adolescente, e assumiu um timbre que eu poderia chamar de maduro e profissional. – Qual o número?

Ditei o número do celular de Amanda.

– Perfeito. Aguarde um momento.

Pensei ter ouvido alguém gritar "temos linha com o satélite?" ao longe antes da ligação ficar cheia de estalos, ruídos, ecos e estranhos fragmentos de linhas cruzadas, incluindo um onde Rosimeire e Kelly discutiam sobre as drogas que Jonathan, filho de Rosimeire, havia escondido embaixo do sofá do barraco. As duas estavam quase concordando em entregar o jovem à polícia, mas Kelly temia que o garoto fosse espancado. Nesse instante, os ruídos sumiram e meu interlocutor retornou:

– O número que o senhor procura foi desativado. No entanto, a última posição do aparelho fica – ouvi, a seguir, um par de coordenadas, latitude e longitude, cada uma seguida de minutos, segundos e alguns decimais de segundo. – Como imaginamos que o senhor não teria condições de encontrar um mapa tão refinado, fizemos o cálculo. Esta posição fica na entrada do Nova Cidadania, lá em...

– Eu sei onde é. Obrigado.

O COHAB-NOVCID, Conjunto Habitacional Nova Cidadania, é um grupo de trinta edifícios, cada um com sete andares de quatro apartamentos. O conjunto fora erguido no final dos anos 80 e propagandeado como a solução definitiva para o problema de habitação na cidade, mas o plano Collor, a incompetência da administração municipal ou a roubalheira – a ênfase muda dependendo de quem se ouve a respeito – acabaram com o dinheiro antes que as instalações elétricas e hidráulicas fossem concluídas. Hoje, os trinta prédios, que quem olha de fora acredita prontos para morar, jazem, inabitáveis e abandonados, na beira da estrada. Uma verdadeira cidade-fantasma.

* * *

Cheguei a Nova Cidadania no início da noite. O conjunto fica à margem esquerda da rodovia para São Paulo; na margem direita está o quartel, um grupo de artilharia.

Existe uma inscrição em cal no gramado do quartel que diz "O BRASIL ACIMA DE TUDO". As letras são enormes e ficam voltadas para a estrada. Sempre que passo por ali sinto um pouco de náusea; o trabalho no NEV me fez conhecer de perto o tipo de atrocidade que as pessoas se dispõem a cometer quando colocam alguma coisa – Pátria, Deus, Amor, Dinheiro – "acima de tudo".

Naquele momento, no entanto, havia outras preocupações, e de cunho bem menos metafísico, causando o mesmo efeito em meu organismo. Diante de mim estavam os edifícios inacabados do conjunto habitacional, dispostos em duas fileiras paralelas de quinze prédios cada. Era noite, estava escuro e a única luz disponível vinha dos faróis do carro alugado, além de um pouco do brilho da iluminação do quartel. Embora isso fosse o suficiente para que se tivesse um discernimento razoável dos contornos e formas ao redor, as luzes também projetavam sombras de uma escuridão impenetrável. De qualquer forma, foi apenas quando me preparei para entrar num dos prédios – o mais próximo à estrada – que percebi que não fazia a mínima ideia de como agir.

Afinal, eu estava ali para quê? Procurar pistas do paradeiro de Amanda? Revistar prédio por prédio em busca de sequestradores? Não teria sido melhor levar uma lanterna? Chamar a polícia?

Ponderei que era um pouco tarde para rever os aspectos estratégicos da situação, e já ia pegando um pedaço de ferro caído no chão para sondar o interior, escuro, do primeiro edifício à minha frente quando notei formas humanas surgindo das sombras.

Eram crianças, ou assim imaginei a princípio, devido ao tamanho: tinham pouco mais de um metro. Surgiam aos pares, duas de cada recesso de escuridão grande o suficiente para abrigá-las. Vestiam uma espécie de armadura negra, e só eram visíveis quando cruzavam algum facho de luz, ou quando se colocavam diretamente sob o luar (*desaparecimentos são mais frequentes na lua nova*, pensei). Havia uma espécie de líquido que pingava, vez ou outra, de um desses trajes, e todos emitiam um odor bastante nítido de amônia. Imaginei, por um momento, como eu não conseguira sentir o cheiro antes, detectando, assim, a tocaia. A resposta que me ocorreu – e que me fez engolir em seco – foi a de que eles, na verdade, haviam chegado naquele *exato* momento; que haviam, graças a recursos de fora deste planeta, se materializado nas sombras.

As pequenas criaturas de armadura negra estreitavam um círculo ao meu redor, desaparecendo na escuridão e, no instante seguinte, reaparecendo sob o luar, sempre um pouco mais perto. Essa dança macabra durou, imagino, cerca de trinta segundos – e então fui atingido.

Senti uma dor, seguida de frio e adormecimento, na perna esquerda. Logo em seguida, na direita, e caí de joelhos. Eles continuavam a se aproximar, disparando armas que chamarei "de dardos" por falta de nome melhor, e já haviam paralisado meu braço esquerdo quando, num movimento desesperado, decidi golpear com a haste de ferro. Seria uma espécie de último e quixotesco gesto, antes que me imobilizassem por completo.

A "bengala", no entanto, não resvalou na armadura, como eu imaginara, mas atravessou-a, empalando seu ocupante, que morreu com um grito inumano de agonia. O sangue que escorreu pela ferida era de um vermelho muito tênue, quase transparente, e ferveu e volatizou-se em contato com o ar.

A carga de dardos voltou redobrada, e perdi toda a mobilidade. Quatro daquelas criaturas se aproximaram de mim, seguraram meus braços e pernas e ergueram-me do solo. Um quinto ser derramou algum tipo de líquido sobre meu rosto, e me vi cego e surdo, embora ainda consciente.

Seria inútil e penoso descrever como minha consciência, privada de suas principais fontes de contato com o mundo externo, se debatia no universo interior da mente. As poucas sensações a que tive acesso – movimento, o cheiro de amônia e concreto úmido, mudanças de nível, o roçar do estranho metal das armaduras contra minha pele – apenas serviam para me arremessar num fosso de angústia muito mais profundo do que jamais acreditei possível. Saber-me indefeso, saber que poderiam me matar a qualquer momento e saber que estava acordado o suficiente para sentir *toda a dor* – o medo e a expectativa faziam meu coração parecer explodir, dolorosamente, a cada batida dentro do peito quase imóvel.

* * *

Passado algum tempo, percebi que me colocavam sentado sobre alguma superfície estofada. Senti uma espécie de choque elétrico enquanto a mobilidade e os sentidos começaram a retornar. Para minha surpresa, eu estava numa sala bastante comum, e sentado numa poltrona. Diante de mim, vi a face de cabelos longos e bigodinho francês de Jaime Fonseca. Ele parecia conversar com alguma outra pessoa, alguém atrás da cortina, mas cuja voz reconheci prontamente: era a mesma que me dera as coordenadas do Nova Cidadania.

– Olá, como vai? – Jaime disse, assim que percebeu meu despertar. Notei que as cortinas se movimentaram: o interlocutor misterioso partira. – Você não devia ter matado aquele venusiano – ele sorriu de forma excessiva, teatral, como um mau ator. – Não, nós não viemos, realmente, de Vênus. Mas "venusiano" é um nome tão bom como qualquer outro, não? Sempre achei que devíamos nos chamar "incas". – O sorriso, artificial, desapareceu, dando lugar a uma expressão mais sincera e sinistra. – Como ia dizendo, você não deveria tê-lo morto. Quase não consegui convencer o pessoal a dar continuidade ao projeto.

– Jaime, o que diabos está...

– Soro antiofídico – ele disse, e pigarreou. – Sabe como é feito? Injeta-se veneno no corpo de um cavalo e espera-se que o animal desenvolva defesas. Então o soro é extraído do sangue eqüino e usado para salvar vidas. O cavalo é uma criatura suficientemente semelhante ao homem, apenas mais forte, resistente e – seus olhos brilharam com uma nova cor, indistinta – estúpida. É assim que nós, venusianos, encaramos vocês, humanos.

– "Nós"? "Vocês"?

– Ah, compreendo sua desorientação: pareço um bocado humano, certo? Bom, a cirurgia cibernética e a construção de androides são bem comuns no universo lá fora. – A criatura que até aquela manhã havia sido um de meus colegas de trabalho olhou para as próprias mãos como quem aprecia um par de luvas novas. – Usar um corpo pseudo-humano é útil para os agentes infiltrados, como eu, mas soa repugnante para a maioria das pessoas lá no "Olimpo". Adoro o teatro e a mitologia clássica daqui, sabia? Mas, vamos a uma pequena demonstração prática.

Eu estava novamente paralisado. Não mais pelos dardos e pela droga, mas pela surpresa. Era inacreditável ver Jaime Fonseca, o analista de sistemas, ali sentado, falando sobre alienígenas e androides – declarando-se um deles com tamanha leviandade, de uma forma tão *mundana* e *prosaica* – como se isso fosse a coisa mais normal do mundo.

De repente me senti imerso num daqueles pesadelos onde a gente sai andando nu pelas ruas mas ninguém parece notar, e ficamos sem saber se as pessoas não repararam mesmo, se estão apenas sendo gentis ou se conspiram para nos expor ao ridículo em algum momento crucial – em resumo, alheio, constrangido e sem meios para distinguir farsa e realidade.

Enquanto eu me debatia com meus próprios pensamentos, Fonseca retirou um canivete suíço do bolso e abriu a tesoura. Sem demonstrar qualquer dor, inseriu-a no antebraço esquerdo e recortou um cubo de pele e carne com quase quatro centímetros de espessura.

– Eh, eh... Eu é que deveria ter negociado com aquele Shylock – disse, erguendo os olhos para ver se eu apreciara a citação. – Ora, vamos, que cara de nojo é essa? Isto aqui nem é carne humana de verdade. Se soubéssemos fazer corpos humanos autênticos, não precisaríamos de vocês. Pegue!

Ele jogou aquela coisa monstruosa em meu colo como se fosse um cartão de visitas. Toquei a epiderme do cubo. Parecia pele humana. Relutante, toquei a carne rubra abaixo, e senti, a um só tempo, decepção e alívio: a substância era fibrosa e fria, obviamente vegetal; mesmo o "sangue" era espesso e viscoso, como seiva.

– Partindo do princípio de que acredito nisso tudo – falei, enquanto tomava um gole de ar e tentava focalizar os dados disponíveis em minha mente – o que vocês, "venusianos", têm a ver com os desaparecimentos registrados por Punskow? Onde está Amanda?

– Os desaparecimentos "primários", como Punskow os chamava, referiam-se aos nossos "cavalos". A produção de vacina em escala planetária é um pouco mais complexa, e temo que você irá considerá-la mais cruel, do que o exemplo que lhe dei, do soro antiofídico. Na verdade, o que fazemos é espalhar um tipo de antígeno em algum ponto de seu mundo, seja no solo, água ou ar, e esperamos que a espécie humana, com sua inigualável riqueza genética, produza indivíduos imunes. Então encontramos esses indivíduos, capturamos, dissecamos seus corpos e produzimos remédio a partir deles. Simples e prático.

"O dois grandes surtos de peste na Eurásia durante a Idade Média, a epidemia de febre tifoide em Nova York no início do século, a AIDS, a bactéria assassina, o ébola, nada disso vem de pobres babuínos mutantes, mas de *nosso mundo*. E vocês, abençoados sejam, morrem, evoluem e salvam nossas famílias.

"De tempos em tempos, agentes infiltrados em maternidades tomam as providências necessárias para que nasça um bebê humano especial, cujo corpo será uma usina bioquímica ambulante, produzindo e acumulando no organismo quantidades consideráveis de algumas substâncias de que precisamos. Esses indivíduos recebem marcadores metálicos, as 'lâminas' do registro do NEV.

"É claro que nosso trabalho exige que atuemos em segredo, e rotineiramente mantemos androides-monitores, como eu mesmo, patrulhando as pessoas que poderiam descobrir provas concretas de nossas atividades..."

– Alexandre Punskow? – Eu não imaginava por que motivo ele estaria me contando aquilo tudo, mas enquanto parte de mim sentia-se horrorizada, a porção dominante de minha personalidade exigia respostas.

– Oh, sim! – Seu rosto de mau ator simulou uma expressão de alarme. – Esse aí se mostrou tão perigoso que até arrumamos uma esposa para ele. Como eu ia dizendo, esses investigadores acabam dando origem aos episódios "secundários"...

– Amanda? Alienígena? – Certo, admito. Eu *estava* interessado nela; a meu favor, posso dizer que só me dei conta do fato ao ouvir a acusação. – Você está brincando! Ela...

– Como acha que conseguimos preparar o tubo de imagem da tevê de Alexandre para induzir o derrame? – Ele adotou um tom professoral, condescendente, e me senti irritado, inferiorizado e, pior, incapaz de revidar. – Ou fazer com que um circunspecto cientista social lesse um lixo como a *Tribuna*? Mas não se preocupe; a essa altura o corpo androide pelo qual você desenvolveu tamanha afeição já foi destruído e substituído por outro. Caso venham a se reencontrar, pombinhos, ela irá reconhecê-lo, mas a recíproca, temo...

Balancei a cabeça para ignorar a provocação e manter as ideias caras:

– E onde me encaixo? – perguntei. – Você me contou todas essas – parei por um momento – *coisas*... – prossegui – como se estivéssemos num maldito seminário acadêmico. Por que, se isso tudo é verdade, você se expõe assim?

– Bom, por algum motivo, bebedeira ou empatia, agora tanto faz, Alexandre decidiu confiar em você. Ele comentou algo com Amanda a respeito de um "médico inteligente e confiável". Acho que foi na cama, pouco depois da festa do convênio.

"Se monitorar um Punskow já era difícil, que dizer de dois? Então tivemos que acelerar as coisas para o bom e velho sociólogo, e já estávamos começando a atirar o charme de nossa *vamp* em cima de você, lá na lanchonete. Mas o fato é que tive uma outra ideia. Primeiro, usá-lo, doutor, para que pudéssemos copiar e destruir os arquivos pessoais de Alexandre no NEV. Sabe, 'GORT' é uma senha danada de boa. Eu jamais teria pensado nisso."

– Obrigado, se é que se trata de um cumprimento.

– Ah, mas é, sim. Como eu ia dizendo... A segunda parte de meu plano envolve uma campanha de desinformação. Desacreditar tudo que existe a respeito de OVNIs, alienígenas fazendo experiências com seres humanos, sabe, toda essa bobagem sem sentido. – Ele deu de ombros. – É aí que você entra, e é por isso que estou, modestamente, ampliando os horizontes de sua educação provinciana.

– Está brincando? Você me traz até aqui, descreve um plano para transformar os seres humanos em cobaias, diz que o planeta está infestado de andróides vegetais e quer que eu ajude a *desacreditar* isso tudo?

– Você só tem minha palavra, amigo, e sua experiência pessoal. Nenhuma prova concreta, lógica ou física. E isso... – Jaime, ou seja qual fosse seu verdadeiro nome, fez uma pausa. Passou a mão pelo cabelo e continuou: – Conhece mitologia grega? Guerra de Tróia?

– Um pouco. O cavalo e...

– Na verdade, existe uma outra faceta da história de Tróia que é pouco explorada. Na família real troiana havia uma jovem chamada Cassandra. Conhece?

– Sim. Ele era capaz de ver o futuro...

– ... Mas carregava uma maldição: ninguém acreditava em suas profecias. Quando Cassandra previu que os gregos ganhariam a guerra, isso só fez com que os troianos se sentissem confiantes, e fossem derrotados ainda mais rápido. Bem, amigo, você será a Cassandra do planeta Terra. Tudo que lhe contei até agora o coloca numa posição bem semelhante, creio, à da profetisa troiana. – Ele estalou os dedos, simulando, ironicamente, um gesto dramático. – Você sabe a verdade, mas será tachado de louco, na melhor das hipóteses, ou charlatão, talvez; escreverá livros que serão *best-sellers*, mas ninguém irá levá-lo a sério. Cada uma de suas palestras apenas aumentará o número de céticos. Investigadores sérios serão desestimulados ao ouvir suas sandices.

Foi ao concluir a frase que Jaime inclinou-se sobre mim; imagino que tenha feito isso para me convencer, em definitivo, da veracidade de tudo que dissera.

Naquele instante, seu rosto quase tocou o meu. O branco daqueles olhos tornou-se negro e opaco, mas as íris, agora dois anéis prateados, brilhavam com luz própria. A boca, medonha, abriu-se numa expressão que poderia ser descrita como um esgar de espanto, mas que definitivamente significava *outra coisa* – uma emoção indescritível, porque *totalmente alienígena.*

O monstro rapidamente voltou à posição original em sua poltrona, reassumindo uma máscara de humanidade. As únicas evidências que restavam da medonha transformação eram as lágrimas que eu sentia escorrendo pelo rosto, e o tremor que se apossou de minhas mãos.

– Nós sempre estaremos por perto. – Ele falava sem gravidade alguma, com a voz límpida, calma e pausada. – Sua próxima namorada talvez seja Amanda num novo corpo; talvez seu novo melhor amigo seja um de nós. E se *todos* ao seu redor fizerem parte? Ou forem inocentes? Você pode supor, mas não ter certeza; de qualquer forma, saiba que, a partir deste momento, você *jamais estará sozinho.*

* * *

Tenho pouco a dizer sobre o dia seguinte, ou sobre a *transição* para o dia seguinte. Imagino que me imobilizaram novamente, e que esse branco de memória seja proposital, para adicionar inconsistências à história e abalar minha credibilidade.

Tudo que sei é que acordei em casa e fui trabalhar. Soube que Jaime pedira demissão. Trabalhei mecanicamente durante todo o expediente.

A noite me encontrou num bar obscuro, numa parte da cidade que eu conhecia apenas de fotos nas páginas policiais. Voltar para casa, para um de meus restaurantes favoritos, para a casa de algum amigo – tudo fora de questão. Meu comportamento era o de um fugitivo, de um homem que se esconde. Não se tratava, porém, de uma tática consciente, ou de um conjunto de atitudes pensadas e planejadas. Havia apenas uma sensação indistinta de medo e perigo a nublar meus pensamentos, e a borrar a realidade ao redor. Uma aura de paranoia que tornava o ar mais espesso e os becos, mais escuros.

Eu bebia café. Muito café, copo atrás de copo. Era preciso, dizia para mim mesmo, ficar alerta. Era preciso não olhar para a tevê. Acima de tudo, era preciso desconfiar. E espalhar o alerta.

Num guardanapo, comecei a rabiscar este depoimento.

Ora pro nobis

"Logo foram desatados os quatro anjos, que estavam prestes para a hora, dia, mês e ano, para matarem a terça parte dos homens"

S. João, "Apocalipse", 9, 15

Jair Novaes esmagou a lata de Perrier na palma da mão e deixou-a cair no meio-fio. De todas as mudanças pelas quais o delegado passara nos últimos tempos, a substituição da cerveja pela água mineral havia sido, com certeza, a que maiores benefícios lhe trouxera à saúde. Outras alterações mais visíveis, como a decisão de usar cabelos compridos, provavelmente atrapalharam sua carreira na polícia, mantendo-o como titular de delegacia especializada e impedindo-o de ocupar cargos mais importantes (e politicamente significativos) como seccional ou mesmo regional. Mas o sucesso de Jair ao investigar uma série de casos bizarros, surgidos ao longo dos anos, convencera as autoridades de que Novaes tinha um "talento natural" para lidar com o macabro. E se esse não era um rótulo que o policial pudesse apreciar, funcionava como garantia de que sua competência era respeitada e suas idiossincrasias, toleradas sempre que necessário.

Como agora, por exemplo.

Com a mão esquerda, Jair apertou a gola do casaco, protegendo-se do vento gelado. Parreiral é, como toda a região, uma cidade montanhosa e, à noite, ainda mais fria que a vizinha Açaraí. Se bem que dizer "à noite" é redundante: Parreiral só ganha vida várias horas após o pôr-do-sol. O núcleo urbano, pequeno, organiza-se em torno de duas avenidas repletas de danceterias, restaurantes e lanchonetes que atraem um público jovem vindo de Açaraí, São Paulo e Campinas, além, claro, dos filhos dos proprietários locais de terra – hoje mais utilizada na construção de condomínios de luxo, com chácaras de recreio, do que para o plantio da uva, atividade que dera ao município seu impulso inicial de riqueza, além do próprio nome. A cidade conta também com um centro velho, datado de meados do século XIX, onde pequenos edifícios geminados ainda abrigam um pouco de comércio, idosos sem família e pelo menos um cassino. A igreja de Santo Antônio, sede da única paróquia da zona urbana, fica por ali.

Novaes estacionara o carro diante de uma das casinhas em estilo oitocentista que existiam atrás da igreja. Não havia campainha, então delegado bateu na porta de madeira velha, pintada de azul, quatro ou cinco vezes. Pouco depois, um homem alto e gordo, de cabelos ralos e óculos, surgiu no umbral.

– Padre Tavares? Sou da polícia.

– Delegado Jair Novaes, sim. O bispo me avisou. Entre.

O padre Júlio Tavares conduziu o policial até uma mesa de fórmica amarela, com cadeiras combinando, na cozinha. Ofereceu chá ou café, mas Novaes declinou.

– Então, em quê posso ajudá-lo? – O sacerdote, sentando-se de frente para Jair, parecia realmente curioso. – Pelo que andei lendo, sua delegacia está encarregada do assassinato da pobre criança... – Ao citar o crime, cometido quatro dias antes naquela mesma cidade, Tavares suspirou, exprimindo uma revolta contida, que começa a ceder terreno à resignação. – Mas não imagino como a Igreja poderia ajudá-lo.

– Há detalhes que a imprensa não divulgou. – Disse o delegado. – E que me levam a crer que o criminoso tenha algum tipo de fixação religiosa. Veja.

Abrindo um envelope que trazia consigo, Jair espalhou algumas fotos sobre a mesa. Eram ampliações coloridas com mais de 20 centímetros de lado, e mostravam um bebê, um recém-nascido que saíra da maternidade há poucos dias, com o tronco aberto pelo que parecia ser um golpe longitudinal de instrumento afiado. Os órgãos internos, minúsculos, haviam sido dispostos em círculo ao redor do pequeno corpo; no chão estavam escritas com sangue as palavras "ORA PRO NOBIS", em letras miúdas. A frase latina vinha precedida por duas penas brancas e imaculadas.

– Nenhum jornal local falou da frase ou das penas – disse Novaes –, atendendo a um pedido pessoal meu, e os grandes da capital apenas se limitaram a seguir as indicações do que foi publicado aqui. De qualquer forma, acredito que "ora pro nobis" tem significado religioso. É latim, imagino.

– É. – Tavares mantinha os olhos, que brilhavam, subitamente úmidos, fixos nas fotografias. Finalmente, se recompôs e disse:

– É um trecho da "Ave Maria", em latim. "Santa Maria mater Dei ora pro nobis..." significa "Santa Maria, mãe de Deus, orai por nós..."

– "Pecadores..."

– Como?

– "... Pecadores, agora e na hora de nossa morte". É o resto da oração, não é?

– Oh, sim. É. A polícia tem alguma ideia de quem fez *isso*?

– Se tivéssemos, padre, não seria preciso incomodá-lo. – Jair usou um tom amigável, para tentar fazer com que Tavares se sentisse mais à vontade, apesar do horror retratado sobre a mesa. – Sabemos apenas que o sangue é mesmo da menina, e que tudo aconteceu enquanto os pais dormiam. Eles nada ouviram, e na verdade seriam suspeitos se houvesse algum traço de sangue, ou de limpeza às pressas, no restante da casa. Mas não há. O maior problema é que, se isso é obra de um maluco, ele provavelmente atacará de novo. "Orai por nós". A frase lhe diz alguma coisa, padre? Alguma pista? Quem, dentre seus fiéis, poderia ser... como essa pessoa poderia ser, mentalmente? O que ela quer?

– Bem... – Júlio Tavares pensava, tentando se livrar do choque e adaptar-se à linha de raciocínio do policial. – "Orai por nós agora e na hora de nossa morte" é um pedido para que Nossa Senhora interceda, isto é, use sua influência e peça a Deus que nos perdoe no Juízo Final.

– Juízo Final? Esse cara é um daqueles doidos que acredita que o mundo vai acabar um dia desses?

– É possível, mas eu não o classificaria de "doido" por isso.

– Por que não?

– Bem, o fim do mundo, como aparece na Bíblia, é um processo. O número do Anticristo, por exemplo: 666 é uma espécie de equivalente, em hebraico, do nome de Nero. E Nero viveu há muito tempo. São João também fala de mil anos de paz e felicidade antes que Satanás recupere a liberdade e comece a bagunçar tudo.

– Quer dizer que um estudioso sério da Bíblia, alguém mentalmente são, pode acreditar que o mundo está se acabando, aos poucos, desde o tempo do império romano?

– Essa não é a interpretação oficial da Igreja, mas é possível encarar a coisa dessa forma.

– E que motivo uma pessoa com esse tipo de crença teria para...

– Estripar criancinhas? – o padre sentiu um calafrio. – Não sei. Pedir socorro, talvez? "Ora pro nobis". Ele pede orações para si mesmo, também. Faz muito tempo que estudei psicologia, mas diria que essa é uma pessoa desesperada.

Jair assentiu com a cabeça, e disse:

– Posso deixar essas fotos aqui? Talvez o senhor veja algo, algum significado.

– Claro, delegado. Claro.

* * *

Três dias depois do encontro entre Novaes e Tavares, um segundo recém-nascido foi encontrado morto no município de Parreiral, desta vez na piscina vazia de uma chácara. A frase em latim estava lá, novamente escrita com uma letra diminuta e precedida por um par de penas brancas e limpas. Mas a mutilação mudara.

Desta vez, os órgãos internos estavam dispostos sobre uma grande folha de papel, deixada ao alcance da mão direita do bebê. Na testa da vítima haviam sido abertas cinco cavidades mais ou menos ovais – como olhos vazados. A ocorrência de um segundo crime tornava impossível manter a imprensa longe do caso, e fotos coloridas estamparam as primeiras páginas do *Diário* e, com ainda menos pudor, da *Tribuna*. Na tarde seguinte, o padre Júlio Tavares foi à polícia.

O sacerdote vestia-se à paisana, com camisa social e calças jeans. Trazia consigo uma pasta de couro, aparentemente muito cheia, e pediu à moça da recepção, de forma quase rude, para falar com o delegado Novaes.

– Sente-se, padre. – Jair disse, assim que Júlio entrou no escritório. O policial não desviou os olhos do relatório que tinha em mãos. – A que devo o prazer?

– Passei a manhã inteira reunido com o bispo. – Tavares contou, enquanto se acomodava na cadeira. – E ele concorda comigo.

– Concorda com o quê, padre? – Novaes encarou o sacerdote pela primeira vez naquele dia e massageou a testa, sentindo-se impaciente e cansado.

– Concordamos que o assassino dessas crianças é alguém com conhecimentos de teologia.

– Ah, sim? – o policial se debruçou na escrivaninha, interessado. – E por quê? A frase?

– Não é só isso. Veja esta foto.

Tavares retirou da pasta uma foto da primeira vítima e mostrou-a a Jair.

– Sim? E daí? – perguntou o policial.

– Veja este círculo de – o padre respirou fundo – *restos* ao redor do corpo.

– São órgãos internos e fragmentos de órgãos. – Explicou o delegado.

– Eu sei. Mas veja... estão dispostos em vinte e quatro *montículos* – o padre respirou pela boca, e de forma audível.

– E daí? – repetiu Novaes.

– No Apocalipse, a primeira visão de São João é Deus circundado por vinte e quatro tronos. Percebe?

– Sinto muito, mas pra mim isso é apenas uma coincidência. Vinte e quatro também é veado no jogo do bicho, e a idade de meu sobrinho mais velho. E nem por isso vou mandar prender todos os apontadores da região, ou minha irmã. Então...

– Mas veja esta foto da segunda vítima! – Tavares tirou da pasta a capa da *Tribuna de Açaraí*. – A segunda visão de São João é um cordeiro com sete olhos, que remove os sete selos de um pergaminho sagrado.

Novaes observou, estupefato, a fotografia, comparando-a, tenso, a outras que constavam do relatório que tinha diante de si: as cinco aberturas no crânio da criança, que com os dois olhos naturais perfaziam um total de sete; e os órgãos deixados ao alcance da mão direita, desta vez dispostos sobre *papel*, e em sete – que palavra o sacerdote usara? – *montículos*.

– E qual será, por acaso, a terceira visão? – perguntou o delegado, sentindo o desconforto se transformar em um tímido entusiasmo.

– Sete anjos tocando, cada um, uma trombeta. – Júlio respondeu, com voz sombria.

– Padre – o delegado falava devagar, lidando com várias ideias ao mesmo tempo –, por acaso as crianças que morrem muito novas ainda são chamadas de “anjinhos”?

– Sim.

– Então, o quê esse doido vai fazer? Matar mais cinco bebês e completar a conta? Invadir a maternidade e executar uma chacina no berçário?

– Também me fiz o mesmo tipo de pergunta, e acho que encontrei a resposta neste mesmo jornal. – Ele disse, folheando a *Tribuna*. – Veja, leia esta nota.

O título era “Gêmeos Sétuplos Passam Bem”, e falava de um

nascimento incomum ocorrido na cidade no dia dois de outubro. Segundo o jornal, os sete bebês – três dos quais haviam nascido xifópagos, ligados pelo ventre – contavam com um prognóstico favorável, e só precisavam ganhar um pouco de peso antes de serem submetidos à cirurgia de separação e mandados para casa.

– A notícia do nascimento foi publicada no dia três. – Comentou Tavares.

– Exatamente quando o primeiro crime ocorreu! Padre, o senhor é fantástico!

– Acho bom que o senhor concorde, doutor, porque o bispo me designou para assessorá-lo quanto aos aspectos teológicos e psicológicos do caso. Um substituto tomará conta da paróquia nesse meio-tempo.

– Tudo bem. Mas, se vamos trabalhar juntos, preciso conhecer suas opiniões a respeito do caso. Cada ideia.

* * *

O padre defendeu a hipótese de que os crimes haviam sido detonados, muito provavelmente, pela divulgação do nascimento das sete crianças; e que matá-las viria a ser uma espécie de "grand finale" para o assassino. Jair Novaes se viu compelido a concordar (não existia outra teoria disponível, na verdade), e cuidou para que houvesse reforço policial na área da maternidade, além de proteção discreta para a família dos gêmeos. Grudado ao telefone, e passando por cima de uma longa história de conflitos e rivalidades entre Polícia Civil, PM e Guarda Municipal, Novaes conseguira, ao final da tarde, envolver as três forças nesse trabalho. O assassino, no entanto, pegou a todos de surpresa.

O novo crime aconteceu quatro noites depois do segundo e, talvez por ironia, o delegado e o padre encontravam-se numa loja de conveniência a menos de duas quadras do local. Jair estava quase terminando mais uma lata de água, e o sacerdote se divertia com um saquinho de castanhas. Ambos tentavam espairecer. Foi quando o telefone celular de Novaes tocou. O policial atendeu, ouviu por alguns momentos e exclamou:

– Onde?!

O grito fez com que Júlio Tavares se voltasse, assustado, para encarar seu colega. Jair parecia fulminado; o sangue desaparecera de seu rosto.

– Outro assassinato? – Perguntou o padre, num sussurro.
– Isso. – Respondeu Jair, enquanto fechava o aparelho, recolocando-o no bolso da jaqueta de couro. – Acho melhor irmos até lá.
Quando Tavares começou a caminhar na direção do carro, o delegado disse:
– Não. Vamos a pé.

* * *

Os corpos, em número de sete, estavam no banheiro feminino do **Arauto**, um restaurante-danceteria que começava a entrar na moda. As vítimas eram sete garçonetes, e desta vez não havia nenhuma mutilação nos corpos – além, claro, do talho na garganta que as matara.
Cada cadáver ocupava uma cabine diferente, e todos estavam colocados, de uma forma quase cômica, sobre os vasos. Junto com as vítimas – a mais velha contava com 19 anos – havia, em cada compartimento, duas penas brancas e o verso "ORA PRO NOBIS", escrito a sangue. Dessa vez, no entanto, as letras eram grandes, e havia diferenças nítidas de caligrafia, perceptíveis mesmo em meio ao sangue escorrido e borrado, de uma cabine para outra.
– O que é isso? – perguntou-se Novaes, enquanto sentia como se uma enorme pedra de gelo lhe caísse dentro do estômago. – Sete homicidas diferentes?
– Parece. – Respondeu, involuntariamente, o padre. Tavares passara por um forte enjoo ao entrar na cena do crime, mas já lavara o rosto no banheiro masculino e retornara, sentindo-se mais lúcido que nunca. – Ou então cada vítima escreveu o próprio epitáfio.

* * *

O restante da noite, a madrugada e boa parte do dia seguinte foram gastos em entrevistas e depoimentos. Ninguém ouvira gritos, e nenhum dos frequentadores revistados depois da polícia chegar trazia consigo instrumentos cortantes ou manchas de sangue.
A garota que encontrara os corpos havia entrado em choque logo depois de dar o alarme, e agora limitava-se a murmurar coisas sem sentido – muito embora o padre Tavares tivesse se dado ao trabalho de anotar cada sílaba. O único depoimento que trouxe informações

novas foi o do proprietário da casa noturna: ele reparou que os crachás das garçonetes mortas haviam desaparecido.

– Crachás? – Novaes, que presidia a série de entrevistas, exigiu mais da memória, já bastante castigada pela frustração e pelo sono. – Eram... como eram?

– Clarins – disse o empresário. – Placas de plástico dourado com o formato de cornetas. Dentro havia os nome, função...

O dia terminou com o delegado remetendo fotos dos vários "Ora pro nobis" encontrados até o momento para um perito em grafologia, na capital. Tavares, por sua vez, despediu-se misteriosamente, dizendo que pretendia "visitar um rabino".

* * *

Jair Novaes acabara de sair do banho e preparava-se para dormir quando a campainha tocou. Eram oito horas da manhã e, há duas noites, desde o crime na danceteria, o policial supervisionava, pessoalmente, a vigilância sobre a maternidade – um trabalho que tinha início às cinco e meia da tarde e só terminava às cinco da madrugada do dia seguinte, com a chegada dos primeiros funcionários do turno matutino.

– Quer merda... – O delegado pensou, por um momento, em ignorar o visitante, mas resolveu atender à porta. Vestindo-se às pressas, foi ver quem decidira incomodá-lo tão cedo. Era Tavares.

Novaes pensou em perguntar ao padre onde havia estado – Júlio desaparecera há quase quarenta e oito horas, deixando como explicação apenas aquela frase sobre um "rabino"– mas algo no olhar do sacerdote fez com que o delegado permanecesse em silêncio. No final, foi Tavares, voltando da cozinha com uma xícara de café na mão, quem falou:

– Você parece péssimo. – Disse. – Onde tem estado?

– Onde mais? De campana junto à maternidade. Agora que o doido já tem as "sete trombetas"... E só Deus sabe porque o cretino preferiu matar para obtê-las, em vez de apenas roubá-las.

– Ah, você também associou os crachás à passagem bíblica. Muito bom.

– Tenho uma Bíblia em casa. – Respondeu o delegado. – E o fato de eu nunca tê-la aberto até a semana passada prova que aprendo rápido.

– Sem dúvida. Então, acredita que os sete gêmeos estão em perigo?

– Ele já tem as trombetas, então pode ser a qualquer instante. Certo?

– Qualquer instante, não. Hoje à noite. Esta noite faz sete dias que o último bebê foi mutilado, e o criminoso esta mantendo intervalos de uma semana entre suas "obras".

– Mas as garçontetes...

– Não faziam parte. O crime foi apenas para conseguir os crachás.

– Ei, a teoria é boa. – Jair sentiu um arrepio, e começou, ainda sem saber bem o motivo, a ficar desconfiado. – Mas você fala com tanta certeza que parece que estamos tratando de um fato consumado.

– Bom, sete é um número significativo no Apocalipse. Além disso, fui conversar com um rabino amigo meu, levando uma transcrição fonética daquilo que a menina, a que encontrou os corpos, estava resmungando. E adivinhe só? Era hebraico. Na verdade, era um velho texto de angelologia...

– O quê?

– A parte da teologia que estuda os anjos. Depois fui procurar as famílias das garotas mortas, e descobri que nenhuma delas conhecia latim; além disso, três eram da famílias não-católicas, e as outras quatro, embora fossem batizadas, não podiam ser consideradas católicas praticantes. A jovem que gaguejava em hebraico também não tinha qualquer conhecimento dessa língua, nem do judaísmo, muito menos de uma ciência obscura como angelologia!

– Espere um pouco. E daí que as meninas mortas não sabiam latim? Você não está achando que elas escreveram aquilo, está? – Novaes lembrou-se de que o padre sugerira algo assim na cena do crime. – Isso é absurdo!

– Não de acordo com os testes grafológicos.

– Já estão prontos?

– Estão, sim. Olhe aqui.

Tavares retirou uma série de folhas de papel grampeadas do bolso, desdobrou-as e entregou-as a Jair. O delegado leu avidamente; em resumo, o texto dizia que as frases escritas com sangue na danceteria haviam, de fato, sido traçadas por sete pessoas diferentes, todas do sexo feminino.

– "As amostras caligráficas apresentadas combinam com as fotos, o que é evidente apesar das distorções..." – O delegado interrompeu a leitura, em voz alta, do trecho final. – Que amostras?

– Aquelas que peguei enquanto visitava as famílias das vítimas e que levei, ontem à tarde, até São Paulo, à casa do perito, que é casado, diga-se de passagem, com uma respeitável senhora católica. Passamos a noite em cima disso. Sabia que, pelos canais competentes, esse laudo só ficaria pronto em três semanas?

– Você teve dois dias muito agitados.

Novaes falava sem prestar atenção às próprias palavras, pois estava absorto pelas conclusões do laudo – onde também se lia que o tamanho das letras encontradas junto aos bebês era perfeitamente compatível com as mãozinhas das vítimas. Segundo o perito, os "Ora pro nobis" dos dois recém-nascidos estavam escritos com caligrafias diferentes. Devagar, o policial ergueu os olhos do papel, a expressão confusa em seu rosto dando lugar a traços mais firmes e enérgicos:

– E então, como me explica isso? Porque você tem uma explicação, certo?

– Já ouviu falar em inconsciente coletivo? – respondeu o sacerdote. – É como se todas as pessoas soubessem tudo que a humanidade já fez ou presenciou. Segundo essa visão, nós na verdade nunca, ou muito raramente, aprendemos algo de fato; apenas nos lembramos daquilo que nossos ancestrais já sabiam; por exemplo, falar hebraico. Ou escrever em latim.

Eles conversaram mais um pouco, e afinal o sono – atiçado pelo caráter insólito das declarações do padre – sobrepujou toda a curiosidade do delegado. Os dois amigos despediram-se antes do meio-dia.

* * *

A Maternidade Beneficente Irmã Adélia Soares é, juntamente com o pronto-socorro mantido pela prefeitura, a única instalação de saúde aberta ao público carente na cidade de Parreiral. Dedicando-se ao acompanhamento de gestantes e recém-nascidos (e desenvolvendo, marginalmente, algumas ações na área de saúde pública) a Maternidade conta com instalações bem razoáveis – "coisa de Primeiro Mundo" é um comentário comum –, além de uma sólida reputação. E embora o presidente do conselho curador da entidade não tenha apreciado o cerco da polícia às instalações, e muito menos o pedido do delegado Jair Novaes para verificar as fichas de médicos e funcionários, a solicitação do padre Júlio Tavares para abençoar o berçário, feita naquela tarde, foi acolhida com entusiasmo.

O sacerdote explicara que o rito que pretendia executar ia além de uma simples bênção, e que só poderia ser realizado a contento à noite.

– Trata-se de um procedimento incomum – admitiu Tavares –, mas o senhor há de convir que esta é uma situação incomum.

– Imagino que precisaremos de toda a ajuda que pudermos conseguir – disse o presidente. – Padre, o senhor concorda com a avaliação da polícia? De que o bandido vai atacar aqui?

– Infelizmente, sim. É por isso que pretendo solicitar ao Todo-Poderoso proteção especial para suas crianças.

– Com certeza! Bem, imagino que agora terei de negociar sua permanência aqui com a polícia e...

– Na verdade – interrompeu Tavares –, eu gostaria que a polícia não fosse informada.

O presidente arqueou um pouco as sobrancelhas. Ele não esperava por um pedido assim.

– Posso perguntar o motivo? – disse.

– Bem, imagino que eles não iriam autorizar. "Mais um civil para proteger", essa conversa toda.

– Mas o senhor com certeza sabe que à noite há policiais nos corredores, e até junto às portas do berçário. Como pretende evitá-los?

– Não pretendo, de forma alguma. Imagino que, diante do fato consumado, eles não irão me expulsar. O que não quero é que a polícia seja informada, oficialmente e com antecedência, de minhas intenções. Que tal?

O presidente ponderou um pouco e decidiu:

– Tudo bem.

* * *

Acompanhado por uma pequena valise, Júlio Tavares permaneceu, até as onze horas da noite, acomodado na copa dos médicos. Era uma sala pequena, com duas mesas de seis cadeiras e um balcão que dava para a cozinha, sobre o qual descansavam garrafas térmicas. O padre passou o tempo lendo alguns textos em latim e conversando descompromissadamente com as pessoas que entravam e saíam.

Conforme a noite avançava, mais e mais médicos dirigiam-se à copa e ficavam por ali. Devido à natureza mais tranquila da maternidade, ao menos em comparação com outros hospitais – o pronto-socorro amargava a maior parcela de emergências – o serviço tendia a diminuir conforme as pessoas internadas adormeciam, e a lista de procedimentos previstos para o dia se esgotava. As rondas e observações de rotina eram feitas por enfermeiros, e os médicos só não iam embora, como eles mesmos diziam, "para o caso de".

Tavares desceu as escadas que conduziam ao térreo e encontrou dois homens da Polícia Civil fumando no corredor. Eram da delegacia de Jair Novaes e, como todas as pessoas envolvidas na operação de vigilância, sabiam que Júlio estava acompanhando as investigações.

Com um pigarro, o padre se fez notar. Embaraçados, os policiais apagaram seus cigarros e saudaram o sacerdote, que passou por eles, com um sorriso indulgente, na direção do berçário.

Na verdade, o hospital possuía dois berçários contíguos. Num deles ficavam as crianças saudáveis; no outro, dentro daquelas tristes caixas transparentes, os bebês com problemas. Cada aposento possuía seis portas, duas em cada parede. A única exceção era a parede de vidro, a "janelinha" – de onde os pais observam seus filhos. Esse grande número de entradas era uma precaução para o caso de incêndio; afinal, muita gente teria que entrar ali para resgatar as crianças, e a ideia das várias portas era exatamente garantir um fluxo livre de entrada e saída. Todo esse cuidado acabou trazendo trabalho extra para a polícia: havia dois homens em cada entrada, e mais dois observando na "janelinha". Ao todo eram vinte e oito policiais, mais os quatro que faziam a ronda dos corredores, entre gente da cidade e "emprestados" de Açaraí.

O padre aproximou-se de uma das portas do berçário das crianças doentes, que era onde estavam os sétuplos. Os guardas ficaram sobressaltados, mas assim que Júlio se apresentou (e mostrou os documentos) os policiais relaxaram. Tavares explicou sua intenção de benzer o lugar, e um dos guardas sorriu, beijando uma cruz de ouro que trazia presa ao pescoço. O sacerdote também sorriu, em resposta, e entrou.

Uma vez no berçário, Júlio abriu a valise, retirando dali uma espécie de tapete, um pano bordado com estranhos caracteres. Estendeu-o no chão, diante do local onde os três xifópagos tentavam dormir, apesar de todo o desconforto, e começou a rezar. Depois de meia-hora de orações, veio o frio.

A mudança de temperatura não foi causada por uma rajada de vento, nem por qualquer outro tipo de fenômeno natural. Parte do calor que existia no ar da maternidade simplesmente deixou de existir, e tanto o padre quanto os médicos, enfermeiros e policiais dentro do prédio sentiram um súbito arrepio.

Para Tavares, isso era um sinal. Recorrendo novamente à valise, pegou uma grande faca de caça, brilhante e afiada, com caracteres, semelhantes aos do tapete, entalhados no cabo. Um dos policiais que estava de guarda junto à "janelinha" viu a arma brilhar nas mãos do sacerdote, e informou o fato a Novaes, pelo rádio.

* * *

– Tem certeza? – Do lado de fora da maternidade, o delegado encontrava-se à beira de uma explosão. Rapidamente, mudou a frequência do rádio para uma que todos os policiais dentro do edifício ouviriam. – Entrem! Agora!

Jair Novaes sentiu o rosto enrubescer, e as palmas das mãos úmidas de suor. As vidas de sete crianças – talvez mais – ameaçadas por um padre louco, e tudo que ele podia fazer era esperar. Aguardar pelo som de tiros, por um novo contato, por qualquer coisa. O delegado quase podia sentir o cérebro pulsando dentro da cabeça, como um coração angustiado. Como não desconfiara de Tavares? No início não havia motivos, claro, mas depois daquela manhã, quando o padre tentara convencê-lo de que os bebês haviam escrito as frases com sangue, assim como as moças – se isso não era prova suficiente da presença de uma mente perturbada, o que seria?

Dentro da maternidade, menos de um segundo após receberem a ordem do delegado, doze dos catorze policiais que defendiam o berçário dos sétuplos preparavam-se para irromper na sala. Eles sabiam que aquele era um lugar cheio de bebês doentes, e que a melhor coisa a fazer era tentar negociar. Os dois guardas da "janelinha" continuavam observando os movimentos do padre, que agora gritava, recuando, enquanto brandia a faca no ar. Então o sacerdote fez um movimento estranho com o braço esquerdo, como se agarrasse alguém pela cintura, e um relâmpago se manifestou ali.

* * *

Os únicos testemunhos confiáveis vêm dos policiais que estavam de campana fora da maternidade. A maioria deles descreve uma luz branco-azulada, como um raio, só que muito mais intensa. Quanto ao longo trovão que se seguiu, há quem diga que, na verdade, foi um grito de dor. Alguém com veleidades poéticas comparou o estrondo ao “som de Lúcifer precipitando-se no Inferno”, e essa descrição rendeu algumas boas manchetes.

A versão oficial afirma que o padre Júlio Tavares, de forma tola e precipitada – para não dizer heroica – enfrentou o assassino durante uma tempestade, e perdeu a visão em meio à luta. Um corpo, identificado como o criminoso, foi recolhido ao necrotério e enterrado sem qualquer tipo de autópsia.

Na verdade, quando o clarão desapareceu e a polícia finalmente entrou no berçário, o padre ofegava; tinha os olhos queimados e coagulados, e segurava na mão direita, que tremia com violência inusitada, uma faca – com a lâmina coberta de sangue.

Envoltas pelo braço esquerdo do trêmulo sacerdote, grandes como um homem, havia duas asas, musculosas e revestidas com penas de um branco que só agora começa a ser maculado pelo sangue.

Era difícil dizer de onde o líquido vinha; parecia que as asas transpiravam sangue, num ritmo lento, mas constante. A substância, absorvida pelas penas, tomava a forma de grandes manchas de cor escarlate, num padrão que, em outras circunstâncias, poderia ser considerado belo.

A primeira pessoa a compreender o que de fato ocorrera foi o mesmo guarda que, pouco antes, saudara o padre, beijando um crucifixo. Ele se debruçou sobre o corpo, nu, de um homem morto que jazia no chão junto ao sacerdote, próximo a sete pequenos pedaços de plástico dourado – e viu duas grandes feridas paralelas nas costas desse cadáver. Virando-o, o policial notou que, embora parecesse um homem, o morto não possuía órgãos sexuais. Esse guarda olhou, incrédulo, para Júlio Tavares e, sem dizer uma única palavra, sacou a arma. Ele teria assassinado o padre ali mesmo se não fosse detido por seus colegas e arrastado para fora do berçário.

As crianças dormiam como se nada tivesse acontecido.

* * *

Júlio Tavares recuperava-se do choque e da perda da visão num leito especial da própria maternidade. Seus olhos estavam vendados, e assim permaneceriam, uma vez que as feridas eram muito extensas para que um simples par de óculos escuros pudesse ocultá-las. Dois dias antes de receber alta, o padre foi visitado por Jair Novaes:

– Olá. – Disse Jair, inseguro, ao entrar no quatro.

– Ora, delegado, é você – Tavares disse, sorrindo, mas sem mover a cabeça. – Estou ficando bom em reconhecer vozes. Entre e sente-se. Imagino que haja cadeiras...

– Sim. Já encontrei uma. Como vai?

– Bem, imagino, dentro do possível. – Tavares continuava sorrindo. – Estão me mimando um bocado. Imagino que vá ser pior quando eu sair.

O silêncio que caiu sobre o quarto foi quase tangível.

– Quer uma outra citação do Apocalipse? "E no céu fez-se silêncio por quase meia-hora" – disse o delegado.

– Bravo! – aplaudiu Júlio. – Você está se tornando um verdadeiro exegeta!

– Eu... – o policial ficou quieto e apertou os lábios, para decidir o que dizer em seguida. – Eu andei lendo porque gostaria de saber o que, de fato, aconteceu.

– Bem, imagino que você tenha esse direito. – A cabeça de Tavares pendeu um pouco para a frente. – Mas não vai encontrar nada a respeito na Bíblia. Eu mesmo tive de recorrer a um rabino, lembra-se?

– Ah, sim, o rabino. Achei que você estivesse mentindo, ou brincando.

– Não, não estava. O fato é que os judeus têm muito mais experiência com anjos que nós, cristãos. E eu precisava de um *expert*.

– Anjos?

Pela primeira vez, a expressão de Tavares tornou-se sombria:

– Aquilo *era* um anjo. Não há como negar.

– Bem, então imagino que você vá ter muito o que contar na sua paróquia.

– Não, não creio. Abandonei meus votos. Pedi a conta, como se diz.

– Mas por quê? – Jair estava surpreso.

– Por quê? – Tavares pensou um pouco. – Porque eu quero entender. Sabe, durante toda minha vida acreditei em coisas como "Deus escreve certo por linhas tortas". Depois dessa semana, creio que – as palavras saíram aos poucos, dolorosas, como pus de uma ferida aberta – perdi a fé.

Novo silêncio.

– Como você desconfiou que havia um – o delegado relutou antes de usar a palavra – *anjo* envolvido?

– As frases. Letras pequenas nos bebês, grandes nas mulheres. E a diferença de caligrafia. Era como se cada vítima tivesse escrito seu

"ORA PRO NOBIS", como se elas pedissem perdão, e não o algoz. Inconsciente coletivo, lembra-se? Era como se alguma força superior despertasse, na alma daquelas mulheres e crianças, algum tipo de conhecimento arraigado, uma necessidade de comunicação com Deus... no mesmo instante em que as matava.

– Força superior? um anjo?

– Um anjo. É claro que você teria preferido acreditar numa quadrilha de falsificadores homicidas, ou algo do gênero. Por isso decidi agir sozinho.

– A faca... aquele tapete...

– Meu amigo rabino me ensinou um antigo ritual, que torna possível – Tavares pensou um pouco, escolhendo as palavras – *combater* essas criaturas. A testemunha, lá no **Arauto**, estava balbuciando partes desse rito. Mais inconsciente coletivo, acho.

– Então você decidiu lutar.

– É. Mas, como você vê, os poderes dessas criaturas vão muito aém da imaterialidade.

– E por que um anjo faria isso? Quero dizer, eles deveriam ser bons, e...

– Bons? – Tavares riu um pouquinho. – Depende do que você considera "bom". Estude melhor a Bíblia: na maior parte do Velho Testamento, anjos aparecem destruindo cidades e matando crianças. O Anjo da Morte e os primogênitos do Egito! Sodoma e Gomorra! É claro que um anjo salva o filho de Abraão, mas trata-se de um caso isolado.

– Certo, mas isso não explica por que um deles viria matar e mutilar crianças num fim-de-mundo como Parreiral!

– Quem sabe? "Deus escreve certo", etc. Ou ao menos costumava ser assim. – Lágrimas começaram a manchar a venda. – Se você quiser uma hipótese, talvez o fim do mundo esteja chegando. De verdade. Sabe, está previsto que os anjos vão matar um bocado de gente, quando a hora chegar. De qualquer forma, só existe uma saída, imagino.

– E qual é?

– Rezar. Rezar por nós, que perdemos a fé, agora e na hora de nossas mortes.

Criaturas da noite

A Robert Bloch

Onze horas da noite, sexta-feira. A edição de sábado da *Tribuna* estava já fechada. O editor-chefe e eu aguardávamos apenas pelo fotolito preto da capa, a fim de realizar uma última revisão. Esse hábito, abandonado por nossos ancestrais ao longo da revolução neolítica, ressurgira depois que, três dias atrás, uma "exceção" com dois "ss" aparecera na manchete. Por alguma dessas inexplicáveis peculiaridades do espírito humano, aquilo causara muito mais comoção entre o meio científico e intelectual da cidade – um psicólogo e dois advogados que desopilavam o fígado enviando manuscritos gongóricos à redação – do que as baboseiras sobre curas espirituais e discos voadores que haviam se tornado o principal caça-níquel da pujante *Tribuna de Açaraí*.

O telefone tocou. Atendi. Era o cara da oficina, avisando que o fotolito estava pronto. Doutor Tavares ia fazer a revisão? (doutor Tavares é o nosso bravo editor-chefe). Tapei o bocal e repeti a pergunta, mas não consegui evitar que uma nota irônica acompanhasse a palavra "doutor". Em resposta, Tavares emitiu algo entre um gemido e um bocejo. Resposta clara: doutor Tavares estava muito ocupado caçando fotos pornô na Internet. *Eu* iria.

A oficina de fotolito ficava no andar de baixo, acessível por uma escada espiral metálica – uma escada espiral metálica que rangia e balançava como um navio naufragado. Jônatas, o chefe do fotolito, me aguardava ao pé daquele pequeno *Titanic*.

– Tudo bem? – perguntei.

– Isso é o senhor que vai dizer – ele respondeu. – Mas, por mim, tudo na santa paz.

Balancei a cabeça e me dirigi até a mesa de vidro, iluminada de dentro para fora por uma lâmpada fluorescente. As letras pretas saltavam como sombras, empurradas pelo brilho fantasmagórico. Àquela hora, não havia mais ninguém na oficina além de nós. O silêncio, frio e pegajoso como o ar noturno, amplificava o som de nossos passos, e o zumbido da lâmpada, dentro da mesa, proporcionava um ruído de fundo que parecia vir de todas as direções.

O telefone tocou.

– É para o senhor. É o doutor Tavares.

Peguei o fone que Jônatas me estendia.

– A capa, como está? – perguntou a voz do outro lado.

– Parece tudo bem – respondi. – Posso mandar imprimir, senhor?

– Não.

Gelei. Quando um editor-chefe, imerso até as orelhas em coisas como prazos de entrega e economia de horas-extras (o pessoal da gráfica recebe, não os jornalistas) manda segurar a primeira página às onze e vinte da noite, boa coisa não pode ser. E eu estava cansado, louco para ir pra casa, ia passar um filme muito legal na tevê a cabo. Minhas têmporas tiquetaqueavam como um velho relógio de bolso.

– Como assim, "não"? – eu deveria tratar Tavares com respeito e deferência sempre que houvesse alguém da gráfica ou da oficina por perto, mas me senti no direito de mandar o protocolo às favas. – Já estamos…

– A polícia acaba de ligar. – Ele fez um ruído gozado, como se suprimisse um princípio de riso. O velho sádico se divertida com a perspectiva de me manter trabalhando madrugada adentro. – Encontraram o outro Poelzig. Morto.

– Onde? – os pelos da mão com que eu segurava o telefone arrepiaram-se, como se a voz de Tavares viesse carregada de eletricidade.

– Aí vem a melhor parte: perto do Encharcado.

* * *

O motorista da redação já havia se mandado, mas a primeira kombi de distribuição estava dando sopa no pátio. Não havia mais fotógrafos, mas consegui dar um jeitinho no cadeado do armário onde ficam as máquinas. Dirigindo uma kombi forrada com jornais velhos e com a Nikon favorita do editor de fotografia a tiracolo, parti para o Encharcado.

Essa é uma região onde o leito do rio Açaraí torna-se bastante raso, e por isso as águas se espraiam pela área ao redor, encharcando o matagal. Dependendo da época do ano, a área toda vira um verdadeiro pântano. O lugar fede, tanto por causa do esgoto industrial que o rio carrega quanto pelos gases que exalam da mata apodrecida. Assim como os pântanos dos romances ingleses, o Encharcado também produz sua própria atmosfera.

Não obstante, uma das maiores favelas da cidade fica em torno desse lugar. As pessoas usam a água estagnada para beber, lavam roupas e panelas nas poças fétidas, e algumas despejam seu lixo doméstico e excrementos lá. A secretaria de Saúde às vezes manda alguém ao local para explicar que esses hábitos são um tanto quanto desaconselháveis.

Os moradores *têm* título de eleitor.

O fato do cadáver de Vitus Poelzig ter sido desovado por lá não deixa de mostrar alguma justiça poética. Cinco anos atrás, os irmãos Vitus e Hjalmar Poelzig, dizendo-se missionários vindos da Áustria (na verdade, os nomes foram tirados de um velho filme de terror; depois descobriu-se que nenhum deles sabia falar alemão, mas suas verdadeiras identidades jamais foram estabelecidas), fundaram na favela do Encharcado o Templo de Jesus Salvador das Criancinhas.

A "salvação" que eles ofereciam às criancinhas dificilmente poderia ser encontrada nos Evangelhos, porém. Os sinais, a princípio, foram explicados à população local como "manifestações divinas": um garoto de seis anos que certo dia retornou da igreja emudecido, olhar úmido, calças sujas de sangue. Ou uma menina recém-nascida que voltou do "batismo secreto" com cacos de vidro na vagina, ânus rompido, e morreu dias depois.

Não se sabe ao certo como o desmascaramento ocorreu. Talvez uma das crianças tenha resolvido falar. O fato é que, um ano depois de estabelecido, o Templo foi destruído por uma multidão em fúria, pais e mães ensandecidos, carregando tochas, paus, pedras, facões e armas de fogo sob a lua, amarelecida pelos vapores do rio.

Os dois "sacerdotes" conseguiram escapar do linchamento, mas Hjalmar acabou detido pela polícia pouco tempo depois. Em sua primeira noite na prisão, foi violentado diversas vezes. Ao amanhecer do que deveria ser o primeiro dia, teve os órgãos genitais amputados por uma navalha suja – dizem que cada um dos colegas de cela fez questão de esfregar um pouco de suas próprias fezes sobre a lâmina, para batizá-la – e enferrujada.

A infecção que o matou foi lenta e dolorosa.

Vitus, no entanto, parecia ter desaparecido da cidade, do estado, talvez até mesmo do país. Chegou-se a supor que ele teria realmente um passaporte europeu. Afinal, ninguém conhecia seu nome verdadeiro, e existem várias formas de mudar um rosto.

Mas, pelo que os faróis da kombi revelaram enquanto eu manobrava para estacionar, a aparência de Vitus Poelzig só havia mudado depois da morte.

Normalmente, a polícia cobre os cadáveres que encontra, e logo que os encontra. No caso do último dos irmãos Poelzig, no entanto, a tarefa não seria tão simples.

Motosserras trabalhavam para baixar o corpo, empalado pela virilha em um dos galhos mais altos de um árvore morta. O cadáver estava pendurado de cabeça para baixo, e a luz de meus faróis atingira diretamente as órbitas vazias daquele rosto pálido, invertido, a língua pendendo, inchada, sobre o nariz, gotas de sangue escorrendo pelo vazio dos olhos e percorrendo o contorno da sobrancelha loira. A cabeça balançava a cerca de um metro do solo, na altura da primeira forquilha da árvore – onde o tronco, baixo e espesso, se divida em dois ramos fortes. O galho que sustentava o peso do corpo, e que o policial com a serra tentava cortar, penetrava pelas costas, talvez partindo a coluna, e emergia, como uma unha sangrenta, um pouco abaixo do umbigo. O cadáver se curvava de forma estranha, e balançava ao vento.

Por um instante, tive a impressão de que ele iria espernear.

Tirei duas ou três fotos antes mesmo de descer da kombi. No instante em que bati a porta atrás de mim, vi um policial caminhando em minha direção. Era Charles Cardoso, um dos investigadores da equipe de Jair Novaes. Pelo jeito, o delegado não iria cuidar dessa pessoalmente.

– Primeira página? – perguntou Charles, estendendo a mão.

– Se quer que seu nome saia direito no jornal, nunca mais junte essas duas palavras – respondi, enquanto apertava a mão do policial. – É o canalha mesmo, não é?

– O Filho da puta – Cardoso fungou, chupando um pouco de gosma verde de volta para dentro do nariz. – Em pessoa.

– E como aconteceu?

– Bem… Alguém precisaria de uma escada e de um martelo pra pregar um cara assim. Ou…

– Ou… ?

– Ou ele foi jogado do alto. Imagine: o cara cai, sei lá, de uns dez metros, direto em cima daquela estaca da pau velho… Serviço completo.

– Foi o quê? Helicóptero? Ultraleve? Asa delta?

– Não sei! E quer saber o que mais?

– Diga.

– Não é pra publicar, em? É só que nem quero saber. Quem fez esse presunto aí merece uma viagem pra Cancún, primeira classe, hotel cinco estrelas.

– Uau! – Numa entrevista, é sempre bom fingir admiração quando o interlocutor acha que acabou de dizer algo sincero, profundo, importante, original ou inteligente. Isso torna as coisas mais fáceis. – Não posso citar isso?

– Não.

– "Fontes da polícia…"

– Não.

Ouvimos um baque, úmido, como o passo de um gigante sobre o capim encharcado. A motosserra parou.

– O cretino está no chão – Charles disse. – Venha. Vamos dar uma olhada.

As órbitas vazias eram, provavelmente, trabalho de pássaros das redondezas. A língua, os lábios e o nariz estavam cheios de pequenos cortes e bolhas, cortesia dos insetos da mata.

– Uma vez encontrei um presunto com abelhas de mel na boca e no nariz – comentou um policial um pouco atrás de nós. – Verdade? Dizem que mel de gente faz bem pra artrite – alguém respondeu.

– Olhe as pernas – Charles me disse.

Olhei. Enquanto o corpo permanecera preso à árvore, era impossível ter uma boa visão de pés e canelas, mas agora eu conseguia uma boa olhada. O que vi foi surpreendente: as panturrilhas estavam dilaceradas. Havia três perfurações, profundas, em cada uma delas; e cada perfuração dava origem a um corte mais ou menos curvo, através de carne e pele.

– Minha mão uma vez ficou assim, depois que um gato me arranhou – disse o investigador.

– Verdade? – perguntei.

– Nada tão grande ou profundo, claro. – Ele sorriu.

Aquilo me deu um estalo. Abri a boca para falar, mas me contive. Olhei para o relógio: o filme que queria ver já havia começado. E Tavares estava segurando a primeira página.

Tirei mais fotos. Fiz uma entrevista com Charles, mas agora *on the record*, isto é, sem as confidências e indiscrições. Material estritamente para publicação. Depois, usando o telefone celular de um dos outros policiais, liguei para a redação e passei a matéria para Tavares. Ele que redigisse como achasse melhor.

– Você já vai voltar? – perguntou. – Não teremos como incluir as fotos na edição de amanhã...

– Não. Quero checar algumas coisas por aqui, ainda.

– Ok. Não esqueça de trazer as fotos durante o dia.

– Claro.

Pouco depois a polícia foi embora, levando o corpo, o galho fatal e mais algumas coisas que poderiam servir como evidência.

Fiquei sozinho.

Eu talvez seja uma das poucas pessoas que realmente *sabe* o que é estar sozinho no meio de um pântano à meia-noite – e com lua cheia, ainda por cima. Nem todo o cinismo do mundo pode negar o fato de que essa *é* uma experiência desagradável, para dizer o mínimo. Ainda mais um pântano como o Encharcado. Deus, *respirar* ali deve ser o suficiente para pegar vários tipos de hepatite.

Não obstante, algumas centenas de pessoas vivem em torno daquele lugar. Bebem daquela água. E se...?

Sim... *E se*?

Manobrei a kombi, de forma a apontar os faróis na direção da favela. Depois peguei uma lanterna na caixa de ferramentas e comecei a examinar o terreno. Existem alguns montes de terra, espinheiros e arbustos que permanecem secos a maior parte do tempo, mantendo-se acima do nível do gramado sempre úmido. Concentrei-me neles.

Meia hora depois, sobre as folhas de uma arvorezinha, descobri o que procurava: sangue. Coagulado, mas ainda reconhecível. Três gotas. Tracei uma reta imaginária unindo o arbusto à favela, e segui-a. A linha me conduziu pelo charco até uma pedra que se sobressaía da grama. Iluminei-a.

Sangue!

A superfície da pedra, sendo mais ampla e regular que a copa de folhas do arbusto, oferecia uma visão melhor das pequenas manchas rubras. As gotas pareciam seguir uma sequência – estavam *alinhadas*. Um extremo da linha apontava para a favela. O outro, para a árvore esquelética onde Vitus havia morrido.

Segui a trilha – de arbusto em arbusto, de rocha em rocha – por mais de uma hora. Às vezes a linha era interrompida, e eu só reencontrava sinais de sangue muito à esquerda, ou à direita, do último ponto. Ao checar algumas folhagens mais densas, acabei desalojando ratos, cobras, aranhas, corujas – pelo menos uma grande ave voou sobre minha cabeça, piando, irritada com a intrusão. As cobras, por sorte, assustavam-se com o facho da lanterna e fugiam sem atacar. O cheiro, em vez de desaparecer com o hábito, tornava-se cada vez mais nauseante; e o líquido pútrido daquele charco começava a se filtrar por entre as costuras de meus sapatos.

Não havia vento.

O tênue rastro de sangue me conduziu a um conjunto de três barracos, na orla da favela. Um deles chamou minha atenção: era o único a manter algum tipo de luz acessa naquela hora, e havia uma imagem de Nossa Senhora sobre a janela.

Bati na porta, que se abriu sozinha; lá dentro, uma velha senhora sentava-se, olhando na direção da porta, em uma velha cadeira de praia.

– Eu sabia que alguém viria – ela disse.

Olhei ao redor. Era um barraco típico: pequeno, iluminado por um lampião de gás. Chão de terra nua, úmida como toda a área ao redor, e coberto por tapetes velhos, trapos e pedaços de saco de lixo. A um canto, roupas surpreendentemente limpas, dobradas com cuidado, descansavam sobre um travesseiro branco. Encostado a uma das paredes um fogareiro de acampamento, azul, duas panelas, um prato de plástico, um saleiro, nenhum talher. No canto mais afastado, um buraco, largo como os ombros de dois homens, postos lado a lado – fossa e cesto de lixo, imaginei. De qualquer forma, aquilo me chamou a atenção. Parecia grande demais.

A mulher usava um vestido de flores amarelas sobre fundo azul, chinelos roxos, um pano preto amarrado sobre os cabelos muito brancos, mas amarelados nas pontas. As mãos era grandes e nodosas; ela gesticulava muito. A pele, nos braços e no rosto, parecia folgada, solta sobre os ossos, como uma roupa muito larga.

– A senhora sabia? Como? – perguntei.

– Depois que o menino saiu. Saiu à noite, levando o pai, mas sabia que alguém ia ver. Rezei…

– O pai?

Ela assentiu com a cabeça:

– O pai. O alemão da igreja, que fazia coisa ruim com as crianças. Minha filha tinha doze anos e…

– Sua filha nasceu aqui? – senti um aperto gelado na garganta; a teoria que havia surgido em minha mente durante a conversa com Charles voltava a aflorar.

De novo, ela fez que sim. Depois perguntou:

– O senhor é polícia?

– Sou do jornal – respondi, mostrando a máquina fotográfica.

– O senhor vai chamar a polícia?

– Não sei.

Ela fechou os olhos, e depois dirigiu o olhar para a imagem da santa sobre a janela, um trapézio cortado na placa de compensado que era a parede oeste da casa.

– Rezei pra alguém vir.

– Eu vim – respondi, tentando inspirar confiança. – A senhora falava de sua filha…

– Alemão pegou ela. Disse que era batismo. Ah! – os olhos, castanhos, mal era visíveis sob as lágrimas. – Fiz o aborto. Sei fazer aborto, faço pras comadres daqui. Mas o que veio… o que saiu do meio das perna dela… não era gente.

Ouvi algo – um som que me lembrou a coruja assustada de momentos atrás. Mas esse bater de asas parecia vir de muito longe, mais como um eco que como o som propriamente dito.

– Não era! E como homem de Deus pode pôr demônio no bucho de menina? Não pode! A menina era inocente, então o demônio tinha que ser dele! Foi aí que ficamos sabendo. Foi aí que os homens pegaram as armas e expulsaram eles daqui.

– O feto… a coisa… o que a senhora fez?

– Joguei na bosta – ela indicou a fossa com um aceno da cabeça. O som de asas vinha de lá, notei. Reverberando pelo túnel. – Todos os abortos que tiro, jogo na bosta. Mas não tiro mais.

– Aquele buraco é grande – notei. – Por causa dos abortos?

Ela deu de ombros: – Tem crescido – disse.

Na pausa que se seguiu, notei outro som vindo da fossa. Agora era como se alguma coisa *arranhasse* as paredes do buraco; como um gato afiando as garras.

– Outro dia – ela continuou – o pai veio. Queria desforra! Disse que eu tinha matado o irmão dele. Que minha falta de fé tinha matado o irmão dele.

"O alemão ia me matar. Era noite, era tarde, eu gritei. Mas aqui" – ela sorriu um sorriso triste – "ninguém liga pra grito de noite. *Eu* não ligo quando gritam nos outros barracos. Minha filha fugiu com outro namorado, eu estava sozinha".

– E o que a senhora fez?

– Eu? – ela parecia surpresa com a pergunta. – Nada! Mas *ele* fez. O menino, o meu netinho… Veio voando, sabe? e agarrou o alemão, e levou para longe. Depois voltou, sozinho. Nem olhou pra mim. Voltou direto pro buraco.

"Eu sabia, então, eu sabia que alguém tinha que vir. Meu neto voa, tem asas de coruja; meu neto mata, tem unhas e olhos como gato. Alguém ia saber se ele é demônio ou não, se é meu neto de carne, se é fantasma. Então rezei por alguém que soubesse. O senhor sabe? O que eu faço? Chamo os homens pra atirar no buraco?"

– Eu…

– O senhor quer ver ele? Fazer exame, como um doutor?

– Não – eu estava suando frio. Senti que precisava me afastar a qualquer custo; que devia sair dali, talvez até mesmo voltar depois… mas quando a lua já tivesse partido. Com o dia claro. – Não é preciso.

Senti uma explosão fria de desespero no fundo da mente. Em hipótese alguma eu deveria *olhar* para a coisa que era o fruto de três gerações vividas às margens daquele pântano, à mercê daquela água; para a comprovação de minha teoria, para o resultado impossível de uma perversa loteria genética. Para o monstro que provavelmente se alimentava de fetos abortados, lixo e fezes; para a abominação assassina com garras de gato e asas de coruja e que, apesar de tudo, se mostrara capaz de atender ao pedido de socorro de uma velha sem família.

Sem família?

– Ele *é* seu neto – ouvi-me dizer, mas é como seu eu estivesse for a de meu corpo. Como um sonho. – A senhora deve manter o menino ali, no buraco, durante o dia. Os outros poderiam ver e não entender. Poderiam ter medo dele.

"Mas à noite a senhora poderia chamá-lo aqui. Conversar com ele. Ele *deve* querer amor. E em troca ele pode fazer companhia para a senhora. E protegê-la. É melhor ter parentes que ficar sozinha, não é?" – não sei de onde vieram essas palavras. Elas surgiram, simplesmente. Mas, de qualquer forma, soaram bem. Soaram corretas. Senti uma ponta de orgulho; ou seria loucura?

A velha sorriu:

– Foi Nossa Senhora que mandou o senhor, né não, moço? – as

lágrimas agora escorriam pelo rosto vincado. Ela realmente *precisava* amar o neto.

– Foi. Foi sim – recuei em direção à porta. Mãos frias, suadas. Meu coração pulava, inquieto. Eu queria fugir, e ao mesmo tempo me sentia *responsável.* – Boa-noite! – falei, finalmente, e percebi que estava quase gritando.

Então isso é uma crise histérica?, pensei.

– Boa-noite!

Pouco tempo depois, eu manobrava a kombi de marcha à ré, tentando não bater na árvore onde havia estado o cadáver de Vitus Poelzig. Foi então que, precedida por um rufar de asas, a coisa desceu dos céus.

A visão que tive quando a criatura pousou diante do carro, ficando por alguns instantes sob a luz dos faróis, encaixou a última peça deste quebra-cabeças que agora entrego a você, leitor. Pois aquela visão me ensinou que não há nada de novo sob o sol ou a lua, e que o veneno destilado em nossas modernas fábricas, o filtro que o pântano de Açaraí levou ao útero da pobre garota, já era velho quando a humanidade ainda engatinhava; já estivera no Nilo, misturado ao sangue de faraós, e assombrara os pesadelos do dramaturgo grego.

Pois a figura que curvou a cabeça diante de mim, numa espécie de agradecimento, e depois rugiu, saltando na direção das estrelas, era uma majestosa, uma inconfundível *esfinge.*

Aprendizado

I

Meu nome é Jonas Checolhes, e moro sozinho na mansão de minha família. Quando digo sozinho, não me refiro apenas à ausência de companhia humana; nenhuma rês, nenhuma daquelas traiçoeiras criaturas têm permissão para se aproximar de mim. Todo o gado de minha herança foi vendido há anos, e as poucas reses errantes que aqui vieram foram expulsas aos berros. Duas delas matei lentamente sobre um braseiro, e comi; crime infame, crime horrível para as autoridades deste mundo, mas escondi bem entranhas e ossos, e como todos me consideram louco, isso tudo pouco, ou nada, importa.

A ausência de reses implica numa total ausência de cuidados com minha saúde. Envelheço muito rápido, e minha pele é um jardim de parasitas. Melhor assim.

Como já foi dito, meu nome é Jonas, filho de Checol, do clã Checolhes, um nome muito importante para os de minha geração, mas quase esquecido nos dias atuais. Saibam os jovens que a família Checolhes foi, quando de meu nascimento e ainda por muitas das décadas seguintes, uma das mais abastadas de todo o Planalto; tínhamos reses para tudo que fosse necessário, do serviço doméstico aos indispensáveis ritos funerais. Meu irmão mais velho, Tadeu, foi educado nos princípios de força e diplomacia, pois dele seria a liderança do clã. Eu, o mais novo, fui enviado à Universidade. A família queria um cientista.

O campus ficava, como ainda fica, numa região próxima ao porto de Vandalusia, na encosta norte do Planalto. Como eu não precisasse me preocupar com o aprendizado de um ofício específico, passei a frequentar várias aulas e escolas quase que aleatoriamente. E a me envolver em polêmicas, claro, e vinho, na medida que minha rês-"madrasta" permitisse. De tudo que fiz na Universidade, apenas uma aula, ou melhor, um trecho de uma aula tem importância para este relato.

Era uma manhã muito quente e desconfortável, a classe estava desgraçadamente cheia e eu sentia gotículas de suor gelado em minha face – consequência de um volume considerável de material fermentado de inferior qualidade consumido na noite anterior.

Tratava-se uma peroração sobre cosmologia e cosmogonia, perpetrada pelo mestre Heraldo Giustravos.

Guistravos era um homem alto e levemente arqueado. A calvície o atacava de maneira impiedosa, mas o professor conseguia manter uma digníssima crista cizenta sobre a cabeça afilada e quase nua. Encravado no púlpito, exatamente sobre o foco da parábola ao longo da qual nós, alunos, nos sentávamos, Giustravos fazia uma recapitulação do assunto do dia, antes de conceder permissão aos alunos para que questionassem.

– Portanto, ensina Flaviano, vivemos no plano equatorial de uma esfera, ou cosmo. Esse plano flutua sobre um hemisfério de água; É essa água que brota nas nascentes do topo do Planalto, e corre para fora do cosmo... Por que a água corre para fora, senhor Trafalhes?

Jaime Trafalhes, sentado à minha frente, levantou-se e respondeu:

– A esfera é aberta ao longo das bordas de nosso plano; a cordilheira é o produto do choque do nosso cosmo com o protocosmo externo, que atrai a água.

– Bom, senhor Trafalhes, bom. Fora de nossa esfera exite o protocosmo, matéria em estado bruto e em colapso, que se mistura com a água e, a exemplo dos vários ácidos, reage com o elemento molhado. O protocosmo úmido dá origem aos seres protovivos, também chamados reses. Por que as reses escalam a cordilheira, senhor Checolhes?

Respondi mecanicamente, enquanto a ressaca me corroía a mente e o estômago:

– Devido a seu desejo de perfeição, senhor. Da mesma forma que nós servimos à Divindade, as reses nos servem, pois somos imediatamente superiores a elas.

Giustravos ergueu as espessas sobrancelhas, e sorriu, enquanto eu me sentava.

– Perguntas? – ele disse. E foi ali que tudo realmente começou, ali, quando uma voz feminina, rouca e decidida, fez a pergunta:

– Não iremos estudar a hipótese Dente de Dragão?

Um burburinho de mal estar percorreu a sala, como uma convulsão febril. Voltei-me (a voz partia de um ponto atrás de mim) e me deparei com Crlyssa Cotet, uma garota de cabelos negros e curtos, olhos castanhos semicerrados e lábios agressivos. Um pigarro firme devolveu minha atenção – e a de todos os demais – à figura do professor.

– Não estudamos fantasias aqui, mocinha. A hipótese que você cita não esclarece a origem do gado, e o projeto Dente de Dragão é, em si, inexequível.

A garota fez a reverência de praxe e tornou a se sentar.

– Sem mais questões? Aula encerrada. – Concluiu Giustravos.

II

É difícil descrever o pátio interno do campus, um lugar de pó e terra batida, cercado por edifícios marrons e árvores desfolhadas. Era ali, vagando de uma sombra para outra, tentando me esconder do sol alto, que senti minha cabeça rodopiar, afetada pela ressaca, talvez. As palavras "Dente de Dragão" apareciam diante de meus olhos com insistência, e seu som martelava-me os ouvidos. Decidi encontrar um banco no pátio e repousar até que a tontura passasse. Aninhei-me numa tábua apoiada sobre dois cavaletes, à sombra de uma macieira, e fechei os olhos. Ao tornar a abri-los, encontrei Crlyssa sentada ao meu lado, absorta em algum tipo de leitura. Acocorada no solo, uma rês-guardiã lambia-lhe a mão, devotadamente.

Esqueci-me, por algum tempo, de meus pequenos tormentos fisiológicos e fiquei a investigar a fisionomia de Crlyssa. Uma garota de beleza pouco evidente, discreta mesmo – mas que, uma vez notada, dificilmente sairia dos pensamentos de um homem. Alguém poderia acusar-lhe o nariz de pouco gracioso, mas, no conjunto, esse detalhe se fazia irrelevante. Aos poucos, o brilho de meus olhos passou da fria análise para o mais vivo interesse, e a mais devotada admiração. Foi nesse instante que Crlyssa notou meu olhar.

– Oh, olá. – Ela disse, sorrindo, meio ruborizada. – Eu estava tão envolvida na leitura que... Aliás, quando cheguei, pensei que você estivesse dormindo...

– Dormindo, não. – Respondi. – Apenas às voltas com uma dorzinha insistente na cabeça.

– Farra ontem à noite?

– De certa forma...

Nossa conversa caiu num daqueles incômodos vácuos silenciosos. Uma rápida e desesperada investigação mental me deu palavras para continuar o diálogo:

– E você? De onde tirou aquela ideia de... de... citar Dente de Dragão na aula?

O sorriso de Crlyssa perdeu imediatamente o entusiasmo, e ganhou um tom amarelado de ironia.

– Você também não consegue levar a ideia a sério, não é?

– Bom – falei, decidido a ser honesto e eufemístico ao mesmo tempo – nunca vi argumentos que...

– Você já leu a obra de Ulprecht? de Ramondes? Xantarcas?

– Não, mas os comentários são... bem... desabonadores.

– Você realmente consegue, de uma forma racional, aceitar a ideia de que esses animaizinhos – ela disse, indicando sua rês-guardiã, um filhote de metro e meio de altura – nos sirvam por "imperativo espiritual" ou "missão divina"? Não é tão mais lógico admitir que o gado é uma espécie protorracional, tão nativa desse mundo quanto nós mesmos e escravizada por nossos ancestrais? Ou a ideia de uma mistura de sabe-se lá o quê com água, criando vida espontaneamente, faz sentido?

Aquele discurso mexeu bastante com o polemista dentro de mim – uma segunda natureza em minha personalidade daqueles tempos, ao lado do beberrão.

– Certo – retruquei. – Você diz que o gado é uma forma de vida como qualquer outra. Mas formas de vida normais morrem, e deixam restos. Que resposta essa... teoria dá à ausência de fósseis de gado sobre a superfície do mundo?

– Sobre a superfície do mundo conhecido, você quer dizer. E se nossa geografia também estiver errada?

– Ah, certo. O barco. Se bem me lembro, é um ponto central nessa sua doutrina.

– Isso não é uma doutrina, Jonas, é uma teoria científica, passível de comprovação experimental. O barco não é ponto central de nada, é apenas um veículo para experiência. Ninguém nunca foi além da cordilheira.

– Também, pudera... Não há para onde ir! Não tem nada além da cordilheira!!

– Alguém já foi até lá? – ela perguntou, com complacência.

Uma desagradável – para mim – sensação de xeque-mate ficou no ar.

– Vamos fazer uma coisa – Crlyssa disse, tomando sua rês no colo e se levantando. – Você consulta o *Antiflavianista*, de Xantarcas, e depois conversamos.

– Onde eu acho esse livro? Ele não foi proibido?

– Proibido de circular. Existe uma cópia, para consulta, na biblioteca. Esta é uma instituição liberal, sabia?

III

Amadeo, o bibliotecário, me olhou com estranheza assim que o informei dos títulos e assuntos que me interessavam. Se a Universidade era uma instituição liberal, o mesmo não se aplica a seus funcionários.

Não obstante a silenciosa reprovação do bibliotecário, consegui uma ficha com a localização dos volumes que Crlyssa me havia recomendado. Estavam todos agrupados num dos pontos mais altos da majestosa pirâmide espiral que formava a biblioteca. Eram cinco livros, um de texto, um de cartas celestes, uma tábua de cálculos, planos para uma complexa embarcação e um mapa hipotético do mundo.

Todos os tomos estavam encadernados em tecido áspero e espesso; o papel das páginas era também surpreendentemente grosso, e a lombada era excessivamente rígida. O livro de texto falava de experiências, deduções tomadas a partir da geometria das sombras e da queda de corpos simples sobre o solo, do movimento dos céus e das chuvas.

A princípio tive dificuldades em entender o discurso de seu autor, mas, ao longo do mês, tudo se tornou bastante claro. O plano que contém o mundo, se todas as premissas contidas naquele livro – e corroboradas pelas cartas celestes e pelas tábuas – fossem verdadeiras, não seria o diâmetro de uma esfera, mas, sim, a própria superfície externa da esfera. Uma superfície predominantemente aquosa, pontilhada por ilhas de elemento seco; o *nosso* mundo não passaria de uma dessas ilhas, e as reses seriam imigrantes de outra ilha qualquer. O autor da obra previa, em um posfácio, que as evidências matemáticas não seriam suficientes para destruir a visão flavianista, clássica, que se tinha da cosmologia. Ele propunha que se construísse um navio, a se chamar **Dente de Dragão** – donde derivava o nome pelo qual era conhecida toda a teoria –, capaz de seguir um rio qualquer até a foz, além da cordilheira de Horizonte – e encontrar, lá, não o caos e o protocosmo, mas, sim, um colossal lago, formado pela soma das águas de rios de infinitos continentes.

Eu disse acima que levei um mês lendo o livro e consultando as obras anexas; devo agora descrever as condições em que passei esse mês.

A leitura me absorvia por completo, eu mal comia, e só dormia após o horário de fechamento da biblioteca. Minha frequência às aulas tornou-se tênue, e minha rês-"madrasta" urrava ao perceber minha barba incipiente. O único ser humano que conseguia conversar comigo era Crlyssa, e nossos diálogos, nos intervalos de meus estudos, eram, a cada dia, mais cheios de termos técnicos de uma ciência proscrita. Recriávamos, com a mais absoluta fidelidade, uma a uma as experiências citadas no livro, e, enquanto eu via, estupefato, um par de sombras e um calendário provarem, além de qualquer dúvida, a incomensurável vastidão de um mundo suposto esférico, Crlyssa sorria como uma mãe que vê o filho andar sobre as próprias pernas pela primeira vez.

IV

Seguindo o caminho natural das coisas, Crlyssa e eu preparamos um novo livro, uma volumosa compilação de dados experimentais e extrapolações matemáticas. Uma obra que, se lida sem preconceitos, levaria a uma recriação de toda a cosmologia. Infelizmente, no entanto, essa ausência de preconceitos jamais existiu: conseguimos uma tiragem de quarenta exemplares, e quase todos foram parar em obscuras estantes de bibliotecas públicas. As bibliotecas particulares dos grandes pensadores repeliam violentamente o livro.

Por cerca de um ano minha vida continuou assim, sem alterações.

As coisas começaram a mudar numa tarde de inverno, depois das aulas, quando eu repousava em meu alojamento dentro do campus: um apartamento de terceiro andar, amplo e revestido com madeira. O vento lá fora zunia selvagemente, e as árvores – negras, nuas e retorcidas – pareciam criminosos petrificados num ponto remoto de nossa história, antes da civilização e das reses; vilões sofrendo as horríveis torturas de tempos antigos.

Eu reparava, através da janela, nos amplos arcos de matéria pulverizada que subiam, com harmoniosa violência, a partir do chão. Minha cabeça divagava sobre algum tipo de estranha geometria quando alguém bateu em minha porta.

Atendi, meio aturdido – aturdido primeiro por sair de minha hipnótica fascinação pela paisagem, segundo por ser incapaz de imaginar quem poderia se dar ao trabalho de me fazer uma visita com um tempo daqueles. Aberta a porta, encontrei, encolhida num canto do umbral, a rês-mensageira de minha família. A criatura me entregou um envelope lacrado e, sem esperar qualquer tipo de resposta, partiu.

O conteúdo do envelope era bem simples e direto. Meu irmão me informava que meus pais haviam falecido num acidente, durante uma viagem entre Carralla e Frândia, e que ele, Tadeu Checolhes, na qualidade de primogênito de Checol, fazia a seguinte disposição dos bens:

A mansão, as terras e 6/7 do gado lhe pertenceriam. A mim caberiam uma indenização, uma pensão anual e 1/7 da quantidade de reses da família (ou seja, seis cabeças).

Olhei para as cifras no papel, e constatei que a pensão poderia, por si só, me garantir um delicioso ócio pelos próximos dois séculos, no mínimo; e eu nem pretendia viver tanto...

Além disso, meu irmão deixava bem claro, nas entrelinhas, que preferiria não me ter como hóspede em sua recém-adquirida mansão.

No final do comunicado Tadeu avisava que as reses já haviam tomado todas as providências em relação aos corpos.

Hoje, mal me reconheço no rapaz que recebeu, com absoluta naturalidade, a notícia da morte dos pais, ainda relativamente jovens, num acidente. Mas, afinal de contas, este era – e ainda é – um mundo de pouquíssimos velhos – todos confinados em asilos –, e de quase nenhuma morte natural.

V

Naquele tempo, meu relacionamento com Crlyssa já havia evoluído para uma espécie de romance, e num de nossos encontros, enquanto brincávamos sobre o que fazer com minha pequena fortuna, surgiu a possibilidade da construção de Dente de Dragão. Não me lembro de qual de nós pensou nisso primeiro, mas me recordo perfeitamente do silêncio que se seguiu à exposição da ideia. Até ali nosso diálogo havia sido uma brincadeira, e temíamos o instante em que ele se tornaria sério.

– Feito! Vamos construir o maldito barco! – falei. Crlyssa sorriu e nos abraçamos, enquanto nuvens de alguma espécie encobriam o sol.

* * *

Vou poupar o leitor de detalhes técnicos sobre a construção do navio. Dente de Dragão era um conceito de veículo aquático revolucionário para a época, e ainda o é hoje: embarcação de bronze e madeira, movida a vapor d'água, propelida por duas rodas laterais. O interior do casco era quase todo ocupado por tubulações e caldeiras, numa rede labiríntica. Sobre o convés, um castelo foi preparado para servir de abrigo e local de trabalho para quatro tripulantes, mais a rês de bordo.

Falei em quatro tripulantes. Além de Crlyssa e de mim mesmo, participaram da viagem Ioachim Parmenida, físico, e Frenat Oltares, cartógrafo e geógrafo. Ambos eram velhos amigos de Crlyssa, e cientistas competentes.

A construção de um barco tão incomum, bem como os imensos custos envolvidos no projeto acabaram por chamar a atenção de repórteres e de autoridades acadêmicas – uma vez que estávamos utilizando estaleiros da Universidade. Como nossas ideias e intenções não fossem segredo algum, logo milhares de pessoas se viram informadas de que um aristocrata ensandecido e um grupo de amigos pretendiam se atirar, de navio, para fora do mundo. Desnecessário enumerar as cartas que recebemos, contendo ameaças, imprecações, rogos, bênçãos; registro aqui apenas a existência de um bilhete, de caráter dissuasório, enviado por meu irmão. Com certeza a coisa mais *humana* que Tadeu jamais fez para mim.

Nove meses após o início das obras, Dente de Dragão estava terminado, pronto para partir. Era outono, um outono seco e sufocante. Decidimos que a nave seria lançada do porto de Vandalusia, num domingo, pela manhã.

VI

Na noite de sábado transportamos o navio do estaleiro até o porto. Aquele colosso de bronze, empurrado sobre cilindros e refletindo a luz de uma lua cheia e firme deve ter causado profunda impressão no povo da vila ribeirinha; no instante do lançamento, em pleno domingo, toda a população se apinhava nas docas, sobre navios, em amuradas e mastros. As pessoas assobiavam e gritavam, e nós quatro, reunidos na sala de máquinas para uma última checagem, de repente nos sentimos muito pequenos, e desprotegidos.

– Tudo pronto? – perguntei, sentindo um épico frio na barriga.

– Tudo – respondeu Parmenida. – Ou pelo menos, tudo que previmos e calculamos. Deve ser o suficiente.

– Claro que é. – Disse Crlyssa. – Olha, vamos logo com isso.

– Certo. – Ioachim parecia sentir o mesmo estremecimento que eu. – Quem puxa a alavanca?

Quatro mãos se fecharam sobre um longo cabo de madeira de lei, e o fizeram girar para baixo, ao redor de uma engrenagem oculta. Naquele instante pude sentir cada movimento de roldanas, cada peso e contrapeso do mecanismo que nos libertava das docas. Um aumento nos gritos lá fora me fez crer que o navio já estava descendo rio abaixo.

* * *

Algumas horas depois, deixamos a rês de bordo tomando conta das máquinas e nos dirigimos à cabine de navegação. Ali, Oltares expôs claramente nossas condições de norteamento:

– Até a cordilheira, só teremos de seguir o rio. – Disse ele. – O problema é sabermos para onde ir assim que atingirmos o grande depósito de água além. Os mapas dos antiflavianos são mera ficção, ilustrações sem valor cartográfico. Teremos de nos pautar pelas reações da rês... se ela veio realmente de outro continente, talvez saiba como voltar para "casa". Vocês todos terão de observá-la; minha função será apenas registrar o caminho que fazemos e calcular uma trajetória de retorno.

Ninguém disse mais nada, além de murmúrios e grunhidos. Estávamos todos um tanto quanto assustados com as perspectivas; claro, sabíamos, antes mesmo da nave ficar pronta, que os riscos seriam grandes – mas, entre conhecê-los e enfrentá-los, a distância era bem grande.

Retiramo-nos às nossas cabines particulares, cada um de nós, para arrumar nossas coisas e meditar. Meditar bastante.

VII

Reencontramo-nos, algumas horas depois, na Grande Sala – um misto de refeitório, biblioteca, bar e sala de armas. Um lugar onde poderíamos, ao longo de todo o tempo de nossa viagem (semanas? meses? provavelmente, anos?), sempre contar com alguma companhia humana. Naquele momento estávamos os quatro na sala, o que significava que ninguém pilotava o barco; e, na verdade, pelos próximos doze dias – tempo que o rio levaria para nos transportar à cordilheira – Dente de Dragão poderia ser deixado, sem nenhum problema, à própria sorte: a rota fluvial era conhecida há séculos, e mantínhamos os motores desligados. Claro que de tempos em tempos o leme demandaria alguma atenção, mas nada além disso.

Ioachim olhava, curioso, através da folha de vidro que servia de porta ao armário de armas. Crlyssa aproximou-se dele, e ouvi trechos do diálogo:

– Instrumentos estranhos, não, Crlyssa?

– Estranhos, porém bastante eficientes... o que equivale a dizer, letais. Essas armas foram construídas dentro de especificações bem claras de livros de história; nenhum ferreiro jamais fundiu um objeto desses nos últimos três mil anos, é claro, mas a tecnologia nunca foi realmente esquecida.

– Compreendo a óbvia utilidade das longas lâminas de aço, e dos machados de bronze... mas esses cilindros...

– Armas de fogo. Como físico, você deve entendê-las melhor que eu. Uma reação química produz uma súbita expansão de gases dentro do cilindro oco, e os gases propelem esferas de chumbo a altas velocidades. O suficiente pra rasgar carne e quebrar ossos.

Ioachim afastou-se um passo da porta do armário. Em seu rosto, havia uma expressão vazia, interrogativa. Era de se imaginar se ele conseguia compreender o conceito de homicídio deliberado. Foi aí que me aproximei, para tomar parte na conversa:

– Compreendo sua aversão às armas, – falei, encarando Ioachim – mas não sabemos que tipo de formas de vida poderemos encontrar além... Espero contar com você nos treinamentos... ahn... bélicos que pretendo realizar assim que passarmos pela cordilheira.

Parmenida parecia ainda levemente assustado, e se limitou a fazer que sim com a cabeça. Satisfeito, afastei-me em direção ao bar, onde a rês de bordo preparava algum tipo de lanche para nós.

O restante do trecho fluvial da jornada transcorreu normalmente. Exatos treze dias após a partida, chegamos à cordilheira, um labirinto de precipícios e abismos que se descortinava sobre nossas cabeças. O rio se compactou entre encostas perpendiculares, negras e úmidas, que serpenteavam de maneira estonteante. A atenção ao leme tornou-se vital, e Oltares calculou que, a cada quilômetro de rio percorrido, penetrávamos menos de duzentos metros no complexo labirinto de limo e rocha que devíamos atravessar.

A atmosfera ali era opressiva; o cheiro de umidade parecia uma nuvem verde e azul diante de nossos olhos. O moral da tripulação, sufocada pelo calor, atacada por mosquitos e afastada da luz, caía mais a cada dia. Brigas na Grande Sala tornavam-se eventos comuns, e pensei no enorme erro que havia cometido ao colocar as armas num armário transparente.

VIII

Com os passar dos dias, a violência verbal cedeu lugar a um *clima*, uma *atmosfera*; algo mais silencioso e ameaçador. Uma tensão se transmitia pelos olhares, em feixes de ódio e intolerância. Cada um de nós deve ter, naquele período, planejado e "executado" dezenas de assassinatos. Crimes na verdade desprovidos de motivo, nunca realmente praticados, mas guardados como fel ardente em nossos corações. A própria rês de bordo parecia haver percebido essa hostilidade velada: antes prestativo e carinhoso, agora o animal se limitava a cumprir suas funções com mecânica eficiência.

Foram cinco dias neste estado, e na noite do quinto dia, ao me recolher, tive certeza de que, qualquer que fosse a linha que mantivesse nossa sanidade, estávamos a ponto de rompê-la.

Felizmente, o sexto dia amanheceu com boas novidades. Crlyssa, responsável pelo primeiro turno de observação, tirou-nos todos da cama com um entusiástico badalar do carrilhão de alarme. Acorremos ao convés e vimos, bem à nossa frente, um imenso paredão de rocha, idêntico aos que nos cercavam a bombordo e estibordo. O paredão da proa, no entanto, diferia de seus companheiros à direita e à esquerda num importante detalhe: *ele continha a entrada de uma carverna*!

Era um orifício triangular, o vértice virado para cima, prolongando-se numa rachadura sinuosa, e com a base descendo, aparentemente, abaixo da linha dágua. área mais do que suficiente para a passagem de Dente de Dragão.

– Três horas até lá, neste ritmo – diagnosticou Oltares. – Deve ser escuro lá dentro... Melhor prepararmos lampiões extras.

A expectativa do desconhecido desanuviou num instante toda a névoa hostil que se havia criado entre nós. Corremos aos lampiões, aos mapas, ao timão, ao laboratório.

IX

O universo dentro da caverna não era, sob um ponto de vista objetivo, nem um pouco menos lúgubre ou depressivo que os meandros do rio por entre os desfiladeiros; a impressão mais nítida e assustadora do desconhecido, no entanto – causada, por exemplo, pelas trevas absolutas que nos cercavam – tornou a equipe extremamente unida.

Além da escuridão, estávamos imersos num ambiente gélido, de atmosfera densa e carregada. Os únicos sons naturais daquele lugar eram o pingar lento e nítido da água que escorria pelas paredes e pelo teto, e os gritos horríveis de morcegos que, de tempos em tempos, nos atingiam e ao barco com suas fezes perigosamente corrosivas.

A água que navegávamos era rasa, extremamente fria e quase estagnada. A corrente, ali, praticamente inexistia, e fomos obrigados a ativar nossos motores. Ioachim fazia testes físico-químicos com o líquido diariamente; da primeira vez, ele introduziu um longo bastão na água, usando-o para perfurar um pouco do leito do rio. O bastão voltou recoberto de uma substância verde-esbranquiçada, de textura e aparência que lembravam as formas vegetais mais primitivas.

Em outra oportunidade, enquanto Parmenida segurava um balão de ensaio dentro d'água, para obter uma amostra do líquido, alguma coisa roçou-lhe a mão, deixando uma substância que corroeu tanto a luva de segurança quanto a pele do físico. Ioachim sequer chegou a gritar, paralisado que estava pela dor.

Um rápido exame demonstrou que o ferimento era, na verdade, uma espécie de queimadura alcalina. Crlyssa preparou uma atadura embebida em vinagre, enquanto procurávamos reanimar Ioachim com pequenos goles de uma bebida gelada.

X

Não posso me esquecer de registrar a mudança de comportamento da rês de bordo: do animal dócil e carinhoso que era ao tempo do embarque, nossa peça de gado foi-se tornando aos poucos arredia, quieta, pensativa, até. Havia dias em que eu chegava a considerá-la deprimida, no que Crlyssa e Oltares concordavam plenamente. Parmenida tinha dúvidas sobre a capacidade dos animais em conceber estados de espírito complexos como depressão e felicidade.

* * *

A saída da caverna foi uma verdadeira batalha, que quase nos custou nossas vidas; do outro lado da cordilheira encontramos um verdadeiro jardim de rochas despontando do fundo do gigantesco lago para onde o rio corria.

Contra as rochas, cobertas de limo e craca, quebravam-se enormes ondas, como uma contracorrente ao impulso das águas do rio. Atingido por violentas massas de água, prensado entre pedras lisas e afiadas como facas, Dente de Dragão rangeu, saltou, sofreu vários danos, principiou a fazer água. No final, porém, conseguimos deixar a zona de turbulência e baixar âncora a cerca de duzentos metros da costa.

Pela primeira vez em toda a história, seres humanos viam o mundo pelo lado de fora, e o mundo pelo lado de fora era a cordilheira – um paredão rochoso e quase perfeitamente perpendicular, a muralha de uma cidadela de gigantes. Visto ao ocaso, com sua sombra magnífica se mesclando às ondulações da água e aos últimos raios do sol, o mundo era algo épico – verdadeiramente épico. Mas a cordilheira era um espetáculo infeliz se comparada ao *resto*.

O resto era composto pelo imenso horizonte azul, ilimitado em todas as direções; pelos peixes totalmente desconhecidos que brincavam ao redor de nosso casco. Éramos prisioneiros nascidos e criados numa cela escura e úmida, olhando além das paredes da prisão pela primeira vez.

Nossa providência de trazer grandes galões dágua para a viagem se mostrou, devo anotar, correta: o líquido além-cordilheira é salgado ao extremo, e potencialmente venenoso.

* * *

De resto, não me cabe aqui fazer descrições; não sou poeta, e qualquer indicação meramente objetiva daquilo que vimos seria incompreensível para quem nunca esteve lá.

As duas semanas seguintes passamos ancorados no mesmo ponto, fazendo medições, projeções, tentando traçar mapas e encontrar referenciais entre as estrelas. Terminado esse período, nos reunimos novamente na Grande Sala. Tínhamos uma importante decisão a tomar sobre o futuro de nossa viagem.

– Podemos tentar a circunavegação (ou seja, contornar o perímetro da cordilheira), ou buscar outros mundos (outras ilhas) nos grande lago. É impossível fazer as duas coisas; não temos provisões para tanto. – Oltares falava radiante. Era óbvio que, para ele, qualquer uma das alternativas seria uma aventura inesquecível.

– Não dá pra gente circunavegar, reentrar no mundo, refazer as provisões e...

– Duvido que consigamos sair de novo, depois das notícias que iremos levar – disse Crlyssa. – *Isto* que encontramos desafia todo dogma... Quando voltarmos, será definitivo. Sem falar nos recursos de Jonas que, acho, não são infinitos.

Vendo meu nome citado, tratei de intervir na conversa:

– Crlyssa está certa... Não conseguirei reequipar o barco. Esta viagem é definitiva.

Oltares estivera pensativo durante todo esse trecho da discussão. De repente, seus olhos brilharam:

– A rês! já se esqueceram do que falei no dia em que partimos? Ela deve ter... conhecimento? não... instintos sobre... se esses animais vêm de outro mundo, ela deve saber como voltar pra casa... pra casa dela, claro... e ali tem de haver comida, água...

– Lógico! Mas como vamos fazer para o animal nos guiar? Ou para descobrir se ele realmente conhece o caminho?

Oltares ficou um pouco desnorteado. Seu plano original, de observar o animal em busca de algum indício espontâneo, era muito bom na teoria, mas ali, ante a situação concreta – no limiar de um novo mundo – a ideia parecia um tanto quanto inadequada.

– Perguntando e ordenando. Não é assim que sempre foi feito?

XI

Convocamos a rês com uma campainha, e ela adentrou a Grande Sala. Observamos o animal – peludo, com grandes olhos negros e úmidos. Em sua testa, pequenos cotos indicavam aquilo que, em seus ancestrais remotos, talvez tivessem sido poderosos chifres.

O gado permaneceu parado à porta, cabisbaixo, na posição subserviente que toda rês assumia diante de seres humanos.

– Entre – ordenou Ioachim. Era dessa maneira que, há séculos (milênios?) obtínhamos dos animais aquilo que queríamos: dando ordens simples e diretas.

– De onde você veio? – Crlyssa perguntou, num tom imperativo de voz.

O animal articulou algumas sílabas incompreensíveis, e apontou para a cordilheira.

– Não! – exclamou Oltares. – Antes... de onde *sua gente* veio? Antes, entende? Antes de virem para cá.

A luz do lampião vacilou por alguns instantes, e as paredes refletiram uma sombra de bronze, um dourado sinistro. A rês estava em silêncio – pensando, eu diria. Planejando.

– Proto-racionais... – Crlyssa murmurou, trêmula. – Sempre os classificamos assim. Mas nunca tentamos entender...

– Calma... – falei, enlaçando-a por trás, pela cintura. – Ela *sabe*.

A rês ergueu a cabeça, lentamente, e o ar pensativo fugiu de seus olhos. Num instante, o ar abobadamente adorável havia-lhe retornado ao semblante, e seu braço direito apontava, com firmeza, para noroeste.

– Noroeste? É isso? É pra lá? – Oltares perguntou, afoito, agarrando o animal pelos ombros.

– Uic, uic, uic... – disse a rês, repetindo a sílaba afirmativa de seu pobre sistema de linguagem, enquanto o geógrafo a sacudia comicamente.

XII

Desnecessário dizer que nos colocamos em rota de franco noroeste. Navegávamos nessa direção já há duas semanas quando sobreveio a tempestade.

Não sei dizer se, sobre o grande depósito de água, tais alterações climáticas são comuns, ou se nossa expedição estava amaldiçoada desde o início. Afirmo-lhes, e peço que me acreditem: por cinco dias, dia e noite foram indistintos dentro de uma mesma massa nebulosa e cinzenta; chuvas violentas, água e pedra, açoitaram-nos por igual período, enquanto ondas colossais cobriam toda a embarcação, indo mesmo acima do grande mastro central. Dente de Dragão se via continuamente submerso, e, instantes depois, violentamente arremessado à superfície pelo empuxo das águas. Ioachim postulou que, contra tais forças, nossos motores e âncora seriam completamente inúteis. Deixamo-nos, então, levar pela tempestade – e Dente de Dragão ficou à deriva, ao sabor dos ventos.

Durante a duração da tempestade, pouco saíamos de nossas cabines, e quando algum de nós precisava ir ao convés, só o fazia completamente coberto por grossos tecidos, e atado à amurada por poderosas cordas. Ioachim, especialmente, parecia muito ansioso por realizar experiências e medições na tormenta; sua mão, queimada e ainda incapacitada, no entanto, tornava isso impossível. Assim, Oltares (também curioso sobre certos aspectos da tempestade) se ofereceu para conduzir as experimentações.

* * *

Reunidos na sala de máquinas, elaboramos um complicado traje para o cartógrafo usar enquanto estivesse exposto à água e ao granizo. Tratava-se de um macacão reforçado, dotado de capuz, óculos e proteção para boca e nariz. Na altura do cinto, fizemos uma espécie de estante, onde instrumentos científicos poderiam ser colocados firmemente, retirados e utilizados com segurança.

O revestimento externo da sola das botas era formado por uma folha delgada de material impermeável, o que garantiria uma certa aderência à superfície úmida. As luvas eram necessariamente fortes e grosseiras, para permitir que Oltares se movesse ao longo da corda sem estragar as mãos. Vários instrumentos tiveram de ser recalibrados em função daqueles ásperos dedos de tecido.

Por fim, um colete de couro, dotado de algo semelhante a grilhões, serviria como aparelho de segurança: ao chegar ao convés, o cartógrafo prenderia os grilhões à corda, ou ao alambrado, atando-se, assim, à própria estrutura do barco.

* * *

Oltares decidiu fazer sua pesquisa "ao ar livre", como a chamava, dois dias antes do final da tormenta. A rês ajudou-o a vestir seu complicado traje de segurança. O geógrafo dispensou os óculos, dizendo que, molhadas, as lentes só iriam atrapalhá-lo.

Crlyssa abriu a porta da Grande Sala, e eu e Ioachim tivemos de nos unir para fechá-la. A partir daí, acompanhamos o *passeio* de Oltares pela escotilha.

Primeiro, o cartógrafo derrapou um pouco, até que o "efeito ventosa" de suas solas se consolidasse. A partir daí, seguindo a corda, caminhou (em passos firmes e algo mecânicos) até o alambrado de proa, onde fixou os grilhões do colete.

Naquele instante, uma onda ergueu toda a proa, arremessando o cartógrafo para além do alambrado. Por longos instantes, tudo que vimos, horrorizados, foi a argola da algema, fixa na grade, e a corrente a balançar, enquanto a proa se estabilizava sobre o rugido das águas. Foram longos instantes até que as mãos enluvadas de Oltares – primeiro a direita, depois a esquerda – surgissem de sob o alambrado, se fixassem nele e, num esforço supremo, arremessassem o corpo pesado e encharcado de volta ao navio.

Oltares custou a se pôr em pé. Sinalizamos para que ele voltasse à sala, mas o geógrafo se negou, balançando firmemente a cabeça.

Ele então abriu o estojo que trazia à cintura e começou a examinar os instrumentos, manipulando alguns, checando outros, com uma atenção de quem estava num pacato laboratório, e não no cerne da mais horrível tempestade.

A proa se ergueu mais duas vezes, mas Oltares já havia encontrado uma posição de equilíbrio, e os movimentos do barco pouco pareciam afetá-lo.

Na terceira oscilação, porém, as costuras do colete de segurança, provavelmente já desgastadas, se romperam – Oltares foi violentamente arremessado de encontro à grade e, uma fração de segundo depois, por cima dela. Dentro da sala, através dos grossos vidros da escotilha, só pudemos imaginar o som do corpo de nosso amigo se chocando contra as águas.

* * *

É estranho contar a situação assim – pena sobre papel, um mata-borrão para corrigir... erros? Não há mais nada que possa ser dito sobre este episódio; a descrição de nosso pesar pouco valor acrescentaria ao corpo principal do relato. Encerro este capítulo aqui: em silêncio.

XIII

Com o fim da tempestade, o depósito de água ficou subitamente calmo, de uma placidez quase celestial. A atmosfera, sem nuvens, refletia um azul forte e penetrante, que quase ardia nos olhos. A cada anoitecer, o crepúsculo, refletido num infinito espelho d'água, nos oferecia o maior espetáculo já visto por seres humanos.

Havia, no entanto, algo de incômodo, algo de perverso no espetáculo que a natureza nos oferecia: um espetáculo precedido por pânico e morte.

Já havíamos, àquela altura, superado o trauma da morte de Oltares, que agora se transformava, de tragédia, num problema estritamente prático: quem iria determinar nossa posição? Antes das chuvas, estávamos nos deslocando numa rota de noroeste franco; a tempestade, no entanto, havia-nos arrastado por muitas léguas em alguma direção, e sem pontos de referência físicos era bastante difícil determinar *quanto* e *para onde*. Cálculos de natureza astronômica e complexas teorizações cartográficas seriam necessárias para que descobríssemos a que distância do ponto de partida estávamos; e que curso teríamos de adotar para atingir o mundo das reses.

* * *

Nosso primeiro impulso foi, na verdade, pedir à rês que indicasse a rota correta. O animal, no entanto, pareceu desnorteado ante as perguntas que lhe fizemos. A conclusão a que Crlyssa chegou, e com que Ioachim e eu concordamos, era de que os instintos da criatura deveriam ser muito específicos, limitados à rota hereditária de sua espécie, rota da qual a tempestade nos havia retirado completamente.

Depois de alguma discussão, fizemos a seguinte divisão de trabalho: eu assumiria o posto de navegador, tentando descobrir onde estávamos e para onde deveríamos ir; Ioachim e a rês ficariam encarregados

dos reparos na estrutura do navio, e na caldeira – pois os danos, se não eram alarmantes, estavam longe, também, de serem desprezíveis –, e Crlyssa cuidaria da manutenção das partes mais delicadas da nave: os instrumentos científicos, estoques de víveres... e da cozinha, que normalmente ficava a cargo da rês.

Foram nove, talvez dez, os dias que passei trancado na cabine de navegação. Uma obsessão, uma espécie de pânico – não um terror paralisante, mas, ao contrário, um que me enchia de mórbida energia – obrigava-me a trabalhar continuamente, sem comer ou beber, com breves e sempre muito agitados intervalos de sono. A instrumentação de Oltares era formada por esquadros e transferidor (a aparelhagem usual) e por uma estranha conjugação de lentes e espelhos côncavos, provavelmente criada pelo próprio navegador especialmente para a viagem de Dente de Dragão. Sou obrigado a admitir, no entanto, que embora a natureza ótica do aparelho fosse evidente, fui incapaz de lidar com ele, ou decifrá-lo.

Independentemente de minha incompetência em operar a geringonça ótica, ao cabo de dez dias eu finalmente havia construído uma boa teoria sobre nossa posição, e sobre como nos deslocarmos até o mundo das reses. Lembro-me ainda, com clareza, dos gestos solenes com que dobrei os papéis de mapas, e do sorriso que havia em meu rosto quando, subitamente, desfaleci sobre a prancheta.

XIV

Acordei na manhã seguinte já com sol alto. O estado de espírito que me concedera forças por tantos e tantos dias havia-se ido completamente, e eu me sentia arrasado. Foi com grande esforço que arrastei meus pés até a porta, girei a maçaneta e saí. Minha cabeça girava, e cada fibra de meu corpo ansiava por um prato de comida. Dei três passos pelo corredor, em direção à cozinha, e subitamente senti o contato de uma superfície gelada contra minhas costas, a pele se rompendo, o calor do sangue fluindo tristemente. Não houve dor, mas, pela segunda vez em menos de 24 horas, perdi os sentidos.

* * *

E, pela segunda vez em menos de 24 horas, despertei. Este segundo despertar foi, no entanto, um despertar doloroso. Minha primeira sensação foi a de uma dor intoleravelmente torturante nas costas, bem entre as duas últimas costelas do lado esquerdo. Só um senso sobrenatural de prudência me impediu de gritar.

Depois da dor, veio a respiração. Inspirei fortemente, num espasmo, e junto com o ar minha boca e meu nariz se encheram com...

Abri os olhos, e um ardor insuportável me obrigou a fechá-los. Movi braços e pernas, senti-os se deslocando por uma substância sólida, pulverizada, quase fluida, até se chocarem com uma superfície flexível: tecido.

Ainda com os olhos fechados, ergui a cabeça, e o pó se esmagou entre minha testa e o tecido. Abri novamente a boca, provando mais um pouco daquele pó.

Era sal.

XV

A situação toda era absolutamente absurda. Alguém havia tentado me matar, claro, e acreditava haver obtido sucesso... E, depois, salgara meu "cadáver". Por quê?

Uma resposta óbvia seria "para conservar a carne", mas então por que diabos não me haviam esquartejado?

Respirar começava a se tornar difícil, e decidi correr o risco de sair do saco... O tecido era poroso, e embora tivesse fibras bem resistentes, não foi difícil rompê-lo. O processo, no entanto, produziu algum barulho, e temi que algo, ou alguém, surgisse. Isso não aconteceu, e emergi, nu, da embalagem salgada... com pó preso a meus cabelos, escorrendo pelo meu corpo, e cristais firmemente incrustados em minha pele. A ferida nas costas ardia um pouco, como que dormente. Toquei-a, pela primeira vez, e senti três pontos grosseiros a unir as bordas do ferimento.

Olhei em derredor; tudo estava muito escuro, e havia umidade no ar. O espaço chacoalhava perceptivelmente: era o porão de Dente de Dragão.

A escuridão era grande, mas não absoluta, e consegui vislumbrar, no solo, mais doze sacos idênticos àquele onde eu estava. Abri-os, com uma pressa e uma apreensão quase histéricos. Dentro de dez deles, encontrei corpos de anciões... corpos rechonchudos e roliços, de velhos, sem nenhum sinal de violência...

– Morte natural... incrível... – murmurei, para mim mesmo.

Nos outros dois sacos estavam Ioachim e Crlyssa, ambos com feridas nas costas muito semelhantes à minha, e também costuradas. No caso deles, porém, o corte havia sido letal.

Arregalei os olhos e, num trovão, precedido de terrível relâmpago, a figura da rês me veio à mente.

São as reses que cuidam dos asilos de idosos.

Foi a rês que supervisionou o trabalho de carregamento do navio (de resto, executado por outras reses...)

Apenas a rês visitava nosso porão.

Principiei a rir, depois a gargalhar, a gargalhar histericamente e, por fim, a soluçar e chorar. Lembrei-me de meus debates com Ioachim sobre a racionalidade do gado...

– Irracionais, então?! – bradei, possesso, para o corpo, inerte e salgado, a meus pés. – Mais racionais, diabolicamente racionais, que você, ou eu, ou...

Ouvi passos no convés superior, e logo depois, a tampa de um alçapão se movendo, lançando um quadrado de luz para dentro do porão, iluminando as escadas e parte dos corpos; luz que, por contraste, acentuava a escuridão do restante daquele horrendo depósito. Fiz silêncio, e me ocultei nas trevas.

XVI

Era a rês que descia as escadas, provavelmente atraída por minha algazarra. Ao ver os macabros embrulhos todos violados, a criatura eriçou os pêlos das costas e se pôs em guarda com a espada que carregava.

Meu estado de espírito era tão caótico que comecei a rir baixinho quando vi a espada – o instrumento que eu pretendia que meus companheiros aprendessem a usar, para que pudessem se defender.

Ouvindo meu riso, o animal se projetou, sem hesitar, em minha direção. Era claro que a fome e a sede prolongadas, o choque, a perda de sangue, tudo isso deveria ter feito de mim uma presa fácil.

Era assim que o maldito animal provavelmente pensava. Ele não contava, no entanto, com a *ira* e a *frustração*, duas forças irracionais como... como acreditávamos que o gado fosse. Duas forças que me permitiram desarmá-lo, dominá-lo e bater com sua cabeça contra a quina das escadas uma, duas, três, *todas* as vezes que foram necessárias até que aqueles miolos, aquela mente brilhante e racional espirrasse pelo porão e respingasse meus lábios cortados pelo sal.

No instante seguinte, a fome me dominou, e arrastei o corpo da rês escadas acima, até o trecho *humano* do navio. Até os corredores dourados de bronze, bem arejados e construídos, agora vazios. Arrastei o animal até a cozinha, esquartejei-o e, naquela noite, violei o maior tabu de nosso povo: comi carne de gado. Nu, no tombadilho, sob as estrelas, comi a maldita rês, até me fartar, e com seu couro fiz grotesca túnica, que foi minha única veste até o final da viagem.

XVII

No dia seguinte, averiguei a situação do barco, e descobri que a rês havia posto Dente de Dragão numa rota bastante parecida com aquela que eu havia calculado. Decidi deixar que o navio prosseguisse naquele curso. Eu queria, mais do que nunca, conhecer o mundo das reses.

XVIII

A nave chegou ao largo de uma ilha, ou continente, ao entardecer do quarto dia após a morte da rês. Percebi sete ou oito outras embarcações, aparentemente maiores e melhores que Dente de Dragão, a norte e sudeste. Estavam todas muito distantes. Concluí, no entanto, que aquelas tripulações acabariam por sentir curiosidade... e viriam investigar meu barco. Assim, na primeira noite após minha chegada, abandonei Dente de Dragão, lançando-me ao grande depósito, e nadei, o mais discretamente possível, até a praia. Comigo levava apenas um punhal – já que a arma de fogo se inutilizaria ao contato com a água.

Ali encontrei vários pequenos botes encalhados na areia, e imaginei que talvez fossem veículos de desembarque daqueles grandes navios, tão grandes que não poderiam se aproximar da margem tanto quanto Dente de Dragão.

Além dos botes, os únicos sinais de vida presentes na praia eram pegadas... pegadas de reses, andando em grupos de quatro, dispostas num rigoroso retângulo, como se carregassem algo entre si, ou sobre as cabeças.

As pegadas se encaminhavam na direção de uma densa floresta, que começava imediatamente depois da tênue faixa arenosa da praia.

Apalpei o punhal, firme no cinturão da túnica, e penetrei na floresta.

XIX

Inútil pedir a alguém que imagine aquela floresta. Inútil tentar descrevê-la. As folhas eram largas como o tronco de um homem, e de um verde quase negro; meus pés desapareciam sob a camada incomodamente macia que compunha o solo.

Mas não se trata *disso*; havia uma sensação... o vento, ressoando nas copas mais altas, fazia-me ouvir o som de grandes, negras, poderosas asas; colunas, paredes carcomidas de hera e cipó, habitadas por cupins e serpentes davam notícia de algum tipo de civilização, de um povo oculto, morto, perdido. Os restos confundiam-se com a floresta, como que brotados do solo, como tubérculos ou infrutescências das árvores e do gramado.

De tempos em tempos eu encontrava uma faixa de solo quase que desmatada, como se fossem trechos de uma trilha. Era essa trilha que eu seguia, e ao longo dela os sinais do povo morto a cada passo eram maiores. Até que, finalmente, estaquei diante do Templo.

Naquele momento não havia como eu saber que aquilo era um templo, mas que mais poderia ser? Tratava-se de uma estrutura com a forma estilizada – excessivamente angulosa, composta em triângulos de vértice agudo –, de uma rês fêmea. Uma rês fêmea de cócoras que, nessa posição, alcançava os dez metros de altura. Eu me encontrava bem diante de suas coxas abertas, e entre elas havia um portal de bronze, bronze polido até funcionar como um perfeito espelho. Atraído por curiosidade, ou algo mais, caminhei até os espelhos dourados e empurrei-os. Eles se abriram, girando nos gonzos sem som algum. Entrei.

Diante de mim havia um salão amplo e circular, de teto abobadado. A abóboda era sustentada por uma sucessão de arcos, parcialmente ocultos por cortinas e enfileirados na periferia da grande área circular, em cujo centro, rente ao solo, havia outro par de portas de bronze. Essas portas eram, no entanto, opacas – e traziam escrituras, caracteres muito semelhantes aos nossos. Do teto, exatamente sobre as portas opacas, pendia um engenhoso sistema de correntes e roldanas.

Aproximei-me das portas para tentar (sem grandes esperanças de conseguir) ler as inscrições. A cada passo meu, o chão parecia tremer, como se uma multidão inteira fizesse exercícios de marcha a poucos metros dali. Surpreendi-me ao verificar que o texto fundido no bronze era-me perfeitamente inteligível – tratava-se, na verdade, de uma versão arcaica de nossa língua.

As primeiras inscrições falavam de três continentes, um ao norte, chamado de "nosso", que deduzi ser a terra natal das reses; um central, chamado "dos antigos", que concluí ser exatamente onde eu estava, e um terceiro – ao sul – desprovido de nome. O lugar onde vivemos.

As demais inscrições falavam de um Deus implacável, chamado "Deus dos Antigos", que deveria ser alimentado com a carne dos cadáveres, apenas os melhores, de uma espécie criada para o sacrifício, uma espécie de seres sagrados, que mereciam o máximo de carinho e cuidado até o momento da imolação; uma espécie que só poderia ser molestada em casos muito especiais, e cujos mais excelentes corpos deveriam ser oferecidos ao Deus o mais intatos possível, "sem ruptura na pele", e salgados.

Eu terminava a leitura quando percebi que alguém empurrava as portas espelhadas. Corri, em desespero, para trás de uma das cortinas que guarneciam os arcos de sustentação, e foi dali que observei o que se segue.

Reses entraram, em grupos de quatro, carregando, cada quarteto, um saco de tecido sobre a cabeça. Os sacos eram presos às correntes que pendiam das roldanas, e erguidos. Quando um número razoável de sacos (dez ou onze) se encontrava pendurado, duas reses abriram as portas opacas.

O tremor de terra que eu sentira antes ressurgiu, multiplicado por mil. Toda a estrutura do templo vibrou por um instante, e um urro, como o de mil reses juntas, encheu o salão, reverberando na abóboda e arrancando lágrimas de meus olhos.

Os sacos foram cuidadosamente baixados ao maldito subsolo oculto pelas inscrições. O urro se transformou num grunhido de satisfação, que logo foi substituído pelo som de mandíbulas – milhões delas, triturando, partindo, salivando, enquanto nacos de carne, cristais de sal e sangue (é inimaginável *quanto* sangue) atingiam as reses que a tudo assistiam, ajoelhadas em oração. De repente, ouvi um impacto surdo aos meus pés. Olhei e encontrei a cabeça de Crlyssa numa poça de coágulo negro, os olhos de Crlyssa a me fitarem, vitrificados, secos, ensinando-me que a Terra é redonda, que a humanidade é nobre, que as reses raciocinam.

Este livro foi impresso em papel pólen bold na Renovagraf em Agosto de 2016.